U0049895

鋼鐵德魯伊

VOL. 8〔穿刺〕

STAKED

THE IRON DRUID CHRONICLES

凱文・赫恩——著 戚建邦——譯

KEVIN HEARNE

鋼鐵德魯伊

■書評推薦

「赫恩自稱漫畫宅，將自己對那些師呆傢伙們痛扁邪惡壞蛋的熱愛，轉變爲一流的都會奇幻出道作。」

——《出版人週刊》（*Publishers Weekly*）重點書評

「赫恩是個幽默機智的出色說書人……本書可說是尼爾．蓋曼的《美國眾神》加上吉姆．布契的《巫師神探》。」

——*SFF World* 書評

「強大的現代英雄，擁有古老祕密、累積了二十一個世紀的求生智慧……以活潑的敘事口吻……一部旁徵博引的都會奇幻冒險。」

——《學校圖書館期刊》（*Library Journal*）

「融合了現代背景與神話，令人愛不釋手、歡笑不斷的喜劇。」

——阿利．馬麥爾（Ari Marmell），奇幻作家

「這個風趣幽默的新奇幻系列在故事中融入凱爾特神話還有一個思想前衛的遠古德魯伊。」

——凱莉・梅丁（Kelly Meding），奇幻作家

「凱文・赫恩爲古老神話注入新意，創造出一個異常熟悉又高度原創的世界。」

——妮可・琵勒（Nicole Peeler），奇幻作家

「赫恩用合理的解釋把神話巧妙織進故事之中，這是部超級都會奇幻。」

——哈莉葉・克勞斯納（Harriet Klausner），著名書評與專欄作家

「這是我近年讀過最棒的都會/超自然奇幻。節奏緊湊、詼諧又機智、神話使用得當，這是爲厭煩了狼人與吸血鬼的奇幻讀者而生的作品。喜愛吉姆・布契、哈利・康諾利……或尼爾・蓋曼《美國眾神》的讀者們一定會很享受這本書。極度推薦！」

——*Grasping for the Wind* 網站書評

「如果你喜愛幽默有趣的都會奇幻，那《鋼鐵德魯伊》是你的菜。如果你喜歡豐富精彩的都會奇幻，更該拿起《鋼鐵德魯伊》，以及凱文・赫恩未來出版的任何東西。」

——*SciFi Mafia* 網站書評

鋼鐵德魯伊

■書評推薦

「……節奏、幽默與神話讓這個系列永遠充滿樂趣！」

——《出版人週刊》（*Publishers Weekly*）重點書評

「這個系列持續壯大、變得更讚，而且在《破滅》裡沒有減速的跡象。」

——*Vampire Book Club* 網站書評

「……根本不可能不被凱文．赫恩創造的世界吸引。」

——*Yummy Men and Kick Ass Chicks*網站書評

「赫恩的文筆充滿速度感又精準……《魔咒》浸滿了魔法，而且棒呆了。實在很難找到更棒的小說！」

——*My Bookish Ways* 網站書評

「我愛、愛、愛死這系列了，而《神鎚》鐵定是目前最棒的一本……到最後大戰之前，你會忍不住用曲速翻頁，但仍然翻得不夠快！」

——*My Bookish Ways* 網站書評

「《圈套》結合前幾集有趣的觀點，也給了這個英雄傳奇一個讓人激動的黑暗轉折……絕妙的新章序幕，讓人加倍期待下一集。」

——*Fantasy Book Critic* 網站書評

「帶來超棒的情節、超幽默的敘述，超有趣的動作派小說。」

——*The Founding Fields* 網站書評

「《獵殺》綜合了讀者對《鋼鐵德魯伊》系列所有的期待，還多了很多。」

——*Ragoo Depot*網站書評

「《獵殺》裡有所有讓我愛上這系列的元素。妙趣橫生，動作戲不斷，建立了傑出的書中世界，而且這些角色絕對是你會想要一起喝杯飲料的可愛傢伙。」

——*Mad Hatter Reads*網站書評

「結局讓我心癢難耐，忍不住想伸手探向系列的下一本。」

——*Vampire Book Club*網站書評

鋼鐵德魯伊

VOL. 8

目次

獻辭
DEDICATION

獻給多倫多的奈吉爾

作者筆記

這本書的開場沒有緊接《破滅》的結尾；如果你沒看短篇〈戰爭前奏〉【編按】的話，或許該先看一看，以便了解本書開頭是怎麼回事，還有洛基與梅克拉之間的恩怨。你可以在迷你選輯《三薄片》（*Three Slices*）找到這個故事，電子書和有聲書版都有。如果等不及的話，那就直接看《穿刺》吧！

我要感謝很多海外朋友幫我處理許多細節。如果你在書中發現任何錯誤，當然都是我的錯，與他們無關。

感謝異地書店的雅各和賽門提供德國相關資訊，也感謝弗羅里安．史貝特介紹柏林景點；我很感激羅伯．杜戴爾指導法文；特別感謝葛斯戈爾茲．柴林斯基帶我逛華沙，並直接把瑪李娜．索卡瓦斯基家的地點，還有波雷莫可土夫斯基的黑楊樹指給我看；十分感謝亞德里安．湯席克在波茲南隨行翻譯，而且在我回家後還持續回答語言問題；超感謝在派肯歡迎我的波蘭書迷的殷勤招待；感謝湯姆斯．傑可夫斯基和馬丁．蘇斯特帶我暢遊布拉格和布爾諾；我也非常感謝伊絲特．史考蒂提帶我走遍羅馬。超級無敵感謝娜汀．卡拉賓帶我們遊覽那座偉大城市裡各式各樣的恐怖景點，讓我終於了解我爲什麼不想在多倫多當個名叫奈吉爾的人。也謝謝布洛爾街皇家音樂學院裡的朋友，忍受我問了那麼

編按：收錄於二〇一七年二月出版之短篇集《鋼鐵德魯伊故事集：蓋亞之盾》中。

多紅衣女士的問題。

崔西雅·納瓦尼依然是個天才編輯，我超級幸運能與她和所有Del Rey團隊成員一起工作。

深深感謝我的讀者在網路上，還有在現實中和我打招呼，希望大家在鋼鐵德魯伊角色扮演活動裡能玩得盡興，特別是把狗狗打扮成歐伯隆和歐拉，還有各式各樣很難受但又很美妙的裝扮。你們全都應該來條香腸——有塗肉醬的香腸。

寫於丹佛的一間咖啡廳，二〇一五年八月

前情提要

阿提克斯·歐蘇利文，生於西元前八十三年，本名敘亞漢·歐蘇魯文，一生大多在逃避圖阿哈·戴·丹恩的安格斯·歐格追殺。安格斯·歐格想要奪回阿提克斯於西元二世紀時偷走的魔劍富拉蓋拉，而且阿提克斯掌握了永恆青春的祕密、不肯輕易死去也讓他非常不爽。

當安格斯·歐格發現阿提克斯藏身於亞歷桑納州坦佩市時，阿提克斯做出扭轉命運的決定，起身抵抗、不再逃避，事後雖然努力想保持低調，卻還是不知情地引發了滾雪球般的連鎖反應。

在《追獵》裡，他收了個學徒——關妮兒，取得了一條凝聚印度女巫拉克莎·庫拉斯卡倫法力來源的項鍊，還發現他的寒鐵靈氣能夠抵抗地獄火。他在莫利根、布莉德和當地狼人部族的協助下擊敗了安格斯·歐格。不過該事件同時也重創了一個算不上非常善良，但會在更凶猛的獵食團體前守護鳳凰城都會區的女巫團。

第二集《魔咒》裡，因爲一支比曙光三女神女巫團更凶狠的宿敵女巫團跑來搶地盤，還有一群酒神女祭司打算在史考特谷建立據點，阿提克斯被迫處理這件事。阿提克斯與拉克莎·庫拉斯卡倫及吸血鬼李夫·海加森達成協議，好獲得他們出面幫忙，解決該城面臨的威脅。

而在第三集《神鎚》，該償還那些協議欠下的債了。拉克莎和李夫都要阿提克斯前往阿斯加德——北歐諸神的地盤捋虎鬚。阿提克斯找來了一群狠角色組成復仇團，在莫利根和耶穌基督都警告這做法很糟、最好不要履行承諾的情況下，兩度入侵阿斯加德。雙方展開一場史詩級大屠殺，北歐諸神損失慘重，包括諾恩三女神、索爾在內的諸神死亡，奧丁則身受重傷。象徵命運的諾恩三女神之死，代表遠古諸神黃昏的預言獲得解放，赫爾得以開始對抗北歐諸神。然而，芬蘭英雄瓦納摩伊南的奇特遭遇，讓阿提克斯聯想到許久以前一則奧德修斯從女海妖那裡聽來的預言，而他擔心世界將在十三年後陷入火海——或許就是諸神黃昏的變形版本。

阿提克斯察覺自己的詭計引來過多注意，同時也需要時間訓練學徒，於是在第四集《圈套》裡，藉由凱歐帝的幫助詐死。赫爾也現身了，因爲她以爲殺了這麼多北歐諸神的阿提克斯或許會想要加入她的黑暗陣營，不過阿提克斯斷然拒絕。阿提克斯遭李夫・海加森背叛，在九死一生下逃出遠古吸血鬼斯丹尼克的魔爪；不過在故事結尾，阿提克斯還是得到化名沉潛並訓練關妮兒的機會。

在〈兩隻渡鴉和一隻烏鴉〉裡，奧丁自漫長昏迷中甦醒，與阿提克斯達成停戰協議，如果諸神黃昏眞的發生了，將徵召德魯伊取代索爾在諸神黃昏裡的角色，另外可能要在過程中解決一些事。

經過十二年訓練，關妮兒終於準備與大地羈絆了，但是德魯伊的敵人在第五集《陷阱》裡，彷彿早設好陷阱等著他踩上。阿提克斯得應付吸血鬼、黑暗精靈、妖精，還有羅馬酒神巴庫斯，而對付奧林帕斯神的行動惹火了世界上最古老又最強大的萬神殿之一。

關妮兒才剛正式成爲德魯伊，阿提克斯就不得不展開橫跨歐洲大逃亡，躲避因爲《陷阱》中發生在巴庫斯和奧林帕斯木精靈身上的事情，而懷恨在心的黛安娜和阿緹蜜絲的弓箭。莫利根犧牲性命，讓阿提克斯有時間逃生；他在第六集《獵殺》中躲避追殺、且戰且走，逃離一場多方勢力聯合扳倒他的計畫，最後抵達英格蘭，取得獵人赫恩和愛爾蘭狩獵女神富麗迪許的協助。阿提克斯擊倒奧林帕斯神，並與他們達成了聯手對抗赫爾與洛基的脆弱協議。在這一集結尾，他發現他的大德魯伊被凍結在提爾・納・諾格的時間島上，而當阿提克斯救回對方時，他的老師就和往常一樣心情欠佳。

在第七集《破滅》裡，大德魯伊歐文・甘迺迪在坦佩部族中找到一席之地，並協助阿提克斯和關妮兒在提爾・納・諾格阻止了意圖推翻布莉德的政變。關妮兒在印度面對洛基殘酷的試煉，因而經歷了深刻的轉變，而遠古吸血鬼希歐菲勒斯的使者殺死了阿提克斯交往最久的老朋友。

在短篇〈戰爭前奏〉裡，阿提克斯跑去衣索比亞請教一名乳酪占卜師，得知了最適合用來對付吸血鬼的方法，而關妮兒則與洛基第二次交手——不過這次的陷阱是她設的。

另外，在這過程中，還會談及一些與貴賓狗和香腸有關的話題。

第一章

我沒時間計劃有戲劇效果的搶案，甚至沒有夠酷的墨鏡。當我躡手躡腳走在柏油路上、擺脫不了有人在近距離偷窺我腳掌的感覺時，唯一陪伴我的，就只有腦子裡那段塔倫提諾電影的配樂，以喇叭和貝斯加吉他彈奏「哇卡—洽卡—哇卡—洽卡」的旋律。

我的計畫也不算周全。我只有個名叫費力斯的鐵元素隨時聽候差遣，因爲他知道我之後會餵魔法給他吃。或許是妖精點心，也可能是某種加持魔法的小玩意兒。那種東西對費力斯而言就是甜點——魔法搞不好還能讓他達到類似吃糖後的亢奮狀態。

展開行動前，我透過大地聯繫他，告知此行計畫。在動手之前，他得跟著我穿越多倫多地底那毫無生氣的地基，但這對他而言比大多數元素來得容易。現代很多的水泥地基裡都有用鋼筋強化，而他當前狀況甚佳，有辦法擠過現代都市那死氣沉沉的地底。

我把歐伯隆和鞋子留在一條陰暗的巷子裡，在自己身上施展僞裝羈絆，然後融入多倫多市弗朗特街和約克街交叉路口繁忙的人潮中，那裡不只有加拿大皇家銀行的攝影機，還有很多可能會拍到我的攝影機。我在營業時間進入銀行，跟在其他人身後閃進大門。費力斯在地底下跟著；我透過赤腳的腳跟感應到他移動時的聲響。

大廳裡有警衛站崗，不過沒有武裝。他們不是爲了要阻止犯罪，而是在事後提供斯文又有力的證詞。由於不希望危害到銀行大廳裡的市民安全，加拿大人寧願在搶匪落單時逮捕他們。有些人或許會建議既然警衛只是站在那裡不做事，那乾脆直接廢掉算了，但事情並非如此。攝影機不會拍下所有細節，有時候甚至還會失效，因爲你可能會找個迷戀棒棒糖或之類的東西、性情不穩定的無政府主義駭客入夥。但就算攝影機正常運作，記錄下整件搶案，警衛還是可能注意到攝影機忽略的細節——聲音、眼睛顏色、服裝細節等等。

金庫門位於出納窗口右側，關著。還沒有人要求檢視保管箱。我可以等到有人要下去時偷偷跟進去，不過僞裝羈絆或許撐不了那麼久。而且我的目標功能也有時間限制；越快弄到手，我能造成的傷害就越大。於是我對費力斯指出金庫門的位置，請他把門拆了讓警鈴去響。

現場欣賞金庫大門分崩離析、把所有人嚇得屁滾尿流的畫面，感覺十分壯觀。我腦中的電影配樂，在我踏過滿地熔渣、面對下一道障礙——一扇可以看穿看到後面保管箱室的上鎖玻璃門時，逐漸轉強。那扇門可以抵擋小型手槍，但是沒有厚到足以擋下大口徑子彈。費力斯沒辦法用對付金庫門的方式對付玻璃門，不過也沒必要；門鎖的機械構造都是金屬的，他一下子就能熔掉，而他也這麼做了。我推開玻璃門，開始尋找五一七號保管箱，這是別人告訴我的號碼。我在左邊接近地板的位置找到它。保管箱有點寬，很淺、很平，有個給顧客使用的鎖孔，以及一個給銀行人員開的鎖孔。在費力斯的協助下，這兩個鎖都轉眼消失，之後我打開保管箱，拿出裡面的三環活頁夾，在有人進入金庫前塞進我經過僞裝的背包裡。熔化的金庫門口終於跑來了兩名警衛，他們探頭探腦發現玻璃門被打開了。其中一個警衛高高胖胖，另一個則是身材結實的拉丁美洲人。

「哈囉？」胖警衛說，「有人嗎？」

壯警衛假設裡面有人。「攝影機涵蓋了裡面每個角落。你躲不了的。」

錯了。

「他幹嘛在乎那個？」胖警衛問，「你認爲他該因爲被攝影機拍到而停手嗎？」

壯警衛皺眉，對同事嘶聲道：「我總得說點什麼，不是嗎？不然你會怎麼說？」

「如果你現在投降，」胖警衛對著金庫叫道，「我們就不會開槍。如果逃跑，他們就會派有槍的人追你。」

「你這個娘娘腔，蓋瑞。」壯警衛喃喃說道。

蓋瑞——這名字比胖警衛好多了——眨了眨眼。「對不起，你說什麼？」

「我說你說得對，蓋瑞。我該對我們看不見的搶匪這麼說。」蓋瑞似乎不認爲自己剛剛有聽錯，不過壯警衛沒有給他時間追問。他跨越金庫門檻，說道：「或許他躲在後面的私人包廂。」

我轉頭去看他所謂的私人包廂，隨即看見金庫內側還有一扇門。通常當客戶取出保管箱，直到歸還保管箱爲止，他們會進入私人包廂，好在安全環境下處理箱裡的東西。壯警衛朝著那扇門前進，我則貼在牆上一排排的保管箱前讓他過去。蓋瑞只走到玻璃門旁。他站在那裡，阻擋了我的出路，皺眉看著熔化的門鎖。

「裡面肯定有人。」他說。「門鎖不會自己變成這樣。」

壯警衛推了推私人包廂的門，發現門鎖著。他用門上的鍵盤輸入密碼，推開門打量門後景象。

「裡面有人嗎，裘伊？」蓋瑞問，我終於知道該怎麼稱呼壯警衛了。

「沒有。」

「好吧，那究竟是怎麼回事？這傢伙是忍者，還是什麼的嗎？」

歐伯隆要是聽見這話，一定會很開心，我差點發出可能會洩露行蹤的聲音——如果他們想到要關掉警報認眞聽的話。就當前情況而言，電子警報的聲音讓我可以直接溜到蓋瑞面前。既然我只是用能符咒的有限魔力加持僞裝羈絆，就不能待在裡面等他自行離開。眞正的警察很快就會趕到，我也不想應付他們。

我伸出雙手，用力把站在門檻對面的蓋瑞推向左側，清空通往金庫門的通路。

「裘伊說你娘娘腔，蓋瑞。」我經過他時說道：「我有聽到。」我忍不住笑出聲來，因爲既然犯人這麼說了，蓋瑞就得在報告中提到裘伊這麼叫他。

我身後傳來兩名警衛怒氣沖沖的咒罵聲。金庫外有個看起來像經理級的人物正在打手機和警方交談。「是的，抱歉。我們銀行出了點怪事。我們的門熔化了，抱歉。」

銀行的正門根據警報響起的正常程序自動上了鎖，不過在費力斯的幫助下，我順利地回到街上。不管攝影機拍到什麼都沒關係，他們絕不可能查出我的身分。

我感謝費力斯的幫忙，請他待在附近等候報酬。我得在離開前找點美味可口的東西給他。

「動作眞快。」當我在巷子裡撤銷僞裝羈絆，撫摸歐伯隆的下巴時，他說。「我還沒開始打盹呢。」

「不快點不行。在犯罪現場多待一刻都會增加被捕的機率。要找地方吃早餐了嗎？」歐伯隆的上一頓飯是在衣索比亞平原上吃的，就是我們查出現在偷的這個活頁夾的下落時。我有個名叫梅克拉的乳酪占卜師朋友，她在我們幫她弄了些凝乳酶後為我們指點了明路，不過之後她並沒有提供任何點心。

「我當然要！你什麼時候見過我不想吃東西了，阿提克斯？」

「很好。」

我知道搶完銀行之後的標準程序，是要找間平淡無奇的倉庫或車庫避避風頭，但我還是跑去了提姆．霍頓斯餐廳——當地人暱稱為提米餐廳——因為我想來點類似咖啡的熱飲，而且我身上沒有一看就知道是殘暴搶匪的錢袋。我身上只有一個背包，身後牽了條愛爾蘭獵狼犬，這表示我看起來像是當地學生，而不是剛從多倫多市中心的加拿大皇家銀行警衛面前溜走的搶匪。

位於約克街的提米餐廳，有著鮮艷顯眼的綠黃相間遮雨棚，門口還有為了防止炸大甜甜圈的油引發火災而設的消防栓，以及一根標示出公園方向的路牌。「你想在這裡吃到什麼褻瀆神明的早餐肉？」我一邊把歐伯隆綁在路牌上，一邊問他。

「肉的宗教信仰並不影響滋味。」我的獵狼犬回答，聲音中隱約浮現出一絲舞文弄墨的味道。

「什麼？」

「敬神的培根和瀆神的培根味道是一樣的，阿提克斯。」

「那就吃培根吧。我進去的時候，請對看起來怕你的路人友善一點。不要對著消防栓尿尿，也不要叫。」

「噢。我喜歡看他們嚇得跳起來。有時候他們還會尖叫。」

「我知道，但是現在我們不能引人注目。」市中心的鋼鐵峽谷裡傳來警笛聲，警察紛紛趕往銀行集結。警車遲早都會抵達銀行，不過我之前在約克街上看到的那兩個往反方向前進的單車警察會先趕到。「我很快就回來，然後一起吃飯。」

收銀機後面的少女帶著批判的神情看著我，因爲我點了五份培根蛋三明治和一個塗有七彩糖霜、通常會伴隨著生化危機警語的甜甜圈。我看得出她的眼神在說：「吃了精力充沛，不過胖定了。」

好吧，就像歐伯隆會說的，這點心是我應得的。我帶著褐紅色咖啡杯和一袋油膩膩的三明治走出餐廳門，和我的獵狼犬一起坐在約克街路邊，在人們跑出店外看警察在亂什麼時幫他打開袋子。

「你猜怎麼了，艾德。」我身後有個男人說。剛進店裡時他並不在那裡，不過在我轉頭匆匆一瞥後，發現他和一個朋友坐在窗前，兩人手裡都拿著和我一樣的褐紅色咖啡杯，也都穿著牛仔褲、工作靴和輕便外套。「警報！那表示有人犯罪。在特拉諾區。」當地人把三音節的字發作兩個音節的習慣，不禁令我嘴角上揚。

「是呀。」艾德回答。我等待片刻，但是艾德似乎已經耗盡他在這個話題上的想法。

「嘿！」歐伯隆說。歐伯隆在吃完第一個三明治後指責地說：「這是培根，阿提克斯！」

「你不是說你要吃培根嗎？」因爲不希望艾德與他的朋友看到我大聲和獵狼犬說話，然後開始懷疑我神經不正常，所以我透過心聲回應。

「但我以爲是加拿大培根！我們不是在加拿大嗎？」

「是呀，但或許你想太多了。加拿大人不會用加拿大培根來稱呼那種肉，就像比利時人不會把他們的鬆餅叫作比利時鬆餅【註】一樣。」

「好吧，還是很好吃。謝啦。」

我狼吞虎嚥地幹掉了甜甜圈，喝了幾口咖啡，然後拿出這一切騷動的起因：一個寫滿姓名、地址的活頁夾，其中大多是外國地址。裡面沒有標示名單用途的標題頁，不過名單有按字母排序，而我翻到H字頭。我在那裡找到李夫．海加森的資料，上面記錄的是他之前在亞利桑納的住址。這讓我知道了兩件事：這東西的確如我之前推測的，是全世界所有吸血鬼的基本資料；離線收藏，避免遭駭。不過已經有好幾個月沒更新了。關妮兒與大地羈絆的時候，李夫還是亞利桑納陽吻居民的吸血鬼之王，不過之後他已經在歐洲露臉了兩次——一次在希臘，一次在法國。如果把手寫字條那次算進去，德國也有一次。他顯然在不斷移動中，而我得假設自我利用妖精傭兵獵殺吸血鬼起，名單中有不少吸血鬼都和他一樣。一旦名單遭竊傳開，他們肯定就會搬家。所以想要利用這份名單，我就要盡快行動，別讓他們發現是我幹的。如果是存在USB隨身碟的檔案裡就省事多了，但既然我很肯定他們這麼做就是爲了要讓駭客難以得手、占科技上的優勢，那絕對只有一份手寫名單。

編註：此處提到的鬆餅（waffle）是起源自比利時的格子鬆餅，廣爲流傳而有不同吃法。通常被稱爲比利時鬆餅（Belgian waffle）的是比利時布魯塞爾當地的長方形格子鬆餅，常搭配水果、奶油或巧克力食用。

最先聽說此事、或許也會傳開此事的兩個傢伙，就是保管箱的主人——遠古吸血鬼希歐菲勒斯和魔法生命吸食者威納．卓斯切。後者八成還在衣索比亞被我丟下的地方，一邊罵著德文髒話，一邊安排前往多倫多的飛機。至於希歐菲勒斯，我知道他絕不可能跨洋來追殺我。

我翻閱T字頭，沒有找到希歐菲勒斯的資料。可惡。他可能用其他名字登錄，也可能根本沒列在這裡。

「我可以坐下來嗎，歐蘇利文先生？」一個帶有俄羅斯口音的聲音問道。我立刻甩頭，找尋說話的人，因爲現在不該還有人用那個名字叫我才對。一個身穿黑衣的哈西迪猶太人站在那裡，一手拿著咖啡，另一手拿著小紙袋。上次見面時，他的鬍鬚都是黑色的，但現在下巴兩側都摻雜了不少灰髮。

「尤瑟夫．比亞利克拉比。」我說。「你來這裡做什麼？」

「我希望是共進早餐。」他回答。「我向你保證，我不是來打架的。你我過去的恩怨，可以留在過去。」

「你一個人？」我邊問邊打量四周，看看還有沒有鬍鬚可以當武器用的黑衣人。上次我遇見他是十幾年前，那時他與上帝之鎚的其他成員聯手圍毆我。

「我一個人。」

「好，那就請坐，告訴我你想怎樣。」

他把紙袋丟在我身旁，然後利用空手撐地，悶哼一聲，半坐半摔地倒在人行道上。

「年紀大可不好玩。」他說，「你看起來氣色很好，一點都沒變。你是怎麼辦到的？」

「只要告訴我你是怎麼找到我的，我就告訴你。我才到多倫多幾個小時而已。」

「啊！簡單。上帝之鎚是女巫獵人，對吧？」

「是。」

「我們對魔法的感應很靈敏。任何魔法。所以，我們雖然無法追蹤你，但是只要你在附近施法，我們就能感應到。而我曾經感應過你的魔法。很有特色。你在兩條街外施展了不少魔法。」

「而你人剛好在多倫多？」

「對。我現在住在這裡。退休了。」

「退休？這裡？」

他聳肩。「多倫多是很棒的城市。有各式各樣的人、各式各樣的食物，除了本地政府，沒有多少邪惡勢力。雖然冰上曲棍球隊很爛，但凡事總不可能十全十美。而且我結婚了。我太太家在這裡。」

「喔！恭喜。」

「謝謝你。」

「別會錯意，拉比，我很高興在你不想殺我的時候和你見面，但是……你有什麼事？」

他拿起他的紙袋，挑出一個塗有奶油乳酪的什麼都有貝果。紙袋窸窣作響；他在把紙袋捏成一團、放在身邊之後才開口說話。「我只是希望如果這裡將會發生什麼可怕的事，你能先警告我一聲。你與可怕的事就像醃黃瓜和三明治一樣，是難兄難弟。」

我覺得他也彼此彼此，不過還是說：「不會發生什麼事。至少我沒計畫，我過幾天就離開。」

「那我想向你道個歉。」

「是唷？為什麼？」

「因為他沒給我點心吃。」

「他根本還不認識你，歐伯隆。」

「那不是重點。這樣才有禮貌。」

「我們晚點再來談談禮貌的事。」

「為我多年前的行為道歉。」拉比說，「我做了很多無可原諒的事。」

「像是用你那些天殺的克蘇魯鬍子觸角殺死曙光三女神女巫團中最弱的成員——抱歉，我沒想到話說出口會這麼激動。只是你的鬍子至今還會讓我作噩夢。」

「我了解。我該罵。我就是要為了那件事道歉。還有另一件，就是遇上那個宣稱是耶穌的男人——」

「呃，他真的是耶穌。」

「那是你說的。」

「好吧，我很肯定他也會那麼說。我坦白告訴你，拉比，他的存在並不會否定或撤銷——更不可能連根拔除——你的神的存在，或任何我的神，或任何人的神的存在。祂只是存在而已。就和耶和華、布莉德、奧丁，還有其他神一樣。」

他點頭，謝天謝地，他的鬍鬚沒有自行移動。「我現在可以接受這種說法了。當年我辦不到。想法要有點彈性才能接受，是吧？要放開心胸，接受人們得自行獲得救贖，不是一定要依照我的方式。我信仰得有點過頭了。」他搖頭，「如今回想年輕時的我，感覺很不好受。想起那些事就會皺眉。我心裡充滿憤怒，失去了喀巴拉教義應有的沉靜。但是遇上你的那兩次——還有遠遠觀察著曙光三姊妹女巫團事後的處理態度——讓我開始反省自己。我發現我不該隨意評判她們。我根本不該評判她們。只有完美的生靈才有權這麼做，是不是？」

「我想是。而這表示儘管《出埃及記》有提到不可容忍女巫活著的句子【註】，但是上帝之鎚已經不再獵女巫了嗎？」

他輕啜了一口咖啡，然後回答：「還是有些人在獵。我個人是不會。但我勸服了不少人專心對付純粹邪惡的怪物——比方說行走於人間的惡魔——比追殺還可能有救的女巫要好多了。」

「很高興聽到你這麼說。」

「是，我想這是好事。我不知道這麼做夠不夠彌補我的錯誤——罪惡感是很沉重的負擔。當人跳入火堆時，要走幾步才能脫離？你這輩子可曾犯過錯，歐蘇利文先生？」

「喔，看在地下諸神的份上，有呀。而且是很可怕的錯誤，我到現在都還在爲過去的錯誤付出代價。我想我有一些代價沒付完，不過我在想辦法撥亂反正。」

「我可以請問有何難處嗎？」

編註：不可容忍女巫活著（Thou shalt not suffer a witch to live.）出自《出埃及記》（*Exodus*）第22章18節。

這個問題大到令我咋舌。「難處很多，不過此時此刻我比較擔心吸血鬼。全世界的吸血鬼都想取我性命，而我不認爲我能勸退他們。他們在追殺我。」

拉比濃密的眉毛下垂，小鬍子也皺成一團。「這裡有吸血鬼？你來多倫多就是爲了這件事？」

「我確定城裡有一些吸血鬼，不過我是爲了這個而來的。」我說著，指向活頁夾。「全世界所有吸血鬼的姓名和住址。」

拉比除了鬍鬚以外渾身僵硬，而他的鬍鬚則在沒起風的情況下蠕動。我開始了解這是他情緒激動時的反應，而這令我不寒而慄，因爲擁有意識的臉部毛髮就是會讓人不寒而慄。

「你怎麼弄到這種東西的？」拉比問。

「透過你感應到的那些法術。我是從位於弗朗特街和約克街交叉口的銀行偷來的。這裡面有好幾千個名字。搞不好上萬——字體很小。不過我不確定哪些是領袖。我也不確定該如何在名單失效前重創他們。吸血鬼領袖很快就會得知名單落到我手上，進而警告所有吸血鬼搬家。但或許有些傢伙會蠢到沒有改名換姓。我至少可以利用姓名追查其中某些吸血鬼的下落。」

「太棒了。」他目光停在活頁夾上，雙手把那個什麼都加的壓扁貝果放到嘴邊。奶油乳酪從他嘴邊流下，有些掉到鬍鬚邊緣，垂在那裡。他的鬍鬚就在他邊吃邊思考時，不停上下晃動。

「看看他，阿提克斯。一點禮貌都沒有。連問我要不要來一口都沒有。」

「你才吃了五個培根三明治當早餐。」

「對呀，但是第二頓早餐呢？」

我懷疑拉比會是托爾金的粉絲【註】，所以對我的獵狼犬說：「我想他不知道第二頓早餐的事。」

「或許……好吧。歐蘇利文先生，如果你肯接受的話，我願意提供協助。」

「你願意爲了此事重出江湖？」

「當然願意。吸血鬼是上帝之鎚至今還在對付的明確邪惡生物。我們絕對會把握機會利用這種優勢。」

「我們？你可以代表上帝之鎚說話？」

「我想我敢肯定他們會熱情參與此事。他們最近也遇上越來越多的吸血鬼。有人在驚擾這些吸血鬼，迫使他們暴露行蹤。」

「那是我幹的。我雇用傭兵獵殺他們，有些想盡辦法躲藏，有些則試圖填補被除掉的吸血鬼留下的權力眞空。」

「佩服、佩服。那我們就站在同一陣線了。」他看著我笑，頭上隱約露出一絲白髮。「感覺不錯，是吧？」他邊說邊點頭，奶油乳酪掉到他的外套上。我很想告訴他，不過又不想破壞這片刻和諧。

「對，感覺不錯。」我說，「你有多少朋友會參加？」

「我們共有數百名成員，散布在世界各地。」

譯註：托爾金的《哈比人歷險記》、《魔戒》等中土世界作品裡，哈比人（Hobbits）會吃第二頓早餐。

「好，」我說，「比亞利克拉比，我和你談個條件。我們去掃描這份檔案，然後發送給你的同事。上帝之鎚每殺掉一千個吸血鬼，我就送你五年青春。」

「怎麼送？」

「不朽茶。只是天然藥草加上一些羈絆法術，沒有添加邪惡成分。你眼前就有樣板可看。」

「嗯。就算沒有好處，我們也會插死一千個吸血鬼。那是我們的職責所在。」

「很好，那就是雙贏了。我猜你不能像感應到我那樣感應吸血鬼？」

「不行。我們的力量來自喀巴拉生命之樹，所以吸血鬼對我們而言就和屍體一樣是隱形的。我還要說明我們也無法感應到你本身，只能感應到你施展的法術，因爲你的法術與生命息息相關。」

「是呀，」我說著，面露微笑，「和蓋亞羈絆在一起就是這樣。嘿，呃，你那裡沾了點——」

「喔！謝謝你提醒。」

我們立刻展開行動。我們得花幾個小時掃描檔案，然後發送出去，而在今天過完前，威納・卓斯切肯定就會得知檔案落在我手上了。上帝之鎚可以動手的時間不多。

「如果你們在日落前能對這半球的吸血鬼下手，」我說，「那就是你們最好的攻擊機會。歐洲那些吸血鬼——眞正古老又強大的那些——睡覺前就會聽說資料外洩，可能趁夜搬家。」

「那我們得把握上帝提供的機會。」

「這個，提醒你的人小心點。」我警告他，「有些地址可能會有陷阱，並不是吸血鬼的住所。我非常希望這次行動能夠大獲全勝。難得的一次。」

「希望如此。」拉比說，蠕動的鬍鬚或許表示他很開心。「就算一個吸血鬼也沒宰到，我還是很高興能和你見面，歐蘇利文先生。今天證實了我當初選擇寧靜沉著之道並沒有錯。如果我堅持狂熱之道，今天就不可能合作成就此事。」

我想那算是以很禮貌的方式說出如果他十二年前宰了我，我們今天就不會一起殺吸血鬼了。不過我不打算多說些會讓他感到更加內疚的話。我沒資格評判他；諸神知道在我漫長的一生中曾犯的錯誤比他多太多了。我們在很友好的氣氛下道別，如同老朋友般交換了電話號碼。

既然吸血鬼因爲我的作爲而雞犬不寧，其中有些或許很快就會被上帝之鎚送去面對終結，我決定去買點東西。而且魔法生命吸食者肯定正在趕來此地的途中，我要做好準備。儘管我絕對不想在多倫多當個叫奈吉爾的男子，但若想要解決掉威納．卓斯切，就得當這最後一次。運氣好的話，我將永遠不用再擔心人生中的那個章節。

首先，我跑去朗斯瓦里斯的藥草診療藥局買了點東西，然後又去楊格街的傑若米服飾店買了套衣服——好吧，正式服裝，不過我每次擠進這種服裝、在脖子上打領帶時，都覺得像是在玩角色扮演。服飾店店員建議我領巾又要再度流行了，我就回答：不、不，絕對不會，他完全被人誤導了。我還在那裡買了隻金錶和刮鬍用具——要重返奈吉爾的角色就要用到這些。

我們把東西全部拿到市中心一間旅館，在有白燈泡打亮的黃壁紙，以及有一層硫磺凝結的花崗岩桌台的房間裡，帶著懊悔不已的表情，開始剃掉我的山羊鬍；歐伯隆則試圖用即席演唱來逗我開心。

「在沒有牛肉的旅館呀！男人失去了鬍鬚！這裡沒有肉醬呀！因爲他感染了奈吉爾的憂鬱！」

「歐伯隆，我很感謝你的心意，不過你這樣並沒有讓我好過一點。」

「我才剛要唱到我的貓嚎獨唱呢。每次唱到那裡，我都會神清氣爽。」

「拜託不要。饒了我吧。」我清洗著光溜溜的下巴，拿毛巾擦乾，然後開始第二步驟，用上在藥草診療藥局買的東西、旅館的塑膠杯、幾滴永澈酒【註一】，還有一根咖啡攪拌棒。

「哇，嘿，你在搞什麼？這不會是要給我喝的噁心飲料吧？」

「不，這不是藥茶。這是一種酊劑。記得那次藥草診療藥局借我使用他們的磨砵和藥杵嗎？」

「記得。他們問了你很多問題。」

沒錯，他們很好奇，我則騙他們說我是要混藥膏，但事實上這種配方能夠在短時間內加速鬍鬚生長。當我要迅速變老，或是在短短幾日，而不是幾個月內長出長到不像話的毛髮時，就會使用這種配方。我另外又摻了一點酒精和蓋亞的魔法——就和不朽茶若缺少羈絆法術，就只是普通的藥茶一樣。我小心翼翼地在我兩側臉頰到下巴處抹上酊劑，第二天早上這兩個地方就會長出好幾個禮拜分量的毛髮，變成十九世紀流行的羊排鬍【註二】。等我換好所有正式服裝，將懷錶放進灰色條紋背心，梳好我的頭髮後——我看起來就會和一九五三年惹出那麼多麻煩的那個傢伙一模一樣。

「這只是幫我扮演一個角色的道具。我已經有七十年沒扮演過那個角色了。」

「這個奈吉爾究竟是怎麼回事？你還是沒把一切都告訴我。」

「喔，你要聽故事，是不是？好吧，我們在浴室裡，而你又在衣索比亞的泥巴地裡弄得很髒……」

歐伯隆開始搖尾巴。「我可以聽歷史上的阿提克斯的故事嗎？」

「來呀，跳進去，我來告訴你爲什麼你絕不會想當多倫多的奈吉爾。」

「好呀！」歐伯隆整個背都開始搖晃，匆忙地跳進澡盆時，一不小心把浴簾都給扯了下來。

「呃，那玩意兒太醜了，」他解釋，「而且很擋路。」

編註一：永澈酒（Everclear）是一種酒精濃度標示爲百分之九十五的中性蒸餾酒。

編註二：羊排鬍（muttonchops）是從兩鬢長出的絡腮鬍，但下巴沒有蓄鬍。漫威英雄金剛狼造型也算一種羊排鬍。

第二章

阿斯加德是個很奇特的地方，除了略帶一點水彩風味之外，像是顏料甩在白紙上，形成邊緣銳利、中央模糊的感覺，和電影、漫畫或奇幻畫作中大不相同。阿提克斯有做過類似的形容——光線黯淡、冰冷、衰竭，和看起來帶有約翰·威廉·沃特豪斯【註】畫作般溫暖豐富感的提爾·納·諾格截然不同。我眞的不屬於此地，等不及要離開。

然而，除非我能移除手臂上的洛基烙印，不然歐拉和我就被卡在這裡了，而最可能有能力移除烙印的就是奧丁。

他告訴我烙印是某種針對洛基基因調校的斗篷——但是謊言之王只要有心，就能看穿斗篷。赫爾和約夢剛德也都有那個烙印，這就是諸神找不到他們，導致奧丁、馬拿朗·麥克·李爾和所有試圖占卜他們位置的神沮喪不已的原因。但洛基隨時都能掌握他們的行蹤，就像他知道我現在在阿斯加德一樣。他肯定很想知道我來這裡幹嘛——他曾經當面這樣說過，還用歐拉威脅我，試圖逼我解釋第一次來此的原因，而當時我是來找奧丁幫忙的。

編註：約翰·威廉·沃特豪斯（John William Waterhouse, 1849-1917）是英國新古典主義和前拉斐爾派畫家，經常以神話或文學中登場的女性作爲繪畫主題，用色鮮明溫暖。

那次眾神之父說他需要洛基的基因來解除烙印，取得基因就是我的工作。然後我回到科羅拉多的小屋，發現洛基在裡面等我。他本來想來個出其不意，但我們家架設了強大的防火力場，所以變成是我出其不意。我在洛基背上打了一棍，跟著又擊中他的下巴，他則給了我鮮血、斷齒，還有一股復仇的快感。

不幸的是，因為洛基已知道地方，科羅拉多小屋也從此變得不安全，而奧勒岡的新家又還要幾天到幾週才會完成。我想弄成這樣也不算太差：阿提克斯在獵殺殺害他阿拉斯加朋友的傢伙，而我在阿斯加德也有很多事要忙。倒不是說我手頭上有很多事可做，因為在奧丁想出辦法之前我都沒事可幹，但是對於個人成長還是有所幫助：我要架構新的思考模式，而且得決定是用我已經會說的語言精通一套文學作品，比方說俄文，或是選個新語言從頭學起。富麗格好心幫我從「米德加德上的某間圖書館」拿了幾套文學作品來，而我正在看杜斯妥也夫斯基的《地下室手記》【註】，裡面有不少句子讓我深感認同：自然不會徵求你的同意；不在乎你的期待，也不管你喜不喜歡它的定律。你必須接受自然的現狀，及其帶來的後果。這套作品一點也不差，但在接受過華特．惠特曼強烈樂觀主義的洗禮之後，他的作品對我而言有點像是淡而無味的燕麥粥——含有豐富的纖維，對健康有益，但是缺乏享受美食的喜悅。不過與惠特曼相比，幾乎所有作家都有這種問題。無論如何，我得閱讀很多這個語言的作品後才能做決定。如果我要耗費心力背誦文章，我希望能背點傑出到能在我腦中餘音繞梁的作品。

不過，眞正不停地在我腦中迴盪的，卻是自己年輕時代的聲音，大聲疾呼要讓我繼父得到應得的報應，儘管我寧願她安靜一點。因為就像杜斯妥也夫斯基的自然觀點，他是個不徵求同意、不在乎你的期待、也不管你喜不喜歡他的人。他同時掠奪世界又污染世界，看不起任何沒膽量在能力所及範圍內搶奪一切的人。

我曾對阿提克斯坦承過，我之所以想當德魯伊，部分原因在於要教訓我繼父，因爲人類的法律不肯教訓他。阿提克斯指出個別對付污染大地的人不是理性的做法，我可以了解。他說得沒錯。但我這種需求本身就不理性。那是激情的產物，我得想辦法處理，不能就這麼撒手不管。他不只是個污染大地的人，也是個會嘲笑動物死於漏油的渾蛋。

然而，我深怕在我腦中幻想的復仇旅程中，會錯過寫著「前有致命錯誤，請勿進入，死亡會帶著尖牙利齒等待著你」的大路標。我很清楚自己該擺脫他留在我心裡的毒素，直接活得比他久就好了。但有時候我們就是會做些除了用深藏在情緒中的神祕算式來解，不然完全沒有道理的事。我們可以從心理治療和宗教裡尋求類似用軟膏塗抹傷口的解脫，但那等於是在阻止我們治療自己，然後用新的麻藥來麻痺舊傷口。儘管心知事情不會如我所願，我還是得想辦法對付他，爬出他長久以來的陰影。

在這種情況下還能想起他，就說明了他對我的影響有多大。儘管阿斯加德感覺很詭異，我還是很難想像世界上有比這張沙發更適合學習的地方；我的客房裡擺滿鮮花水果、照明充足，還有一座沐浴用的溫泉，讓我可以從一種享受換到另一種享受。

編註：《地下室手記》（Записки из подполья, 英譯爲*Notes from Underground*），是杜斯妥也夫斯基（F. Dostoyevsky, 1821-1881）於一八六四發表的小說，也被視爲他文風的轉捩點，爲他之後發表《罪與罰》等名作奠基。

過了兩天這種獨居頹廢的生活之後，奧丁傳喚我去他的大廳。他相信他已經找出解決之道，而那個矮人符文詩人弗加拉站在他身邊，還有他妻子富麗格。

奧丁舉起一枚看起來異常眼熟的石印，以讓人聯想到煙燻威士忌的聲音說：「想要解除洛基的烙印，我們必須以火攻火。弗加拉幫忙製作了一枚灰燼符石，可以燒掉他烙在妳身上的印記。符石內鑲了洛基的基因，可以解除封印、引發轉變。」

聽起來超乎我原先的期望。「呃……轉變成什麼？」

「自由之身。同時也會轉變成洛基的失敗。」奧丁微微一笑，但在我看來，他的計分方式有問題。坦賈武爾外的那個地洞裡，洛基並不只烙印我，還搶走了兩樣非常強大的魔法武器：瓦由的失落之劍，還有富威塔——雪人幫我打造的漩渦刃。想要拉平比數，就得把那兩樣法器偷回來才行。

奧丁將石印交給弗加拉，他以鐵鉗夾起，插入奧丁火熱的熔爐中。我腦中閃過好幾部電影裡的場景，壞人做出類似舉動來恐嚇遭擒的主角，不過我還是期待接下來的發展。只要能擺脫洛基的烙印，我願意承受任何痛楚。痛楚會消逝，自由的喜悅卻能長存。沒錯，我追求的自由是心理上的自由——基本上，我是想要奪回隱私。心知有個變態在監視妳，並不會對身體造成限制，卻會在意識中形成枷鎖。

我們一起盯著火焰看了約莫十秒，然後開始發現在石印加熱期間都不說話會很尷尬。於是富麗格清了清喉嚨，對弗加拉說：「你很快就會前往斯瓦塔爾夫海姆嗎？」

「很快。」他說，不過在我有機會問他去找黑暗精靈幹什麼前，奧丁已經急著想岔開話題。

「告訴我，關妮兒，洛基有透露任何可以用來猜測他下一步舉動的線索嗎？」他問。

「沒，大多是我在講話。告訴他下次再見面，我就會殺了他。他沒有回應，不過我想他心裡也是同樣的想法。」

我將目光移回矮人身上，默默打量他。上次見到他時，這位符文詩人正在研究能砍中煙霧狀態的黑暗精靈、強迫他們恢復實體的斧頭。如果他要去斯瓦塔爾夫海姆，或許不會只是去隨便走走。

弗加拉說了句：「弄好了。」打斷了進一步交談。他從火裡取出石印，石印微泛紅光，沒有像洛基那塊變成亮橘色，不過我很肯定我會感受到同等的高溫。「麻煩伸出手臂，快點。」

「歐拉，我待會兒會痛到大叫幾聲，不過不要緊張，我得這麼做。」

「既然妳這麼說的話，好吧。」

我捲起左手衣袖，露出二頭肌上的洛基烙印。弗加拉伸出戴著手套的左手，引領我的手放在他的左腋窩下加以固定，然後用手掌扣住我的手肘、拉直手臂。

「盡量不要動。抗拒妳的本能。」

「我會。」我說著，對他點頭，舌頭緊貼牙齒。我可不想痛得咬斷舌頭——而我很肯定不管如何阻隔痛覺，都會感到無比的劇痛。洛基烙印我時，我用盡全力阻隔痛楚，但還是感覺得到；他的石印不光只是燒傷我的皮膚——還燒傷了靈氣，如果我沒有誤解奧丁的意思，烙印的層面遠遠超過皮膚。弗加拉的灰燼符石八成也有同樣效果；至少我希望有，這種事絕不能再多試幾次。

在弗加拉把石印舉在我二頭肌上時，我感覺到熱氣噴灑在臉和手臂上。

「動手。」我咬牙切齒地告訴他。他毫不遲疑地緊握我的手肘，直接對著洛基的烙印壓下石印，滋滋作響的劇痛完全超乎我的想像。我感到彷如烈火焚身，不光只是手臂炙痛、肌肉糾結，就連喉嚨也在發出一開始的驚呼之後當場啞掉。但是第一聲驚呼導致我張開嘴巴，儘管已有準備，我還是咬到了舌頭。我嘴裡傳來了血銅味，全身冒滿汗珠。

「嘎！」我噴出一口鮮血，濺了弗加拉滿臉。他把符石壓在我手上的時間比洛基久很多，不過那或許只是出於我的想像。

歐拉在我心裡大叫。「嘿！關妮兒，妳噴血了！他應該要住手！妳傷得太重了！」

我由衷地同意，不過還是告訴她：「不會痛太久的。我會痊癒。」

「我們得確保有連根拔起。」弗加拉說。

「燒穿了……我的皮膚！」

「啊！沒錯。」

他扯開符石，連帶扯走了幾條皮膚。他放開我的手，喚來兩個女武神。「拿水來。」

我沒看到她們從何而來，也不知道她們花了多久時間——我身處永恆的痛苦——只看見她們端著一個濺著水花的大花瓶走了過來。我將手臂伸進去，劇痛稍微消退了一點。然後我封閉了神經，鬆了口氣，拔出手臂，檢視二頭肌上的那個洞。洛基的烙印已不見蹤影——只剩下關妮兒的香脆皮膚。我沒辦法伸展手臂，不過還是張口狂笑。謊言之神利用黑暗邪惡的東西打碎了我大部分的骨頭，然後烙印我，滿心以爲這樣可以粉碎我的心智，把我變成順從的僕人。好吧，沒那麼好的事。

「哈哈。哈哈哈哈哈哈。幹他的洛基。」我轉向奧丁，笑容滿面，也不在乎會不會看起來精神失常。「我說的對吧？」

第三章

我趁著放洗澡水時打開旅館裡那種可笑的小肥皀，然後看看歐伯隆身上的乾泥巴，特別是他肚子上的。這是大衛和哥利亞的那種情況【註】，但我沒得選擇，只能希望這塊小肥皀能夠戰勝泥巴。

「好吧，老兄，我們來吧。」我說著，開始舀水潑他肚子，然後弄濕他的背。「洗完之前都別甩身體。」

「嘻嘻！好癢，阿提克斯！快點分散我的注意力。」

「好，開始說囉。」我說。

□

要了解當初發生在我身上的事，你就得先知道一些多倫多的歷史。

我是在一九五三年秋天以醫學院學生身分來到多倫多。當時世界正從兩次世界大戰，以及韓戰中

譯註：《聖經》故事，非利人勇士巨人哥利亞（Goliath），被年幼的大衛（David，以後成爲大衛王）靠上帝的幫助用小石頭打死了。

看到東西就射的行爲裡，學會了很多外科手術和修補傷口的技巧，我想我或許能學點有用的東西，於是就用奈吉爾·哈葛雷夫的名字申請了多倫多大學，打算用一心想成爲醫生之人的身分在這裡住個幾年。結果我只住了幾個月，理由與一座陰森的老建築和發生在十九世紀的悲劇有關。

多倫多大學其實是由幾間老學院組成，當中有許多教會學校，其中有個學院——如今位於布洛爾街上的皇家音樂學院——很久以前曾是浸禮會的神學院。那是一座建於一八八一年的紅磚大理石歌德式建築，就是你很肯定建築師在吐出一口充滿鉛漆味的口氣時，會對自己瘋狂大笑的那種建築。尖銳的高塔、陡峭的屋頂、巨大的窗戶。踏上去會嘎嘎作響的木頭地板。十九世紀時，有個名叫奈吉爾的年輕人來到神學院求學。他的未婚妻是溫尼伯的關德琳，擁有烏黑的秀髮和嫉妒的眼神。

□

歐伯隆的提問打斷了我的故事。「嘿，不是有個怪物叫作嫉妒嗎，阿提克斯？你之前跟我提過一次，我記得是因爲它不懂得善待食物。」

「喔，對，那是莎士比亞的怪物，《奧賽羅》裡的。嫉妒是個喜歡嘲弄食物的綠眼怪物【註】。」

「沒有理性的怪物。」

「的確。」

當年的某個夏日——那個年代汽車還沒出現，人們除了走路，就是坐馬車——關德琳穿越布洛爾街的硬土馬路去找她的奈吉爾。她特別烤了一個蛋糕，穿了連身紅裙，肩膀上披著同色的薄披肩。這件連身裙是奈吉爾買給她的，而她知道他正穿著她買給他的灰色條紋西裝，心裡八成認爲他們是對很有穿衣品味的佳偶。但由於擔心拿不穩蛋糕，她在穿越神學院前的馬路時，速度或許太慢了點，而且沒在注意附近的情況，而這就是她爲什麼完全沒有閃避撞上她的馬車——她沒看到。

她被四分之一噸重的馬撞倒又踩過，接著又被沉重的車輪輾過，導致肋骨斷裂，束腹內大量內出血，可憐的關德琳當時唯一的心願，就是能再見奈吉爾最後一面。她先是在地上爬，然後又在路人的幫助下抵達神學院前的石階，接著在奈吉爾跑出來查看慘叫聲前的幾秒鐘死去。看著未婚妻慘白的容顏，還有那個當作沒事發生、繼續駕車沿著布洛爾街離去的車夫，他心裡充滿著一股與神職人員身分格格不入的怒火。所在乎的一切都被奪走了，他想要以牙還牙，或至少對那傢伙的下巴來個一拳，或許三拳。於是他快步衝過去追趕那個壓死他未婚妻的人，最後追上了對方。然後他被殺了，因爲馬車車夫有把左輪手槍，並對身穿灰條紋西裝、戴金錶、留羊排鬍、朝他揮拳的紅髮男人抱持敵意。

編註：出自莎翁《奧賽羅》（*Othello*）第三幕第三景伊阿古（Iago）的台詞：「主帥，提防嫉妒，它是頭綠眼怪物，會嘲弄爪下的食物。」（Oh, beware, my lord, of jealousy! It is the green-eyed monster which doth mock. The meat it feeds on.）

奈吉爾的鬼魂十分明理地前往他認爲自己該前往的地方，成爲爲什麼有時候最好能忍則忍的絕佳案例。至於關德琳——她還有未完成的心願。

爛成一團的蛋糕，唯一的作用就是代表她永恆的愛。除非再一次告訴奈吉爾她愛他，聽見他回應她的愛，不然沒辦法離開人世。於是她的鬼魂搬進了神學院裡，日後數十年間都以紅衣女士的身分作祟，不停地尋找他。

□

「喔，不，這下你麻煩大了。」我的獵狼犬在我幫他塗肥皂時說。

「你這麼認爲？」

「喔，是呀，你完蛋了。」

「對，沒錯。」

□

我在一九五三年進入那棟建築時，沒人警告過我紅衣女士的事。他們其實也沒理由警告我。她很害羞、靦腆，在找穿著灰西裝、留羊排鬍、名叫奈吉爾的紅髮男子。如果你不符合這些條件，或是剛好撞見她自怨自艾，大概就永遠不會再遇上她。當時該建築有點處於荒廢狀態，學校只有在那裡做點行政工作和舉行某些考試。皇家音樂學院直到一九七〇年代才進駐其中。我會去那裡，都是為了考試，而當我第一次進去時，發現有很多房間無人使用，很適合當幽會場所。大學生很珍惜這種場所，因為宿舍為了避免學生做出「猥褻不道德的舉動」，管理嚴格。

好了，機會終於來了，我遇上同校一個品味很奇特的女生，因為她不是受到羊排鬍或紅頭髮，而是被奈吉爾這個名字吸引。身材壯健對她來講只是加分，世界上沒有任何東西比奈吉爾・哈葛雷夫這個名字更吸引她了——她說這個名字聽起來像是有錢的貴族。或許她真正喜歡的是這個——貴族氣息，我是說，不是我的名字；我一直沒搞懂那個女孩。但是我很寂寞，又沒特別想要管好自己，所以我和她約好在老建築的一間房裡碰面。入口大廳裡有個告示牌標明所有排定的測驗，所以我們挑選了二樓的一個房間，我解開鎖，跑進去在一張桌子上享受兩廂情願的歡愉。

當我們交歡到一半，衣服還沒脫完、但是興致勃勃時，關德琳——紅衣女士——終於發現了一個看起來超像她未婚夫奈吉爾的男人。看到此人正在和另一名女子交歡，讓她勃然大怒，而她絕對不會弄錯——她知道那就是她的奈吉爾，因為我的伴侶一直在叫那個名字，我又留了一嘴紅色羊排鬍，還穿了她送愛的蛋糕那天奈吉爾所穿的灰條紋西裝。就在那一刻，害羞靦腆的鬼魂變成了徹頭徹尾的喧鬧鬼【編註】。房內桌子開始搖晃，包括我們躺的那張。椅子離地而起——一開始毫無準頭，就像雲中都市的帝國暴風士兵【譯註】，但是在逐漸變響的遭背叛叫喊聲中迅速打斷我們的興致。

我的伴侶不再叫喊我的名字，出現適當的驚慌反應，衣服都沒穿好就奪門而出。我從此再也沒有見過她。

「奈——吉爾！你——怎麼可以——！」一個鬼氣十足的聲音對我怒吼。

「我，呃……想這當中一定有什麼誤會。妳是誰？」

一條紅色幽靈凝聚成形，非常正式、迷人地呈現出連身裙上的所有細節，讓我日後得以調查她的來歷。彬彬有禮的幻象在她張大不自然的嘴巴對我大叫時蕩然無存：「我是你的未婚妻！關德琳！」

「什麼？嘿，我不是妳要找的人。我其實不叫奈吉爾。」

「騙——子！」

這時家具移動得非常劇烈，毫不留情地撞向我，而我除了拔腿就跑，什麼都不能做。老實說，德魯伊沒辦法對付鬼魂。鬼魂沒有有形的軀體可以羈絆或解除羈絆，而寒鐵護身符對他們而言只是一塊金屬。

然而，那並不表示鬼魂無法羈絆——他們通常會被羈絆在死亡時的場所附近，遭受無形的靈界力量限制，而非任何與大地綁在一起的東西。想要逃離她的追殺，我只要逃出這棟建築。至少我是這麼想的。

當我衝過走廊、跑下通往出口的大樓梯時，所有紙張、書籍、灰塵暴都跟著她的尖叫聲尾隨而來。我被一本教科書擊中腦側，摔倒在地，然後連忙跌跌撞撞地起身。她非常粗魯地追到大門口，接著在我驚駭莫名的眼中繼續跑到室外。既然找到她的奈吉爾了，她就把羈絆轉移到我身上，脫離了建築物的掌握。我抱頭鼠竄——我認為當你被自認被你拋棄的喧鬧鬼追趕時，用抱頭鼠竄來形容是最恰當不過的了。那所大學法學院圖書館的現址，當年有棵我用來傳送到提爾・納・諾格的老橡樹，我利用它傳送到安全的地方，然後開始研究她的來歷。

一段時間過後，我轉移回去，滿心以爲會被她攻擊，但是喧鬧鬼關德琳沒有待在橡樹旁邊。她大概是回到作祟多年的建築裡去，不過我絕對不打算回去查看。我收拾行李，在她找上門來前離開，直到今天才再度踏足多倫多。

□

「所以，紅衣女士關德琳如今可能還在那裡？」歐伯隆在我幫他沖水時問。

「對。」

「然後她可能還在生奈吉爾的氣？」

「對。對鬼而言，她的記憶力似乎很好。」

「而你還故意打扮成奈吉爾・哈葛雷夫？」

「沒錯。不過這次，我要假扮的是眞的奈吉爾，而不是她之前誤認的醫學院學生。她有能力說

編註：喧鬧鬼（Poltergeist）是傳說中一種會發出噪音、移動或破壞物體的靈體。沒有人碰的家具自行移動、發出噪音，也被稱爲騷靈現象。

譯註：出自星戰電影《帝國大反擊》。

話——她有些話很想對奈吉爾說，你知道——我也有些話必須跟她說。」

「你應該唱首情歌給她聽。音樂能夠安撫粗野的鬼魂。」

「呃，粗野的胸懷，歐伯隆，粗野的胸懷，不是粗野的鬼魂。原句出自威廉．康格里夫【註】，經常有人轉述錯誤。」

「好吧，不難想像。我從來沒遇過粗野的胸部。吃過幾次，沒錯，炸過後再淋肉醬，不過沒嚐過粗野的。」

「你今天在澡盆裡表現得很好。我要幫你擦乾，然後弄一、兩條香腸給你吃。」

編註：威廉．康格里夫（William Congreve, 1670-1729），是一位英國的劇作家與詩人。這段句子出自他的劇作《哀痛的新娘》（*The Mourning Bride*, 1697），也是該劇的名台詞之一。全句為「音樂有安撫粗野胸懷的魅力」（Music has charms to soothe a savage breast.），歐伯隆記成：Music has charms to soothe a savage ghost.

第四章

很少有東西比大城市更令我厭惡。惡臭、汽車廢氣、地平線上都是叫人買新車的四方形大看板。我對葛雷塔說：「我喜歡被妳教訓，但是這座城市用我沒辦法還手的方式教訓我。你們所謂的天堂谷不是我的天堂，親愛的。我沒辦法住在這片天殺的水泥仙人掌荒原中。我需要我的樹。」諸神祝福她，她說她願意和我一起搬去鄉間。多少算是。

「旗杆市怎樣？」她問，「我們住在舊金山峰，那裡有很多松樹和山楊樹，有需要再進城。」聽起來像在避重就輕。「什麼時候會有需要？」我問她。

「這個，我們過段時間都得要買點食物。」

「那幹嘛要進城？我們可以狩獵，然後自己種。弄點綿羊、山羊，還有雞。」

「好吧，歐文，如果你喜歡那樣，我想是有可能的。」

「不光是有可能，那是唯一的生活之道。」

她對我微笑，我又感到有希望了。「那我就轉到旗杆市部族。」她說，「我早該展開另一段生活了，山姆和泰都是好人。」

「是呀，練拳的好對手。」我說。旗杆市部族的狼人領袖比霍爾．浩克，還有坦佩部族的大多數成員都來得年輕，不過他們是對快樂的戀人，願意分享啤酒，也不介意三不五時就和頭大熊打上一架。老實說，我比較想回愛爾蘭，但我不能要求葛雷塔跟我走。月圓之夜，她需要與部族一起狂奔，而我不確定愛爾蘭有狼人部族。

從那之後，我們就開始和一種叫作房地產經紀人的傢伙打交道——這個年代有群人什麼都不做，專門賣房子，他們甚至還不是蓋房子的人。真他媽的完全沒有道理可言。

「就是這裡，」我對葛雷塔說，「這裡就是我之前找到的那塊住滿土撥鼠的原野，還有間小屋可以拉屎。我可以把它賣給你，只要拿點蠢錢來換就行了——房地產經紀人都是這麼運作的嗎？」

「差不多。只不過賣家是小屋主人，不是房地產經紀人。」

「這樣的話，要房地產經紀人幹嘛？」

「處理很多法律上的問題。也能防止買家和賣家大打出手。」

「喔，好吧，這樣我就懂了。我曾經和一個住在沼澤裡的傢伙買了壞掉的鹿肉，我超想把他扁個屁滾尿流。當時該找房地產經紀人的，那樣就方便多了。」

「不，歐文，房地產經紀人不是幹那個的——」

「好吧，他們應該幹那個！住在沼澤裡的人需要好好教訓一番，我敢說有人願意付錢找人教訓他們。可以是全職工作。或許我該做這種工作。敘亞漢說我該找個工作。」

然後葛雷塔就放棄和我解釋房地產經紀人了，我也不再說話，讓她去應付所有討厭的現代事物。她在離城不遠處找到一個很符合我需求的地方，附近有很多樹林，還有間大得不像話的房子，不過她說會有用處。

「有什麼用處？」我問，「我不需要天殺的城堡。」

「搞不好需要。」她回答。

我完全不知道她這麼說是什麼意思，而她要我耐心等待，她要我與霍爾、山姆和泰坐下來討論一些事情。

兩天過後，我們在山姆和泰的家裡坐下來談，霍爾還特別從坦佩開車過來。他們用很棒的啤酒和過度友善的笑容接待我。他們有種起司是專門用來塗在餅乾上的，而他們以爲我這顆老腦袋會爲此而大吃一驚。他們八成是想要我幫什麼忙，偏偏又怕我拒絕。

「好了，究竟是什麼事？」我問，「如果你們想要勸我辦支手機，現在就可以放棄了。」

「不，不是那種事，歐文。」葛雷塔說，「根據我們的了解，這搞不好是你眞的會想做的事。」

「好吧，我在聽。」我沉入一張棕皮沙發裡。沙發把我的背吸了進去，彷彿永遠不想讓我起來。

「從你對我說過的話來看，我相信你想要訓練更多德魯伊。」

「對，對。不過我不確定要上哪兒去找願意讓我這麼做的父母。現代人不相信魔法，就算相信，也不希望子女和魔法扯上關係。」

「這個，其實是有相信魔法的父母，也非常希望子女成爲德魯伊。」

「有這種人？」

「對。狼人父母。」

「這又是怎麼回事？我以爲狼人不能生育。每次變形都會害死胎兒。」

「沒錯，但是世界各地都有些最近轉變成狼人的人，在被咬前就已經有了孩子。他們當然會擔心他們。他們不希望子女變成狼人，但也不希望疏遠子女，於是將德魯伊之道視爲絕佳的折衷方案。他們的子女可以待在魔法世界裡，甚至在學會變形後與部族一起狂奔，但又不用承受變形狼人的詛咒。」

「多年輕的子女？」

「讓我這樣問吧，理想年紀是多大？」

「六到八歲。年紀小有比較好的語言學習能力，也比更大的孩子容易處理不同的思考模式。這樣他們可以在十八到二十歲時與大地羈絆。」我說。

狼人們彼此交換了眼色，接著開口的是霍爾・浩克。「我們知道有六個孩子合乎這個年紀。如果你同意，我們就把他們的父母轉到旗杆市部族來，交給你指導。」

「好了，先等一等。」我試著湊向前去，但是沙發和我作對。我得抓著天殺的椅臂才能起來。「你是要我在旗杆市成立德魯伊教團？在葛雷塔的地盤？」

「有何不可，歐文？」葛雷塔問，「我們的空間夠。隱私也夠。我們的土地上有很多樹。你也可以隨心所欲地增建房舍。或許加間溫室，種藥草和蔬菜。」

一次六個學徒，還有狼人全力支持。聽起來眞是好到不像是眞的。

「這些孩子都沒有被咬，是吧？如果被咬過是不能與蓋亞羈絆的。」

「不、不，他們全都非常正常。」霍爾向我保證，「被咬的只有他們的父母。」

「你知道，一旦產生羈絆，被狼人咬就不再會影響他們。蓋亞不會讓他們變成狼人。這就是我不怕和你們打架的原因。」

「對我們而言，那絕對是優點。」葛雷塔說。

「不過在那之前，他們都很脆弱。」

「我們了解。我們會提供最嚴密的保護。我們已經在保護他們了。」

「那好，」我說，「我不反對。」我在他們面露微笑時伸手阻止他們。「但是不要太過興奮，也暫時不要採取行動。我們不能在敘亞漢有可能冒出來搞砸一切的情況下展開這種行動。我已經好一陣子沒聽說他或關妮兒的消息了，我該明確告知他們兩個從今以後不要再來煩我。」

霍爾突然面露疲態，不過他點頭。「或許這樣最好，你說得對。我知道他現在在擔心吸血鬼——我想我也是。有個從前幫我們做事的吸血鬼把整個州都宣告爲他的地盤。我不認爲他會來找我們麻煩，但萬一他想惹事，情況可能會一發不可收拾。」

「對。所以我們要謹愼行事。我去和提爾．納．諾格回報。布莉德已經祝福過我訓練德魯伊的事，但我要她特別關照此事。如果同時有妖精和狼人的保護就更好了。」

葛雷塔從椅子上跳起來，撲到我身上，嘴唇貼上我的嘴，又把我壓回皮沙發。「謝謝你願意考慮這件事，歐文。這對我們意義重大。」

她的嬌軀溫暖，頭髮散發出莓果和香草的味道，親吻的時候呼吸急促，接著她身體後仰，順手捏了一下我的奶頭，然後退到門邊，嘴角流露出淘氣的笑容。「跟我去跑跑，泰迪熊。」她說，用這個她覺得很可愛、我卻還是很困惑的暱稱叫我。我一點都不像泰迪熊。

「如果有辦法離開這張天殺的沙發，我就去。」我說。不過在葛雷塔開門出去前，門外有人敲門。她打開門，有人找我。

「有誰會來這裡找我？」我大聲問道，然後掙扎起身。「我討厭這張沙發，山姆，拿把斧頭把它拆了，然後放火燒掉！」

他笑著對我伸手說：「不行。泰最喜歡那張沙發了。」

泰看起來有點受傷，我覺得自己像個公牛箱【註】。「抱歉，泰，別理我。我是個脾氣乖戾的渾蛋。下次打架時拿我發洩、發洩，捍衛你那張吃人屁股的沙發的榮譽。」

門外的是圖阿哈．戴．丹恩的葛雷恩亞。他手臂下夾著兩個扁木盒，看到我時面露微笑。

「啊，歐文，很高興找到你了。布莉德說你有可能會在這裡。」

「她這麼說？好吧，我猜她有一直在留意我的行蹤。我能爲你效勞嗎？」

「只要收下這個就好。你的手指虎做好了，盧基達也有禮物要給你。」

「我的手指虎？」我都把它們忘了。葛雷恩亞之前量過我的拳頭尺寸，承諾會幫我打造武器，作爲他個人技巧的試煉。不是我主動要求——他自願幫我打造。我想現在世界上再度有德魯伊出現，讓圖阿哈．戴．丹恩又開始追求榮耀了——我是說，除了敘亞漢以外的德魯伊，而敘亞漢已藏頭縮尾了兩千多年。

「對。等不及要看你戴起來試試了。你有空嗎，還是我來得不巧？」

葛雷塔看了我一眼。「我們可以晚點再跑，歐文。」她說，「不過你會跑得很累。」

「我很期待。」我回道，然後告訴葛雷恩亞說我很歡迎他來訪，並介紹他給所有狼人認識。泰拿了瓶啤酒給他，我舉起酒瓶。「敬孤紐和他的作品。」我說著，想起他那個在芳德叛變期間死於史普利甘之手的哥哥。「我每天都會想念他。」我們喝酒緬懷他，然後，在山姆的邀請下，葛雷恩亞把兩個盒子放在他們的餐桌上。一大一小，不過都是打磨過的楓木所製。葛雷恩亞打開比較小的盒子，內側有紅色襯裡。盒裡放著一套銅手指虎，套上刻著工藝之神迫不及待想要解釋的羈絆繩紋。

「還沒有取名，但這件武器絕對應該命名。」他說，「永不損壞，能夠強化你的力量，還能儲存蓋亞的魔力。」

「什麼意思？」

「這個，敘亞漢和關妮兒都有類似的法器。你有時候或許會在現代世界中發現自己與大地隔絕，需要魔力施展羈絆法術。你可以在手指虎裡儲存一些，在需要時取用。敘亞漢的是他的銀熊符咒，關妮兒則把魔力儲存在史卡維德傑的銀質端。他們之所以挑選銀，是因爲擔心得對付狼人。」他看了屋主一眼，突然發現自己可能冒犯了他們，立刻往下說：「好了，銅也可以儲存魔力。一個手指虎儲存的魔力，就超過他們兩個加起來的總和。」

編註：公牛箱（ox box），除了之前於《鋼鐵德魯伊6》提及的辯論箱（ox box）外，也可用來形容人或物等顯得格格不入或顯尷尬。

「好呀，這比在黑啤酒池塘裡游泳還爽。但是如果變形的話會怎麼樣？」

「最棒的就是這個！它們會和你一起變形，根據你的形態調適形狀。變成熊時，它們就會包覆熊掌；變成公羊時，它們會包覆羊角；當你變成海象，它們會覆蓋在獠牙上；變成紅鳶的時候，就會包住你的爪子。」

「喔，這下你只是在幫你哥哥獻寶了，是不是？」

「或許有一點，」他說，神情驕傲又滿足，「史卡維德傑最大的缺點就是，關妮兒變形後就得想辦法攜帶它。除此之外，它是很強大的武器——隱形羈絆超神奇的——但帶著它就不能隨意變形。得處於人形才能使用它。我不要你擔心那個。這副手指虎會和你一起變形，不管任何形態都派得上用場。」

「我可以試試看嗎？」

「請試！我很想看看它們的效果。」

我取出手指虎，套上手指。感覺有點冰涼，十分合手。我注意到它們很薄，不過很寬，覆蓋在拳頭和第二節指節中間。戴起來後沒有感覺有何不同，不過我想只要出門吸收魔力後就不一樣了。

「非常好。我們出去找塊石頭來試試。」

旗杆市位於海拔七千英呎，而它毫不客氣地讓人知道現在是十二月。還沒開始下雪，不過已經很冷了。那個無所謂；我一出門就脫光衣服，感受從腳底刺青往上竄起的魔力。我沒有吸收太多魔力——沒有必要。我只是出來試試手指虎的。我第一個目標是從來沒得罪過我的一塊從山姆和泰家三十碼外松針裡冒出頭來的鏽色石頭。

「捶打岩石、牆壁，或什麼東西的時候，會不會刮傷它們？」

「應該不會。」葛雷恩亞說。

「我的手呢？」

「應該也不會。」

通常我不會去捶打石頭，一來指頭會比石頭先碎，二來石頭也不會出聲說它受傷了。但既然要測試武器，就得好好測試。

我揚起右拳，在不確定會不會打碎骨頭的情況下往石頭捶了下去。石頭沒有當場粉碎，不過我的手也沒有。這一拳在石頭表面留下蛛網般的裂痕。我感覺很好、很強大。

我精神一振，繼續追擊，這回力道更重，打得石屑紛飛。

「天呀，歐文，」葛雷塔說，「你的手沒事吧？」

我伸手給她看。沒流血。沒有紅腫。「完全沒事。」

我戴著手指虎變爲熊形，看看會發生什麼事。銅手指虎宛如液體般流動、延展開來，變成熊掌的形狀。我有一雙銅熊掌！我一掌掃向地面，滿心以爲會承受半打乾土塊的抵抗力道，結果卻像打在農家乾酪上一樣。太驚人了。接著，爲了看看獠牙上的銅套，我變形爲海象。我在變形期間感覺到銅順著我的手流向臉部，然後獠牙就變成閃亮的銅牙。我朝葛雷恩亞和狼人吼叫了一聲，逗他們笑，然後跳過公羊形態，變身爲紅鳶。金屬從臉轉移到腳，我的爪子依然銳利，不過覆蓋了一層銅。我很好奇多出來的重量會不會影響飛行，於是展開雙翅，發現起飛時是比平常吃力一點，不過起飛後就沒有差別了；額外的力量自銅套傳入我的翅膀肌肉，感覺毫不費力。爲了測試銅爪，我降落在一棵黃松樹的枝頭上，差點抓斷了它。戴手指虎的時候我得注意力道，不然會在無意中弄傷樹木。

很棒的禮物，我覺得自己配不上這麼好的東西。接著我滑向另一根樹枝，輕輕降落其上，以習慣這種力道。紅鳶的淚腺不容易受情緒影響，所以我很適合用這種形態感受一些不方便洩露出去的情緒。今天眞的很棒，一來新學徒有了著落，二來得到可以痛扁沼澤渾蛋的手指虎，三來晚點還可以和葛雷塔去跑跑。我沒想到自己會一下子遇上這麼多好事。能過這種日子，都是敘亞漢的功勞，詛咒他那雙眼睛。

飛回地面，再度恢復人形，我取下手指虎，大大稱讚葛雷恩亞。

「你是當今世上最高明的工匠！手指虎實在是太棒了！完美！」

布莉德之子鞠躬道謝。「我相信你會用它們寫下不朽傳奇。如果你不利用它們打造自己的聲望，那就太浪費了。」

「我肯定會幹點什麼的。」我說著，對他微笑。

「等你決定要叫它們什麼名字時，你會告訴我吧？」

「當然、當然。」

「我還有樣東西要給你，然後就要走了。」

「喔，對，還有一個盒子！」

我們擠進屋內，我穿上衣服取暖。盧基達的大盒子裡放著三根木樁，表面刻有羈絆繩紋的美麗硬木。

「盧基達聽說敘亞漢雇用紫杉人獵殺吸血鬼，以確保德魯伊能夠安安穩穩地活在世界上。所以他幫你們三個打造了這三根木樁。」

「先等一等，」我說，「敘亞漢在幹嘛？」

「據我所知，吸血鬼再度對德魯伊下達了屠殺令——你們三個都有份。當年就是他們引誘羅馬人殺光德魯伊的，你知道吧？我想你沒經歷過那個年代，當時只有敘亞漢活下來，當然還有直接跳過兩千年的你。」

「我不知道。他沒告訴過我。」

葛雷塔插嘴道：「我以爲在你幫他修補刺青的時候，他就把一切都告訴你了。」

「不，沒有，他一定是跳過了那一部分。他大多在講和諸神作對的事，從頭到尾只提過一個吸血鬼——不，兩個。因爲一個背叛他，另一個差點殺死他。」

「對，背叛他的叫作李夫·海加森。」霍爾說，「他也背叛了我們。」

「不過，現在要獵殺你們的是名叫希歐菲勒斯的遠古吸血鬼。」葛雷恩亞說，「至少下令的是他。」

我轉向葛雷塔。「好吧，這下得要改變計畫了，親愛的。在可能會有吸血鬼找上門來的情況下，我們不能建立德魯伊教團。那太不安全了。」

她看了我一眼，然後搖頭。「他們不會有危險的，你很清楚這一點。他們會在太陽下山後待在有魔法力場守護的屋子裡，直到天亮才出門，所有孩子都有我們和父母保護，而我們都很不好殺。」

「我不知道你們在講什麼教團，不過看看這些木樁，歐文，」葛雷恩亞說，「不會碎也折不斷，就像史卡維德傑一樣，而且上面還刻了吸血鬼解除羈絆。只要刺中吸血鬼——不管是左手掌還是右腳大拇趾——他們都會當場解除羈絆。用這個就不用插他們的心臟了。」

「我以爲這是不可能的。」

「盧基達在測試之前也無法肯定。聽著，布莉德希望這次德魯伊能夠獲勝。這些木樁是她的主意，盧基達只是把想法實踐。」

「布莉德的主意，呃？好吧，反正我也得去拜訪你母親。我要和她談談在這裡成立德魯伊教團的事，或許她知道敘亞漢的下落。」

「我想她不知道。我把三根木樁都帶來給你，就是因爲我們以爲你知道要上哪兒去找他們。」

「我可以打電話找他看看。」霍爾說著，拿出手機。我們安安靜靜地看著他點擊螢幕。他打開擴音功能，讓大家都能聽到，不過電話直接進了語音信箱。「要嘛電話沒開機，或是沒電，不然就是他不在這個世界裡。」他說。

「喔，我和你打賭他在這個世界。」我低聲吼道，心中浮現每當我預感到敘亞漢又要惡作劇時的那股怒火。「我保證，他現在就和那隻厚顏無恥的獵狼犬一起做著某件比吃滿滿一碗駱駝屎還要蠢的事。」

第五章

主動招惹喧鬧鬼，或許是我這輩子做過最蠢的事。好吧，還有留羊排鬚。

當我一早醒來、看著鏡子裡的自己時，發現塗了歐蘇利文專利奇蹟生髮水的位置已經長出比鬢角長約半吋的鬍鬚。得修剪一下才行。接著，我要用髮膠壓平頭髮，梳成左分，然後在額頭上留下一撮鬈毛。

「好呀，差得還眞多。」歐伯隆在我走出浴室時評論道，「我希望這種髮型不會在貴賓狗界流行起來。」

「我想在人類的世界裡都沒有流行過。」我說著，從衣櫥裡拿出我的灰色西裝。我試了幾次才打好領帶——已經好久沒有打過領帶了。

我帶歐伯隆出去吃早餐兼散步，路上的人看到他時目光讚嘆，看到我時就變成偷偷摸摸、飄忽不定的視線。當天早上的新聞報導說昨天在美國和墨西哥發生了一串邪教儀式性的謀殺案，大多在太平洋時區，有多得駭人的有錢人遭人刺穿心臟，並且砍頭。看來上帝之鎚幫好人得了幾分。

之後我讓歐伯隆待在房裡，在門口掛上「不要打擾」的牌子，打開美食頻道，也就是他最喜愛的保姆，給他看。最近他迷上了一個介紹世界奇特食物的節目——所謂的奇特，是以美國人的標準來看。他會把節目內容統統告訴我，然後要求我帶他去世界各地吃活章魚或烤蝗蟲之類的東西。

我很謹慎地不讓他看出這次行動我有多不安。有太多環節可能出錯，應該還有我沒想到的地方。不過我出門時，我的獵狼犬心情很好，開開心心地看著美國人在吃一道名叫洪魚或鰩魚【註】的餐點，而那玩意兒搞不好是全世界最噁心的食物。

我的第一站是去一間二手書店，找了本古本詹姆士王版《聖經》，裡面夾著一條充當書籤的紅絲帶。我帶書去，沒帶我的劍——富拉蓋拉。關德琳的未婚夫並不懂劍，但是對福音書情有獨鍾。

接著我就不能再浪費時間了，威納·卓斯切肯定已在多倫多找我，所以我該去造訪布洛爾街的皇家音樂學院了，特別是經人贊助後改名爲伊納托維茲廳的建築，也就是關德琳於十九世紀身亡後成爲紅衣女士時身處的那棟古老建築。在她身亡約莫七十年後，關德琳就是在那裡把我誤認爲她的未婚夫奈吉爾的。

我一步入那棟建築，立刻察覺了一個有趣的現象：路人不再好像我在侮辱時尚一般地盯著我看，而是開始朝我微笑。在音樂的世界裡，特立獨行的打扮乃是天才，或是某種東西的象徵。

「一定是彈鋼琴的。」我在大階梯上聽見一個路過的學生小聲地和另一個學生說。

「不，一定是拉大提琴的。」另一個學生小聲回應，「他們都是瘋子。」

這裡沒使用的房間比一九五三年秋天少多了。學生在教室裡練習樂器、學習音樂理論、在他們所屬的管弦樂團或交響樂團中，享受著藝術與座位政治帶來的滿足。許多小房間現在成了辦公室。

當初關德琳找到我的二樓沒有空房間，於是我爬樓梯前往三樓，找了一間沒人上課的教室。教室裡可以用來丟我的桌椅多到令人不安，不過我還是挑了在門附近的座位旁跪下，手持《聖經》，大聲說話。

「關德琳？是我，奈吉爾。我想和妳談談，拜託。」

我這樣搞了很長一段時間，不停地重複我的名字、她的名字，以及想要交談的意念。一個小時過後，我的膝蓋開始抽痛，而我也開始考慮關德琳已經離開的可能性。那種結果並不意外——在承受她想像中的背叛之後，她還有什麼理由留在這裡？

「好吧，」我說著，站起身來，「我只是想說我很抱歉。」

「抱——歉什麼？」一個空靈的聲音說道，然後教室對面的講台上憑空冒出了一條紅色身影。

「抱歉妳需要我時，我沒在妳身邊。當妳在路上被馬踩過時。」

「就這樣——？」

「我永遠不能原諒自己。如果我和妳約在外面，妳根本就不會死。」

「那——另外那個女人——呢？」

「什麼？沒有另一個女人。從來都沒有，永遠不會有。」

「我親眼看——見了，奈吉爾！我看——見你和她在一起！」桌椅開始亂動，刮過磁磚。我很快就會遭到飛桌轟炸了。在被炸到承受不起之前，我得說服她當初和另一個女人在一起的，不是她的奈

編註：這裡提到的是洪魚膾（hogeo），是一種把鰩魚（Skate，韓國稱作洪魚／hogeo）魚片放入壺中發酵製成的料理，會散發出刺激性氣味。

吉爾——就眞的不是呀。根據我的歷史研究，他一直對她忠心不二。

這個計畫的關鍵在於鬼魂與狗有個共通點——時間觀念不好。在關德琳看來，奈吉爾不但還活著，而且還在十九世紀上浸禮會神學院。外面那些柏油馬路上的汽車，和教室內的電器之類等——這些都無法穿透她的意識。她唯一在乎的，就是自己和奈吉爾的關係，這或許就是她會忽略或沒有察覺我們外貌和聲音不同的原因。想要離開人世，她就得修補和奈吉爾的關係，與過去做個了斷。

所以我現在必須假扮奈吉爾。

「我不知道妳看到誰了，關德琳。不過不管是誰，反正不是我！我絕不會那樣對妳。不過學校裡有個傢伙和我長得很像。或許妳認錯人了。」

「不、不！是你！你就是穿這套衣服！她——一直在叫你的名——字。她——叫你奈吉爾！」桌子飄離地面，開始搖晃旋轉，其中之一在我大叫閃避時掠過我的頭頂。「灰西裝和玉米一樣常見，關德琳！不管妳見到的女人所叫的奈吉爾是誰，總之不是我。他有說他叫奈吉爾嗎？」

這話讓她暫停片刻，忘記了那些桌子，任由地心引力把它們重重拉回地面。「沒——有。」

「他說他叫什麼名字？」

「他——沒說。只有說他不叫奈吉爾。」

「看吧，就是這樣。」

「那她為——什麼要那樣叫他？」

「我想不出任何原因。人會做出很多怪事，關。我聽說過——當然我自己是不清楚啦——聽說有人喜歡角色扮演。或許妳遇上的就是那種事。」

「角——色扮演？」

我不想多談這個話題，特別是我此刻就在角色扮演，所以我匆忙帶過。「對呀。我很抱歉妳懷疑我，但是我眞的很高興能再見到妳。」

「高興看到這樣的我——？你難道不——認爲我該下地獄？」她問。

「完全不會。」我回道。我很肯定這是正確答案——很少有人會告訴自己未婚妻說她該下地獄——但接著我又不禁懷疑爲什麼會這樣？傳統上來講，在新教神職人員眼中，鬼魂就算不該下地獄，至少也該受詛咒。接著，我想到維多利亞時代非常盛行招魂，而那肯定會對過去的奈吉爾造成影響——靈魂不但可以與活人溝通，還很願意這麼做。奈吉爾不是穿黑衣的清教徒，也不是現代基本教義派的教徒。他是那個年代的產物。「妳只是在等待下一個階段到來而已。妳在人間還有未竟之事——妳還可以教導我，教導我們所有人。而我想要幫助妳，關德琳。」

「怎——麼幫？」

「壓死妳的人——我知道要上哪裡找他。我們得阻止他，以免他繼續因粗心大意害死更多人。」

「我不想報——仇。」

「不、不，我也不想。這只是單純的伸張正義、尋求心靈上的寧靜。我擔心的是他之後可能會傷害的人。妳可以離開這裡，對吧？」

「可以——但我不想離開。我想和你說話。」

「我也想和妳說話。但我認爲阻止這傢伙才是當務之急，之後我們想談多久都可以。」她點頭表示同意，然後我揚起一根手指。「讓我先去安排？在這裡等我一會兒？」

「我會——等。我已經等很久了。」

「我只出門一會兒，立刻回來。」

我微微一笑，爬起身來，快步走向教室門口。來到走廊上之後，我打開手機，立刻收到一堆未接來電。其中一通是我的律師霍爾．浩克打來的，而我本來就想聯絡他，於是我按下回撥鈕。

「阿提克斯，你在哪裡？」他問。

「多倫多。聽著，霍爾，我要你聯絡李夫，問他威納．卓斯切的電話號碼。」

「什麼？」

「你還是可以聯絡到李夫吧？」

「可以，但是威納．卓斯切是誰？」

「說來話長。我急著要他的電話，好嗎？」

「好，不過我們聯絡你是爲了另一件事。你的大德魯伊想要在旗杆市成立德魯伊教團，招收六名學徒。」

「學徒？上哪兒去找？」

「我已經找到了。部族成員的孩子，父母被咬之前出生的。」

「聽起來很棒！只不過吸血鬼的事越來越迫切。你們都該提高警覺，採取預防措施。」

「今天早上的頭條新聞是你的傑作嗎？」

「對，是我幹的，或部分算是。記得之前有個鬍子會動的傢伙在我店裡對你投擲銀匕首嗎？」

「喔，記得，那個怪拉比。」

「他比之前冷靜多了。昨晚的事是他的組織利用我提供的情報幹的。我會盡快、盡可能地伏擊他們，但他們要不了多久就會找上門來。對方可能會展開反擊，特別是在今天過後，所以你們最好小心點。」

「多謝警告。」

背景傳來熟悉的人聲。霍爾說：「你的大德魯伊叫你去提爾・納・諾格的妖精宮廷和他碰面。他有東西要給你。」

「好，我會去，不過我得先處理這裡的事。威納・卓斯切的電話。」

「待會兒打給你。」

在古老禮拜堂裡痛苦地過了五分鐘之後，他打來告訴我卓斯切，還有李夫的電話，以備我日後有機會用到。

「李夫非常樂意配合。」他說，「要我告訴你繼續下去，幹得很好。」

「地下諸神呀，他眞是個自大的渾蛋。」

「他爲什麼那麼說？」

「我晚點再和你說。分秒必爭。」

掛斷後我接著撥打魔法生命吸食者的電話。他立刻接起電話，以德語說話。我用英文回應。「哈囉，威納。我是你最喜歡的德魯伊。」

「歐蘇利文！你在哪裡？」

「如果你在多倫多，我大概離你不遠。」

「我在。你的小伎倆不會再繼續得逞了。我已經把消息傳出去了，大家都會搬家。」

「你現在在吸血鬼界一定大受歡迎，不但危及到他們的安全、逼他們舉棺遷徙，還導致西岸的吸血鬼被釘木樁。你的人得忙著去壓下驗屍報告。」

他用德語罵髒話。「非洲那個女巫說你不會回多倫多！」

梅克拉是乳酪占卜師，不是女巫，但卓斯切大概不會在乎這分別。「她告訴你的是她所預見的事實，而我只是太難預測了。這是我們的共通點，威納。殺害我朋友科迪亞克．布萊克時，你留下一張字條說你想要談談，但在衣索比亞你卻只對我開槍。那實在非常沒禮貌，威納，虧我還在第一次見面時饒了你一命。」

「你想談？我們現在就在談。」

「這樣不夠好。我們見面談。我有話要當著你的面說，我敢說你今天打了條很漂亮的領巾。半小時後和我在維多利亞和蘇特街路口的梅西劇院碰面。我在裡面等你。」

我在他回答前掛斷。不管他是一個人來，還是帶一大堆幫手，多倫多市民都很安全。他沒辦法在空蕩蕩的劇院裡吸收任何人的生命。我矮身回到教室，發現關德琳還是一身紅衣地飄在空中。

「安排好了。要走了嗎?」我對她伸出一隻手。她飄向我，抿成一條線的嘴唇浮現微微笑意。我們一起走下大樓梯，路上唯一遇上的人在原地僵立了片刻，然後一言不發地走過去。當我們步入陽光下、面對她死時身處的台階時，我停步看她。

「準備好了?」

「我準備好了，奈吉爾。」她說，雖然聲音在陽光下幾乎細不可聞，身體也好像是有人把透明參數調整得太過火一般。

「非常好。請不要去管這些道路、奇怪的馬車，還有人們穿著的衣物。妳去世後世界經歷了一些改變。進步。」

她沒有回話。那樣也好，而我還得擔心路人會看見我身旁飄了團紅色幽靈。或許我夠走運，我心想，或許我是唯一能夠看見她的人。

然而，並沒有那麼好的事。在前往梅西劇院的途中，我兩度被人攔下，一個是路上的行人，另一次是車裡的人，他們問我身旁那團紅煙是什麼。

「什麼?」我問。「我什麼都沒看到。」以這話擺脫了他們。他們肯定很快就會去找驗光師檢查眼睛。

梅西劇院的外表看起來是一座骯髒的磚牆建築，故意模仿工業革命期間的煤灰和污垢。建築正面設置了讓包廂觀眾可以在緊急時逃生的逃生梯，分別從左右兩側傾斜向下，並形成一個鐵三角襯托前門。三組有小窗戶的糖果紅雙扇門，彷彿在向所有觀眾保證這絕對不是廢棄建築，進來可以享受到美好時光。裡面是座音響效果絕佳的華麗劇院，而這也是所有人願意忍受它醜陋外觀的原因。就像大部分劇院一樣，白天這裡空無一人，很適合密談。相信卓斯切會很喜歡我這種與大地隔絕的安排。這將會是一場公平決鬥——至少當他步入陷阱時會如此以爲。就算他心裡懷疑也無所謂：除非趁我在裡面時炸掉劇院，不然他也不能把我怎樣，而我希望半小時的時間限制能防止他有這種安排。

「壓死妳的人，」我對關德琳說，「是個禿頭，頭上有紋奇怪的刺青。我想先在這棟建築裡和他單獨聊聊。如果有人想要進去——從四周的任何入口——請盡力阻止他們。關門上鎖。把他們丟到馬路對面。不擇手段。讓禿頭刺青的男子進去，其他人都擋在外面。」

「沒——問題。」

「妳可以鎖門和開門嗎？」我指著一組雙扇門問。最好先確定一下。

「可以——」

「能請妳幫我開鎖一扇看看嗎？」她扯開鎖栓開鎖的速度遠比我快，而我也希望把儲存的魔力花在必要的地方。開鎖後，我拉開門。

「謝謝，關德琳。妳可以讓這扇門開到禿頭男進來爲止。他應該很快就到了。」

如果他守時的話。我從音樂學院走到劇院就已經花了將近半個小時，而且還走得很急。

「小——心點，奈吉爾。」她說。

「謝謝，我會。」

進去之後，我得施展夜視羈絆才能找到燈光面板。我花了兩分鐘才弄清楚怎麼打開觀眾席的燈。

開燈後，我立刻回到觀眾席，側身走進第十二排座椅。到了中間的座位後，我矮身趴在地板上，這樣有點擠，但是頭不會露出去。我鬆了口氣，脫掉不舒服的鞋子。

片刻過後，卓斯切衝入劇院後門，大叫我的名字。「你在哪裡？我們來談呀！」

我施展僞裝羈絆，開始吸收熊符咒裡的魔力，把頭探出椅背偷看他。他身穿深色緊身西裝，但還是打了一條色彩鮮艷到堪稱光學攻擊的領巾。他雙手交握在身後，在劇院中搜尋我的蹤跡，目光向上凝望正上方的低矮天花板——也就是包廂的地板。他大概在猜我會不會在上面，遲疑片刻後才走出包廂底下的範圍，希望我不會在上面守株待兔。

「說話，德魯伊。你到底想說什麼？」

我低聲唸誦簡單的羈絆咒語，看看他有沒有從我們在法國海灘的遭遇中學到任何教訓。結果發現他有，此刻他身上的衣服全都是合成纖維，沒有自然材質供我羈絆。

「你是邪惡怪物，是所有生命的威脅。」我喊道，他立刻轉頭往我說話的方向看，徒勞無功地找尋我的蹤跡。「既然從我饒你一命之後，你就完全沒做過任何有建設性的事，那我就要重新考慮該不該對你慈悲。」

我將腳跟頂上一張固定在地上的金屬椅椅背，然後透過椅背得知鐵元素費力斯潛伏在附近。我沒有從身體正下方感應到他的動靜，不過他肯定在附近。他還在等昨天搶案後的點心。

／／皮膚上蘊含魔法的男人／我透過金屬傳遞訊息／是你的了／／

「讓你見識我的慈悲。」卓斯切說，隨即伸直雙手，掌心各持著一把自動武器——槍柄下插著弧形大彈夾的小型機槍。他的槍口指向我所在的方向，手指扣下扳機。

覆蓋鋼鐵的子彈在劇院座椅間呼嘯而過，我低下頭，平躺在走道上，繼續維持偽裝羈絆。很多子彈就是卓斯切對付德魯伊的方式，這也是我沒費力攜帶富拉蓋拉的原因：不要帶劍去參加槍戰。

不幸的是，卓斯切不用看見我就能射中我。在這麼多子彈夾殺之下，我遲早都會中彈——事實上，只不過短短幾秒，已有一顆子彈從金屬座椅上反彈到我身上。我感覺到子彈竄入我的背、擊穿肝臟。我忍不住悶哼一聲，解除偽裝羈絆、啓動治療符咒，希望我只需要處理一顆子彈。但我聽見他射完子彈，重新裝填，然後再度開始射擊，而且他肯定有聽見我的哼聲，因為這一次他將火力集中在我這排和下面那排座位。一排子彈在擊中我身後的椅子時，反彈了四發到我身上。其中兩發射中我背上和之前差不多的地方，一顆比較低，射穿腹部，另一顆則掠過脾臟、擊中胰腺，然後又來了兩顆扯斷我的右腳肌腱。當他第二次清空彈夾，再度聽見他重新裝填的聲音時，我伸手到口袋裡拿出手機。我的傷很快就會耗盡魔力，若沒人幫忙肯定會死在這裡。我唯一能做的就是阻止內出血，在胃酸滲出、融解腸子前癒合我的胃。萬一死在這裡，與蓋亞隔絕，我的靈魂捕捉網也救不了我。

在卓斯切重新裝填的子彈大概射到第十發時，費力斯終於衝出地板；這比我期待中要慢上許多，不過他非常飢餓。「什麼東西？」他以德文問。「不！」我一定要瞧瞧那個畫面，於是我用左臂奮力撐起身體，探頭到座椅上方，痛得不住地喘氣。卓斯切沒有一槍打爆我的腦袋，因為他已經沒在看我的方向了。他低頭看著自己的尖頭靴，跳來跳去以閃避一大堆冒出地面的黑鐵，而這些黑鐵正爬過他的雙腳和身軀，直接衝向他的腦袋。「歐蘇利文！」他大叫，丟下雙槍，瘋狂地揮開流動的鐵，不過鐵依然毫不受阻地往上包覆他。「這是什麼?」

「那是費力斯。」我說，「不要帶槍和元素打架，卓斯切。」

費力斯接觸到卓斯切頭皮和臉頰上的煉金術刺青——讓他吸收觸目所及所有生命能量的魔法印記——接著開始享受那些印記中的魔力。

從卓斯切發出的聲音判斷，過程絕非毫無痛楚。反抗費力斯的舉動徒勞無功——那層鐵皮像水一樣流動，滲過他的指尖。我微微一笑，躺回地板撥打九一一。背景中的慘叫聲會讓救護車和警方急忙趕來，我希望。接電話的人想問我那是什麼聲音，但是我告訴她地址和我中槍後就掛斷電話。

一聲悶響表示生命吸食者已經癱倒在地，但我並不擔心他的健康狀況。費力斯不會殺他——不能殺，因爲那會破壞蓋亞對元素設下的規矩。他只是把威納·卓斯切從怪物變成看起來像怪物的凡人。

我比較擔心的是我自己。熊符咒裡的魔力已經乾涸——被治療羈絆所需的魔力耗盡，顯然我眞的該多做十個這種符咒才是——在我身上留下五個彈孔、一陣劇痛，還有即將休克的徵兆。當視線開始轉紅時，我還以爲自己已快要失去意識，結果卻是關德琳飄在我的身體上方。

「奈——吉爾?你受傷了?」她鬼聲鬼氣地問道。

「對。那個渾蛋開槍射我。急救員——我是說，醫生就快來了。」她不知道什麼是急救員。「不過我不確定他能及時趕到。」

她蒼白的面孔轉向在走道上扭動慘叫的卓斯切。

「他——怎麼了?」她問。

我不知道該怎麼和她解釋費力斯，所以我說：「公義。外面還有人嗎？」

「沒——有。他一個——人來。他該——死。」她雙手在身側臥拳，眼中冒出怒火。

「不、不。關德琳，聽我說。」我說，心知現在就是幫助她解脫的機會。「他現在就在爲他的所作所爲付出代價，而等他抵達地獄後還有得受。不要用暴力玷污妳的靈魂。妳離開人世的時候到了，我也是。先去等我，關德琳。我很快就會過去，到時候我們就能再度相聚。」

她轉頭回來打量我，憤怒已慢慢消失，原本銳利的身影邊緣轉爲柔和，發出介於嘆息和輕聲細語間的聲音。鬼魂突然下降，來到我上方一吋的位置；我感到她逼近所帶來的寒意。「我愛你，奈吉爾。」

「我也愛妳，關德琳，」我說，希望這句話足以安撫她不得安息的靈魂，「永遠愛妳。先去吧，我會去找妳。很快就來。」

「很快。」她說著，緩緩飄升，化爲紅煙消散，最後我眼前只剩下劇院的天花板。

「永別了。」我輕聲說道，期待奈吉爾會在她前往的地方等她。

威納．卓斯切的慘叫聲逐漸轉爲呻吟，最後變成用德語在嗚咽說話，而我自己或許也哀嗚了幾聲。費力斯吃完生命吸食者身上的魔法之後，離開前還特地向我道謝。

／／美味／／他說。

／／感謝你之前的幫忙／／我回答。我當前的處境他幫不上忙，所以他融化後離開，把我留在原地痛得發抖。希望我不會在援手抵達之前失血而死，也希望卓斯切沒有力氣撿起一把槍，爬過來解決我。除了中槍，這兩天我在多倫多過得還不錯——不過老實說，隨便哪一天都比中槍那天要好。儘管如此，我還是招募了上帝之鎚加入史上最大規模的獵殺吸血鬼行動，奪走威納．卓斯切的力量，還讓長年受苦的鬼魂得以安息。歐伯隆一定會很喜歡這個故事——喔，地下諸神呀，歐伯隆！他還待在旅館房間裡，我暫時不能回去找他。他離得太遠，我沒辦法透過心靈羈絆聯絡他，所以他一定會擔心。既然不知道關妮兒在哪裡，我考慮打電話給霍爾，但又不想提醒卓斯切我還活著。我把電話轉爲靜音，然後傳訊息給他：在多倫多中槍。需要找人去旅館照顧歐伯隆。可以請歐文來嗎？

我鍵入旅館的資料，傳送訊息。幾秒鐘後，我收到很棒的回應：

處理中。

我沒回答，盡可能放輕呼吸。至少我的肺沒受傷，不會咳嗽出聲。

「歐蘇利文，」卓斯切咬牙切齒地道，「你把我怎麼了？」

劇院的音場設計讓我可以聽見卓斯切爬行時衣服與地毯摩擦的聲音，還有濕淋淋手掌碰到金屬槍枝的聲音。「我要來確保你已死透。」他吼道。

我什麼都不能做。我的行動力和格鬥力就和潮濕的海綿差不多，魔力也一樣——也就是完全沒有。他肯定只撿了一把槍，因爲我聽見他開始朝我的方向爬行，手掌每拍地一下才聽見手槍觸碰地面的聲音。他逐漸逼近，那個聲音讓我聯想到魔鬼終結者最後爬著追殺莎拉．康納的場景。不同處在於，她還有點移動能力，而且附近剛好就有可以壓扁壞蛋的機器。

「啊，看到你了！」我伸長脖子，看向走道末端，只見威納．卓斯切瞪著我看。他的眼珠異常慘白，臉頰氣得漲紅，散布著些許血珠，身上還有不少地方在抵抗費力斯時抹到血。煉金術刺青的墨水還在，但是蘊含其中的魔力已經消失，而他還沒發現這點。經驗告訴他無法從我身上吸取任何魔力，所以除了很痛以外，他眞的不知道自己身上出了什麼事。「躺在自己的血泊裡動彈不得。我一直告訴希歐菲勒斯拿槍殺你是最簡單的解決方法，而證實我是對的感覺眞棒。」

「那並不是他的本名，是不是？」我問，「希歐菲勒斯。那是他自以爲聰明取的綽號。」

威納．卓斯切嘲笑我。「你以爲我會告訴你？我會——」

他在一群全副武裝、大吼大叫的人衝進劇院、叫他把槍放下時突然住口。他轉頭看向身後。由於他是平躺在地板上，所以終於讓我看見了他的頭頂。他頭頂上刺的不是煉金符號，而是薔薇十字架【註】。這倒是奇怪。

「啊，養分！」卓斯切說，笑著轉身面對警察。他沒有移動持槍的右手，而是微微將身體轉向右側，朝他們伸出空的左手，緊握成拳。他試圖從警察身上吸取能量，用來療傷、恢復體力，然後解決我，但是沒效，而警察的語氣越來越堅持。他不肯放下手槍越久，警察開槍的機率就越高。但卓斯切十分固執，或許也太慢察覺自己的處境，所以一直維持原先的姿勢，竭盡所能地想做一件他已經沒有能力做到的事。警察聚集過來，槍口指著他，手指觸碰扳機，最後踢開了他的槍。槍在警察抓起他的手臂扯到身後時沿著走道滑開。卓斯切終於發現自己現在只是個毫無法力的普通凡人，長期建立起來的傲慢氣焰蕩然無存。被人當罪犯一樣處置，讓他失去理智。他用德語和英文大罵髒話，奮力掙扎，但他們很快就把他銬好。

這時我才出聲求援，並且獲得援助。「他開槍打我。」我無力地說，而我只要說這句話就夠了。除非晚上有個吸血鬼朋友跑去劫獄，不然卓斯切會在草率包紮後被送往監獄。無論如何，他現在已只是個凡人，而我知道在獵食人類數百年之後，這個命運將比死亡更加痛苦。

反正我唯一能做的也就只是說「他開槍打我」──我的身體狀況急速惡化。我曾經兩度處理過一顆子彈造成的槍傷，不過那都是在有辦法接觸大地能量的情況下。五處槍傷，又沒有魔力，表示我得完全仰賴現代醫藥。急救人員進行了檢查，問我問題；我試圖回答，結果卻只吐出毫無意義的音節。他們幫我輸血，抬上救護車，迅速運往某間醫院。

醫院咻地一下就到了──彷彿僅隔一條街口──但在送醫過程中，我突然想到今天晚上我肯定要在醫院過夜，多半會被施打鎮定劑，如果卓斯切知道我在哪裡，而且打電話通知別人，他就可以找吸血鬼朋友劫走他，然後除掉我。就算警方基於某種理由在我病房外安排守衛，吸血鬼也能輕易魅惑他或她，然後走進病房，趁我熟睡時扯掉我的喉嚨。

在尚未見到醫生就陷入昏迷的同時，我低聲向莫利根祈禱，希望自己能夠醒來。

編註：薔薇十字架（Rose Cross or Rosy Cross），也作玫瑰十字架，是祕密結社薔薇十字會（德文的Rosenkreuzer，也作玫瑰十字會）的標誌，十字架中間有一朵薔薇，一般認爲，十字架代表了基督教與男性原理，薔薇則代表了魔法與女性原理，薔薇十字會的目標爲兩者的完美結合。

第六章

解決掉洛基的烙印之後，我一方面感到自由，一方面又覺得淪爲狩獵目標——換句話說，我就像是個獵物。我想去哪裡就去哪裡，不過可能會有人在監視（八成有）。換句話說，宛如身處監視狀態下的倫敦【註】，不過監視我一舉一動的不是政府，而是任何擁有占卜能力的人。

洛基並不特別擅長占卜，不過他認識擅長占卜的人。他還是有辦法找到我，在有力場守護的小屋外放火燒我。這是大地力場的缺點：不能帶著走。阿提克斯就是爲了這個，才把寒鐵羈絆到靈氣裡——他想不出其他任何有效方法，防禦對他本人施展的法術。

想要達到同樣效果，我得耗費很漫長的歲月，但在見識到妖精有多痛恨寒鐵靈氣後，我不確定自己該這麼做。儘管如此，我認爲躲避占卜追蹤是很有必要的安全機制，而就當前的敵人來看，這也是此刻該追求的目標：找不到我，洛基就沒辦法殺我。不過我不想請奧丁或他的萬神殿裡的諸神幫忙。他們想要的代價八成會和他們的末日預言有關，而這種交換條件肯定對我不利。

圖阿哈·戴·丹恩也一樣。史卡維德傑是份禮物，但更多好處就得付出代價，而他們肯定會要求

編註：關妮兒會這樣形容倫敦（Surveillance-state London），因爲曾有調查指出英國是全球監視器最多的國家，而倫敦市就裝設了約五十萬支監視器。

沉重的代價。阿提克斯或許可以提供不錯的建議，不過我懷疑他會鼓勵我採取任何比寒鐵更激進的手段。反正我也不想重提我不知道他在哪裡的事實。我希望暫時維持這種情況：除了不讓諸神發現，我還有其他事要做──還要和我繼父做個了斷。

歐拉和我此刻在瑞典，是在與奧丁和富麗格道別後，請他們用彩虹橋送我們過來的。我們在湖畔，附近就有羈絆樹可以前往任何地點，不過我們停下來欣賞風景。有隻隼還是鷹的正在獵魚──距離太遠，難以辨識。天氣很冷，烏雲密布；看來很快就會下雪。我指出那正在獵食的猛禽給歐拉看，歐拉開始搖尾巴。猛禽突然俯衝，再度攀升時爪上已經多了條不停扭動的狗魚。

「食物看起來不錯。」我的獵狼犬觀察道，舌頭垂在嘴旁。

「觀察得眞仔細，歐拉。」我回道，「我們去印度找些食物。我得去那邊找個人。」

我將我們轉移到印度坦賈武爾外一片熟悉的香蕉林，那裡比瑞典要溫暖多，太陽也大多了，十二月時高溫仍往往有華氏八十幾度。

「我記得這裡，」歐拉說，「大多是蔬菜。但是歐伯隆有帶火腿骨給我吃。歐伯隆也會來？」

「不會，我們短期內不會與歐伯隆和阿提克斯見面。但是城裡的市集應該有開，我想至少能買到雞肉。」

我們確實買到了些雞肉，在滿足基本需求之後，我拿出手機，啓動瀏覽器，花幾分鐘搜尋拉克莎當前附身的哈希妮．帕蘭尼察米住址。該是扮演迷路觀光客的時候了。我問了幾個看來友善又願意說英文的人，該怎麼在城裡找朋友。在許多色彩鮮艷的莎麗服中，我感到只穿牛仔褲和T恤的打扮實在不夠莊重。

一名坦米爾大學的學生讓我理解當地搜索引擎沒問題，只是大多寫著我不懂的印度文或坦米爾文。我把手機交給她，她很快就找到最可能的地址，然後用步行地圖找到方位。

前往帕蘭尼察米住所途中，我覺得路人不分男女都在看我，或許我不會當地語言也好，不然我可能得要教訓幾個朝我吹口哨的男人。不過他們都沒有上前找碴，可能是因爲跟在我身邊的歐拉，也可能是因爲我皮帶上掛著一把戰斧。

抵達該住址時，應門的男子進一步考驗了我的耐心。他不會說英文，粗聲粗氣地要趕我走，完全不試圖搞清楚我爲何敲門，就把門甩在我臉上。我用史卡維德傑的末端敲門，直到他再度開門，對我大吼大叫。

「哈希妮。」我說，然後重複這個名字，直到他終於放棄那個耀武揚威的遊戲。他回屋內叫人，她終於出現在門口，看起來很謹慎，也很疲倦。

她穿著藍綠相間的莎麗，襯托出她的紅寶石項鍊，儘管已從在醫院時的慘白提升到比較健康的顏色，但她臉色仍顯蒼白。而至少她的臉色在看到我、叫出我名字時，明顯變得比較好。接著，她開始和那個她弟弟或表弟或天知道是誰的男子爭論片刻，最後他終於氣沖沖地離開，留下我們兩人獨處。

「很抱歉，」她說著，走出來，關上房門，「哈希妮的家庭很保守。」

「嘿，妳聽起來不錯！」我說著，並擁抱她。上次看到拉克莎時，她因爲宿主腦部受創而有嚴重的言語障礙，不過她向我保證有辦法處理這種情況，而她顯然已經成功了。

「謝謝。花了幾天時間，不過我已經修好了她的腦袋。如果想要掌握我的人生的話，我得盡快行動。」

「呃。剛剛那個是誰？妳弟弟？他身上帶有一股很明顯的渾蛋特質。」

「對，他是弟弟，但不幸的是，我所有家人都是那個樣子。我們到沒人聽得見的地方談。我爸會講英文，也幹得出偷聽那種事。我弟去叫他了。我敢說他很快就會跑出來責備我竟敢獨自出門。」

「獨自？有我在呀。」

「獨自和陌生人出門比眞的獨自出門還糟糕。」

「我們可以說服他說我們是朋友。」

拉克莎微笑，有點勉強，不過很欣慰。「我很高興妳來看我。」她和歐拉打招呼，搔搔她的耳朵後方。我們不等任何人允許，擅自走向兩條街外的一間茶鋪。拉克莎在路上告訴我哈希妮的母親在絲廠做事，她父親在家工作，擔任英國客戶的資訊科技顧問，她弟弟則在大學主修電腦科學。

「那妳呢？」

「哈希妮即將結婚，她的未來顯然就只有這樣了。不過後來她出了車禍，淪落到醫院裡。從她僅存的記憶來看，我很肯定那次車禍並非意外，而是自殺未遂。」

「什麼？」

「她的家庭虐待她。不是生理上的施虐——我是說口頭虐待。他們一天到晚都說哈希妮很笨、很醜，還有那之類的鬼話。她不認爲婚姻會改善她的生活。當然婚約已經解除了——那個男的在她昏迷期間娶了別人——所以現在每天都有人在提醒我說我有多沒用。」

「好吧，眞是鬼扯，妳該離開。」

「我想哈希妮就是這麼打算的。」

「我不是那個意思。」

「我懂妳的意思，關妮兒，但是妳有很好的條件說這種話。」

「什麼？我不是——」

「請先等一等。」拉克莎在我們抵達茶鋪時說。茶鋪室外有三張桌子，我們在其中一張的旁邊坐下，歐拉可以和我們待在一起。點好單後，拉克莎繼續了剛剛的話題。「請想一想：妳既有錢，又有能免費前往世界上任何地方的能力，外加強大的生理技能。這些條件讓妳認爲女人要離開受虐環境是很簡單的事。」

「我沒說會很簡單——只是說妳該離開。而且妳也擁有強大的能力，拉克莎。除了妳自己的意願，這裡沒有東西留得住妳。如果妳無法忍受這裡的情況，爲什麼還要繼續忍下去？」

拉克莎無所謂地聳了聳肩，低頭看著她的大腿。「這是我的業報。」

我難以置信地哼了一聲。「妳怎麼會這麼想？」

「我不知道遇上羅剎、妳父親和杜爾迦的那天晚上妳後來怎麼了……」

我並不想回顧那天晚上，所以我說：「簡單來說，我在這裡，剩下的統統不在。」

「是。妳父親的事我很遺憾。」

「謝謝。」

「好了，在禁慾和禱告、努力對抗羅剎之後，在我最有可能行大善的時刻，神卻拒絕了我的幫助。」

「怎麼拒絕？」

「妳看，我離開宿主的心靈，就像我承諾的那樣，透過以太對抗羅朔幽奇。而當我在以太中作戰時，宿主死了——我不知道怎麼會這樣，因爲我離開時她還活著。後來杜爾迦告訴我——不是口頭告知；我是在以太中聽到的——說我沒有立場幫忙，我該待在項鍊裡，然後她就強迫我回歸項鍊。」

「確實是杜爾迦說的？不是妳自己的解讀？」

「她說了。我下一個記憶就是妳告訴我接管這個肉體，不然就把項鍊留給路過的人撿。所以這裡就是我該待的地方。」

我搖頭。「那樣說不通。我叫妳接受這具肉體，是因爲我短時間內只能找到這具肉體。我當時在趕時間，就這樣。我不是照杜爾迦的指示辦事，這具軀體也不是妳服刑的監牢——我提醒妳，這並非任何形式的監牢。妳現在就可以離開這具肉體，妳很清楚。」

「不。我的過去留下了污點，不管妳在醫院裡是怎麼打算的，我都知道這裡是我的歸屬。」

「因爲妳想幫我，所以妳屬於一個虐待妳的家庭？很抱歉，拉克莎，我完全不能接受這種說法。杜爾迦的意思絕不可能是妳永遠不能幫助任何人。她會想要那樣嗎？她的言語只是針對當時的情況——因爲妳眞的沒辦法幫我父親。說得保守一點，那個羅朔幽奇力量強大。我是說，杜爾迦都花了很大力氣才除掉他。他是很大的挑戰。我敢說她絕不會因爲妳想幫忙而要妳坐在這裡，任由那些大男人渾蛋擺布。」

拉克莎朝左右輕輕點頭，不置可否，接著我們的茶和小餅乾就上桌了。我們花了一分鐘進行泡茶儀式——添加牛奶和蜂蜜，聽著湯匙敲打瓷器的聲音——然後拉克莎再度開口。

「妳提供了新資訊，我很感激。我會好好想想，我保證，必要時會採取行動。妳說得對，我隨時都能離開。但妳完全不在乎我爲什麼要留下來。」

我難以理解地搖頭。「不，我並不是不在乎，我只是不了解。」

拉克莎透過茶杯看著我笑。「不管是不在乎，還是不了解，我都沒有放在心上。」

「就當幫我個忙？」

她啜飲了一口，品嚐熱茶，然後放下茶杯。「我並不是在對厭惡女人的社會體系逆來順受。我不用妳拯救。我需要的是彌補數百年——數百年，關妮兒！——我數百年來的殘暴與傲慢行爲。所以不管杜爾迦要不要我待在這裡，都無關緊要。我覺得我有必要待在這裡，感受在像我從前那種專制獨裁傢伙底下忍辱偷生的感覺。這是我靈性旅程的當前階段。妳如今又身處什麼階段呢？」

我皺起眉頭，因爲她的語氣感覺像是一巴掌打在我臉上。「我沒有踏上靈性旅程。蓋亞是我的最愛，而她熱愛地球上的生命。就這樣了。旅程結束了。我已經抵達終點。」

「妳沒有告訴我一切。妳變了。除了妳父親之死外，妳身上肯定還發生了其他事。我錯過了什麼？和妳那樣握著手臂有關嗎？」

沒錯。她錯過了洛基對我做的事，還錯過了我發誓絕不再讓那種事重演的決心。在專制獨裁的傢伙底下忍辱偷生，根本不會有多少好處——這是從洛基和我繼父的經驗得來的結論——但如果她覺得有必要這樣幫助她的個人成長，那我說什麼都無關緊要。儘管如此，她的問題及答案還是讓我稍微偏開目光，隱約察覺了她所察覺的事實：我比以前更憤世嫉俗、更積極暴躁。沒錯，我有理由變成這樣——但可悲的是，我已經失去了剛與蓋亞羈絆在一起時那種讚嘆一切的感覺。還有寧靜，就連橫跨歐洲逃避阿緹蜜絲和黛安娜追殺時都能感受到的寧靜，一切都消失了。

「妳錯過的就是我來找妳的理由。」我說，心知她看得出來我想改變話題。「我需要能夠躲避占卜能力的辦法，想來問問看妳知不知道該怎麼做。」

拉克莎對我扮了個鬼臉，露出牙齒吸氣，瞇起雙眼。「妳認爲我辦得到那種事？我完全沒有那類魔法的天賦。如果有，我看到妳就不會這麼驚訝了。」

「但是……喔。我想我需要建議的時候就會想來找妳。每次遇上麻煩，我第一個就會想到妳。」

拉克莎的語氣中多了南方口音，八成是居住在北卡羅萊納州的阿什維爾時沾染上的。「好呀，妳嘴眞是比蜜桃還甜呢。」她移除了南方口音，改換成嚴肅的語氣繼續道：「建議很簡單。如果妳知道她們在哪裡，去找我們在亞利桑納會過的那群波蘭女巫。她們曾在妳男朋友的劍上施加遮蔽魔法。當年我有辦法移除那道法術，是因爲我很擅長毀滅魔法，但我永遠不可能創造出那種東西。」

「喔！唉，我早該想到她們的。沒錯，她們現在在波蘭。阿提克斯勸她們在有機會時盡早搬家。」

「那妳現在住哪？還在科羅拉多嗎？」

「快要搬到奧勒岡了。」我告訴她要聯繫我們最保險的方式，是透過坦佩或旗杆市部族，因爲我們與這兩個部族關係密切。

「我記下了。」她說。「如果離開這裡，我會通知妳。但若這麼做，我會是爲了哈希妮，而不是我自己。」

「妳說什麼？」

「她還在這裡。」拉克莎說著，指向自己的腦側。

「是喔？」

拉克莎點頭，無力地笑了笑。「我希望能勸她留下來，不要離開。」

我感到異常好奇——腦部創傷過後，哈希妮能有多少靈魂留下來？拉克莎有能力重建失去的部分嗎？她在腦子裡有經常與哈希妮交談，就像當初和我一樣嗎？但在我有機會提出任何問題之前，一個男人衝到我們桌旁大吼大叫。歐拉起身低吼，令他停下腳步，但他沒有後退。發現歐拉沒有進一步舉動之後，他對拉克莎，或該說是對哈希妮，吐出了一連串聽起來很不舒服的坦米爾語，我猜這傢伙肯定是她父親，他連褲子拉鍊都沒拉就衝出家門了。他起碼有兩天沒刮鬍子，甚至沒有洗澡了，但他顯然是在教訓哈希妮在沒有男人陪同下出門有多麼不恰當。我強忍著想要對他吼叫的衝動，不過我沒有立場干涉此事。拉克莎以眼神對我無聲道歉，而我也就默默地揮手回應。她起身離開時，我瞪了他一眼，挑釁他說或做出任何能讓我好好教訓他的舉動，但他就只有回瞪我，然後保護性地伸手摟住他以爲是女兒的人，帶她走回家，在沒人看得見的地方繼續貶損她。

儘管我身上除了美金之外身無分文，不過這裡的市場有收美金，而我把全身足夠支付一、兩個月房租的家當，都給了女服務生。我認爲這裡總有個人應該過個美好的一天。

第七章

我詛咒敘亞漢滾去黑暗潮濕的地獄，竟然叫我轉移到陌生城市來照顧那條變態獵狼犬。我甚至不能帶葛雷塔來當導遊，因為他和我提過她的前任族長剛納·麥格努生轉移世界時的情況：那個可憐的老傢伙吐得滿鞋子都是。狼人難以調適轉移世界的過程，我不能為了要牽獵狼犬出門大便，就要求她承受那種折磨。

霍爾·浩克指出我沒必要走這一趟；他可以打電話給住在城外的部族，派人進城照顧歐伯隆。但敘亞漢指名找我，再說，我也很想知道是誰把他瘦巴巴的屁股送進醫院的。或許我可以在他或她——或它身上，試試我的新銅手指虎。

於是，我帶著一綑列印出來、霍爾稱之為「谷歌地圖」的紙張，轉移到多倫多的女王公園。天知道谷歌地圖是什麼玩意兒，總之上面畫了很多箭頭，標示出我該上哪去找那間旅館，還有幾個電話號碼讓我查詢敘亞漢住在哪所醫院。找到他之後——葛雷塔說他最近用的名字是史恩·富蘭納根——我還有另一疊地圖告訴我要怎麼去醫院。我還有一疊比較小的紙張，上面印了數字「20」和一個戴白珠項鍊的老女人畫像。葛雷塔對我說：「這些是加拿大的錢。」如果我在這個國家裡把錢交給正確的人，他們就會依照我的吩咐做事。我問她用在敘亞漢身上有沒有用，她說可能沒有。

當時是下午，從公園走到旅館花了我半個小時左右。我不停地問陌生人有沒有走錯路。他們都很友善，熱心幫忙，我懷疑是不是和那些紙上的老女人有關。

飯店是座高樓，這表示有很多樓梯要爬。葛雷塔說電梯比較快，但因爲不知道電梯的運作原理，我不信任電梯。我知道樓梯的運作原理，而那樣就夠好了。

敘亞漢的房間在六樓，是霍爾告訴我的。六二三號房。走到門旁時，我聽見房內傳來電視的聲音，門把上還掛了塊寫著「請勿打擾」的牌子。因爲是敘亞漢叫我來的，所以我認爲那鐵定是在開玩笑，但我覺得不是很好笑。

我轉動門把，結果發現門上鎖了。我敲門，叫獵狼犬。「歐伯隆。可以的話就把門打開。我是歐文。」他的聲音竄入我的腦袋。

「你來幹嘛？阿提克斯呢？等等——我怎麼知道你是眞的歐文？」

「因爲我能聽到你說話，還能回話。是敘亞漢找我來的。他受傷了，在他好起來之前，我得照顧你。」

「阿提克斯受傷了？多嚴重？」

「我還不知道，我才剛到。我不想對著這扇可惡的門大叫，你可以讓我進去嗎？」

「等等。我可以壓下門把，但是你得要推開門。我沒辦法拉。沒拇指。」

他說得沒錯，門鎖開了，水平的短門把轉向下。我推開門，還沒進房，那隻大獵狼犬就拿一堆問題來轟炸我。

「他在哪裡？是誰打傷他的？他們死了沒有，還是很快就會死了呢？我可以幫助他們死亡嗎？」

「我不清楚細節。他只傳了訊息給亞利桑納的霍爾．浩克，說他在這座城裡的某間醫院。我們得要到處打電話找他。這裡有電話嗎？」

「有。在床旁邊。」

「很好。等我們查出他在哪家醫院，就去找他問點答案。」

電話正面寫滿操作指示，和手機不一樣，是種很可怕的裝置。但是它沒有正常運作。葛雷塔說用這種市內電話時，首先會聽到撥號音，然後撥打號碼。結果我撥打號碼時，那個可惡的東西在我按下第一個號碼時就開始響鈴。

「客房服務。」有個聲音對我的耳朵說。

「什麼？我是想要打電話到醫院。」

「不好意思，先生？請問是緊急狀況嗎？」

「不，不是我要去醫院。我只是要打電話，但是我一開始撥號，你就接起來了。」

「喔，我懂了。你要打外線。掛斷，然後按九，等有撥號音之後撥打你的號碼。」

「我恨這個可惡的世紀。」

「不好意思？」

我用力掛下話筒，然後再拿起來。我聽見撥號音，不過我仍依照男人的指示按九。撥號音跳了一拍，然後繼續。我再度撥打第一家醫院的號碼，這一次撥通了。

不幸的是，西奈山醫院裡沒有叫作史恩．富蘭納根的病人，所以這通電話算是浪費時間。我繼續撥打下一個號碼，聖米迦勒醫院。電話裡的女士說：「對，史恩．富蘭納根是本院的病人……」但除非我是家人，不然她不能告知更多細節。我沒有與她爭論，掛斷了電話。我打算直接過去一趟，親眼看看他的狀況。

「好，他在聖米迦勒醫院。」我查閱谷歌地圖，發現過去得要花點時間。「看來要走一段路。反正你也得出去走走，是不是？」我問獵狼犬。

「對，差不多該出門走走了。」

「你有東西要帶嗎？我們不會回來了，因爲我沒鑰匙。」

「我在城裡走動應該要有牽繩，不過就這樣了。其他東西都是阿提克斯的。喔，等等！他把劍留在這裡。壓在床墊下。他會想要那把劍的。」

「我想也是。」我取出劍，綁在我背上，給狗上牽繩，然後丟下其他東西。我們下樓，在大廳時嚇到了幾個不知道狗能長成歐伯隆這麼大的人。

一離開旅館，歐伯隆就告訴我說他得去做點「都會施肥」。

「你這樣稱呼那個？」

「阿提克斯說我的排泄物能幫助植物。這是科學！這樣很好，因爲我喜歡對著植物撒尿。我也喜歡對街燈和消防栓撒尿，但結果它們不像植物，那樣對它們毫無助益。」

「那當你要在大城市裡大便時會怎麼做？」

「好了，永遠不要在人行道上大便，歐文。那樣很沒禮貌。」

「嘿，那個我已經知道了，你沒必要告訴我！」

「你連電話都才勉強會用，所以我顯然不能假設你知道這些東西。既然你那個年代沒有人行道，我想你或許不知道不能在上面大便。」

「天殺的，我是在問你在城裡都去哪裡大便，不是我要在哪裡大便！」我或許說得有點太大聲了，因爲人行道上的人都透過眼角瞄我，然後開始遠離這個在問一條大狗要去哪裡大便的人。或許我該像敘亞漢那樣和他交談，用心靈而非嘴巴。我辦得到，但那不是說辦就辦得到，我從未這樣和一隻動物羈絆在一起。

「那要看是哪座城市，還有我的大便緊急度而定。」

「大便緊急度？這眞是我這輩子最詭異的一場對話，而我最近經歷過不少超級詭異的對話。」

獵狼犬終於在路邊的樹籬後辦完了事，然後出來吹噓他行事有多隱密。

「沒人會踩到我的大便，而它幾週後就會分解掉。」

「幹得好。」我說，在接下來的兩秒鐘內自以爲耳根終於可以清靜清靜了。

「我餓了，歐文。」

「太糟糕了。我身上沒帶吃的。」

「但是路旁有好多餐廳，我聞到裡面好香。你可以進去買點東西。拜託？」

我正要說我沒有大家用來付帳的那種信用卡時，想到葛雷塔給我的那些有印老太太畫像的紙，還有一些會叮噹響的東西。我拿出那些東西來給獵狼犬看。「嘿，你知道這是不是現金？」

「是呀，那些是加幣！你錢很多！可以買超多食物的！」

「那這個戴串珠項鍊的女士是誰？」

「我想那是女王。她有出現在《笑彈龍虎榜》【註一】裡。這表示那些不是串珠。那些是珍珠。」

我完全聽不懂，但至少我知道加拿大是女王統治的國家【註二】。

「好吧，我該上哪兒去找吃的？」

「前面那家店。我有聞到肉醬汁的味道。」

他停在一家店外，有座大玻璃窗上漆著紅字和白字。上面寫著「普丁」【註三】。

「什麼是普丁？」我問他。我沒見過這個字。

「我不知道，但是那家店裡有肉汁。反正就買個有加肉汁的東西。我會乖乖在這裡等。」

裡面有幾個人在排隊，天花板下掛了份菜單。我看不懂上面寫些什麼，只知道在賣各式各樣不同的普丁。

「給我最多人買的那種，」我在來到隊伍最前面時對老闆說，「只要上面有淋肉汁。」

「每一種都有肉汁。」年輕老闆回答。他目光呆滯，臉上有紅斑，但是語氣聽來好像覺得我很笨一樣。

「很好。那就兩份你們最多人買的那種。」

他問我要不要飲料；我說要水，然後他說了一個數字，看著我，好像我該要做什麼事。我給他加拿大錢，他還給我一些——上面有印數字「5」，但是沒有女王，上面印的是個禿頭男子，模樣狡猾，戴了個白硬領。或許是加拿大國王。他還給了我一張小白紙，說那是收據。我完成了人生第一筆現代交易。

我等候片刻，然後收到兩個上方有摺疊蓋的棕色盒子，還有一瓶水。我帶著這些東西出去找狗，打開盒子，放在他面前。結果普丁是淋滿肉汁的炸薯條加乳酪塊。

「喔，老兄，這玩意兒是我最新的最愛了。」歐伯隆一邊狼吞虎嚥一邊說道。吃了一口之後，我得承認味道還真不賴。解決了飢餓問題，我們前往醫院，獵狼犬建議我對他施展僞裝羈絆，好讓他和我一起進去。我想手指虎裡有很多魔力，所以我戴上手指虎，施展僞裝羈絆，然後我們一起進去。櫃台人員詢問時，我假裝是敘亞漢的父親。好心的女士告訴我說他在叫作「加護病房」的東西裡，還在做術後休養，但是我揹著長劍不能進去。

好吧，誰管她呀。我告訴她說我去把劍放在車裡，然後找個隱蔽的角落，在自己身上施展僞裝羈絆，叫獵狼犬不要亂跑，我去帶敘亞漢回來。我走回去，依照指示前往加護病房，終於找到敘亞漢的房間。他昏迷不醒，或是在睡覺；床兩旁都有金屬欄杆，他的鼻孔和手臂上都插著管子和怪東西。有

編註一：《笑彈龍虎榜》系列是由萊斯里．尼爾森（Leslie Nielsen, 1926-2010）主演、講述白頭神探法蘭克探案的喜劇電影系列克，共三集，分別爲《笑彈龍虎榜》（*The Naked Gun: From the Files of Police Squad!*, 1988）、《站在子彈上的男人》（*The Naked Gun 2½: The Smell of Fear*, 1991）、《脫線總動員》（*Naked Gun 33 ：The Final Insult*, 1994）。英女王伊麗莎白二世是第一集登場的角色之一。

編註二：加拿大爲英聯邦國家，現任英國女王伊麗莎白二世爲名義上的君主。

編註三：普丁（Poutine）爲加拿大料理，即肉汁奶酪薯條。賣普丁的店叫作poutinerie。

東西發出嗶嗶聲和很大的呼吸聲，聽起來一點也不自然。他身穿很薄的衣服，我沒看到他本來穿的衣服。很可能是他們把他打扮成這副虛弱的模樣。我不認為在這種狀態下我該把他扛上肩膀帶出去。有人把他狠狠教訓了一頓。

我用心靈接觸歐伯隆。他或許比我更知道該怎麼做。

「歐伯隆？你聽得見嗎？」

「聽得見。找到他了嗎？」

「找到了，但是他昏迷不醒，身上插了很多管子。他現在沒辦法跟我走出去。」

「你得弄張輪椅。只要沒流血，就把管子都拔掉，然後把他弄上輪椅，推出來。」

「什麼是輪椅？」

「你可能想像得出來，就是一張有輪子的椅子，能幫你移動不能動的人。在走廊或附近的房間找找，你一定會看到的。」

找輪椅比我預期花了更久的時間，但是獵狼犬說得沒錯，我最後還是找到了一張。有個護士把一個老人推進敘亞漢隔壁的病房，然後扶他上床。他看起來大概和我喝敘亞漢煮的藥茶之前差不多，而他的皮膚又乾又薄。護士還沒蓋好被子，他就已經睡著了。我等護士離開，然後在輪椅上施展僞裝羈絆，偷走它。幾分鐘後，我偷走了一個德魯伊，把僞裝羈絆過的敘亞漢放在椅子上推出醫院。我在離開時取消了我和獵狼犬身上的僞裝羈絆，不過持續加持我的老學徒。敘亞漢毫無反應，讓獵狼犬越來越擔心——顯然敘亞漢從來沒有不聽他的美食評論過，而發現普丁這種食物理應會讓敘亞漢立刻醒來才對。

最後，我把敘亞漢推到女王公園，將輪椅停在我轉移過來的羈絆樹旁。我左顧右盼，確定沒人在看，然後撤銷他的僞裝羈絆，蹲下去把他的腳掌從小金屬板上拉下，好讓他的腳跟再度接觸大地。歐伯隆認爲他只要一碰到地就會立刻醒來。

「他爲什麼還沒開始說話？」他問，「只要碰到土地，他就應該可以自療，對吧？」

「這個，沒錯，但是我們不知道他傷得有多重，還有他們在醫院對他做了什麼。葛雷塔和我提過現代醫學。會用很多藥物，其中有很多是在別的地方製造的合成狗屎。他們可能是故意弄昏他的。」

「喔，對，他們會那麼幹。我在電視上看過很多次。」

「他需要到馬．梅爾的治療池裡好好泡一泡，但我不認爲我能帶你們過去。」

「爲什麼不行？」

「我和你們兩個都沒有熟到可以帶著你們轉移世界的地步。我以前和敘亞漢很熟，但他現在比我年長了兩千歲。我怕我會帶不走他。再說，我也沒有能這麼做的思考模式。我只有多一種，敘亞漢有多幾種，三種？」

「我想是多五種。」

「看吧，眞是他媽的了不起的腦袋。我們先弄醒他，然後他就可以把我們都轉移過去。」

敘亞漢嘴角揚起，眼瞼微顫。「喔，歐文，」他說，不過聲音有點緩慢而含糊，「你的嘴眞甜。」

「你醒了？」

「剛好聽見你說我好話。」

「好了，不要放在心上！事實上，你的聰明才智藏得比蛇睪丸還要隱密。」

「阿提克斯！我好高興你沒事！我得告訴你我今天吃到的新東西！叫作普丁，幾乎都是肉汁！」

「我完全算……算不上沒事，歐伯隆。我好累。頭暈目眩。」

「他們在你體內灌藥，小夥子。」我說。

「喔！喔！有比藥更好的說法，叫作醫療製品（Pharmaceutical）。這個字有五個音節，所以我該得到更多普丁吃！」

「我們得把你弄去馬．梅爾。」我說，「你覺得要多久才能清醒到可以轉移？」

「我得分解化……化學藥。物。化學藥物先。」

接著，我們就在那隻狗不停地談論食物和最喜歡的娛樂這類話題中，度過漫長的兩個小時。路過的人往往會神色好奇地打量我們，但他們沒有多管閒事，我很欣賞這一點。我迅速轉移離開，去拿盧基達幫敘亞漢做的木樁，而他完全沒發現我離開過。太陽下山時，氣溫迅速下降，加上之前一直在進行的淨化療程，敘亞漢終於宣稱他準備好了。我得扶他起身，而他皺起眉頭——他右腳斷了——但還是把我們統統轉移到了提爾．納．諾格，留下一張神祕的輪椅，然後再轉移到馬．梅爾。我撐起他大部分的體重，帶他前往治療池，他則在愉快的嘆息中脫掉他所謂的病人袍，沉入一座池子。

「今天星期幾？」他問，聲音中的疲態已蕩然無存。

「還是同一天，小夥子。出了什麼事？」

我們交換故事，想到這些現代武器能對人體造成的傷害，就讓我不寒而慄。我必須仔細研究這個問題，因爲他說得對——他的劍沒辦法對抗那種武器，我的閃亮新手指虎也不行。

「不過手指虎看起來很厲害，」他說，「如果你能打碎岩石，我很好奇它們能不能擋下子彈。不過還是別嘗試接子彈比較好。你打算給它們取什麼名字？」

「我還不知道。」

我解下他的劍，放在他手旁的池邊，然後把盧基達的木樁也交給他。

「聽著，小夥子，盡量讓我和旗杆市遠離那場吸血鬼戰爭。我不久後就會開始照料一群小鬼。」

「霍爾有提到。我盡量。但你應該知道他們可能會爲了對付我而找上你們，或是爲了我做的事進行報復。架設防禦力場，提高警覺。」

「我會的。」

「還有……歐文？」他整張臉揪成一團，彷彿接下來的話會讓他挨揍一樣。

「什麼事？」

「或許對待他們不要像對我那麼嚴厲。」

聽他那樣說，讓我覺得彷彿褲子裡淋了冰水。我深吸了口氣，把該縮的東西都縮回去。但是接著我說：「好，小夥子，我會的。」我們沉默片刻，然後我補充：「我如果對那些小孩說粗話，葛雷塔會撕了我，而且他們的父母也毫無疑問地會一起上。我會努力不重蹈覆轍。」

他臉上的肌肉鬆弛，微微一笑。「非常好。我會努力盡量少犯錯。」

「很好、很好。說起葛雷塔，我最好盡快回去找她。我要先去拜訪布莉德，然後就回家。你沒問題吧？」

「沒問題。謝謝你費心把我帶來這裡。」他和我道別，獵狼犬也謝謝我買普丁給他吃。我聽得出來他幾天內都不會停止這個話題，不過要聽他講的人是敘亞漢，所以我想從各方面而言，那時順道停下來買吃的，對我來說都是好事。

提爾．納．諾格的妖精宮殿和加拿大不在同一個時區裡，所以當我抵達那裡時，感覺好像到了發情季節的養兔場。到處都是一臉狡詐的妖精，比我上次來時多多了，不知道是什麼原因。我待在旁邊傾聽，提出幾個問題，得知布莉德特赦了許多遭囚禁或放逐的妖精和其他古老生物。

「芳德政變失敗後，」一個有翅膀的妖精解釋道，「她變得比較通情達理。我們或許失去了女王，但至少第一妖精已開始聽取我們的意見。而或許芳德有朝一日能夠獲釋，就和其他人一樣。」

她想得或許沒錯。芳德不會永遠被關。要不了多久妖精就會開始問她什麼時候可以被放出來，而這些問題遲早會變成要求。她丈夫馬拿朗．麥克．李爾也一樣。布莉德只能拖延一段時間，然後善意就會化爲灰燼。但我不確定釋放一群罪犯，對維持和平能有任何幫助。其中一些會心懷感激，當然，成爲社會上有用的一份子。但有些人將會心懷怨懟，開始興風作浪。她最好做好心理準備。

但或許布莉德認爲她可以輕易再把他們關回去，然後說：「好了，我給過他們機會了，是不是？他們是笨蛋可不是我的錯。」

我在人潮前方看到一個宮務官員打扮的妖精，穿著華麗，身上散發著香水味。我告訴他我想覲見布莉德，他目光瞄向我的刺青，在發現我有和蓋亞羈絆時，瞪大了雙眼。「你是德魯伊？」他問。

「是。歐格漢．歐肯奈傑。」

「她指示只要你出現，就立刻帶去見她。請跟我來。」

這倒是個愉快的驚喜，我不理會前面一群等待覲見的小精靈在宮務官員宣告我的到來時臉上的怒容——那不光是在對布莉德宣告，還是對所有人宣告，因為他是用叫的。我注意到布莉德換上了全新造型。不再是政變時所穿的沉重盔甲，而是金屬藍色的輕型護甲。她的手臂和雙腳都暴露在外，不過重要器官都被保護得很好。她王座四周的防禦力場比蜷起來的刺蝟還要嚴密；我可以感應到羈絆法術的力量在警告我不要靠近。

「歡迎，」她說，「有何消息？」

「我要成立德魯伊教團，訓練六個德魯伊學徒。我想通知妳。如果妳能提供保護就太好了。」

「啊！我很高興聽到這個消息，歐格漢。把細節告訴我的宮務官員，我會處理。我想和你長談，但是現在很忙。你還有別的事嗎？」

我想到敘亞漢正在努力剷除吸血鬼，而在他完工前將會殺得血流成河。不過，既然是她叫盧基達製作那些木樁，那她大概已經知道了，我沒必要在大家都聽得見的公開場合提起此事。所以我說：「不，就這樣。」

她向我道別，我鞠躬致意，在小精靈繼續覲見時跟隨宮務官員走到一旁。我告訴他旗杆市那塊土地需要力場守護，幾秒後突然察覺有東西聳立在我們面前，聞起來像是汗臭的腳丫。

一個體型比我壯兩倍的黑皮膚壯漢低頭瞪著我看，眼睛黑黑小小的，長了一嘴大獠牙。口水自嘴角滴落，皮膚上有大片讓泥巴還是糞便或之類東西黏在身上的苔蘚或蕈菇。他的腰部隨便纏了塊布，幾乎沒有遮住那塊布應該要遮住的大傢伙。那是隻超大的沼澤食人妖，就是不介意你有沒有看到他那根了不起大傢伙的那種巨人。換句話說，就是最糟糕的那種食人妖。

「我認得你。」他轟然說道，噴出一口清晰可見的腐敗口氣，「你是德魯伊。」

「你眼力不錯。」我說，「可以請你讓個路嗎？」

「不，我們有恩怨。我記得。」

「我不這麼認為。」

「我被囚禁在一座時間島上。和許多人一起獲釋。你也是。你欠我黃金。」

「你弄錯了。我什麼都不欠你。」

「沒弄錯。你在沼澤裡過了我的橋，沒付過橋費。你現在看起來比較年輕，但我記得。你欠我黃金。」

聽他這麼說，勾起了一段回憶。他說得對。很久以前，我曾在前去拜訪表哥的途中經過一座沼澤，遇上這個食人妖，要求我付過橋費，不然就把我推下橋。我當時身上沒有黃金，就算有也不打算付，所以施展偽裝羈絆溜過去。食人妖破口大罵，立誓有天會讓我付出代價，我則在一段距離外告訴他沒有人的鬼話能聞起來這麼臭。

我無法理解布莉德怎麼會以為釋放食人妖能夠改善情況。這麼做只會導致這種情況——恃強凌弱。這傢伙顯然是在宮務官員宣告我是蓋亞的德魯伊時注意到我的。如果他有偷聽我們交談的話，現在他知道我的名字，八成也知道我住在哪裡。

為了打發他，我拿出葛雷塔給我的加拿大錢，推到他面前。「好了，」我說，「收下。」

他的目光移動到我手上，心靈如同濃布丁般攪動，最後終於說：「那不是黃金。」

「這比黃金好用，小夥子。這上面印了加拿大女王的畫像，而她戴著珍珠走來走去，看到沒？那就像是她的脖子會流錢財汗一樣。看看這裡：這張上面印的是加拿大國王。很嚴肅的男人，你可以從他的硬領上看出這一點，這可是貨眞價實的錢。你可以用這種錢購買任何東西，我從來沒付過這麼多過路費。」

「只是紙。毫無價值。你欠我黃金。」

「我又沒把黃金帶在身上，是不是？這是我身上所有的錢了，你要就收下，不然拉倒。」

「你明天帶黃金來給我。」

「你先去洗個澡。」我說，然後走開，把錢塞回口袋。食人妖在妖精宮殿裡不會動手，不過我在擠開人群的途中看見附近還有好幾隻食人妖，而他們全都一路看著我走向宮殿草地邊緣、可以讓我傳送離開的樹木所在。我認得其中幾隻食人妖——有時醜陋的東西很令人難忘——他們顯然也認得我。我就是那個從來不付過橋費的傢伙。

這些食人妖怎麼會出現在妖精宮殿？他們不是任何宮廷會傳喚進宮的生物。他們必定是遇上了麻煩，希望能夠私下覲見。他們的沼澤、小河和橋，八成全部沒了，他們無法再因循遠古時代的生活方式。但我讓他們回想起過去的生活，而他們不顧一切地想要抓住那份過去，我想。

有些傢伙就是會這樣做——抓緊過去不放，因爲那是唯一安全的做法。嘗試新事物或是接納新事物，會把他們的肝臟變成果凍。但那都是鬼扯。你要面對新事物，如果好，像是威士忌或普丁，或是會咬人的女朋友，就心存感激；如果不好，像是手機和汽車，就當作狗屎一樣丟掉，然後繼續生活。

當然，還有敘亞漢那種人：他想盡一切辦法逃離過去，但似乎說什麼都逃不掉。不過他的過去比一般人要多太多了。或許就是因爲這樣，他才隨時都一副心事重重的樣子。

抵達傳送樹時，我回過頭去，發現那些食人妖都還在看我。我微微一笑，朝他們揮手，然後轉移離開。他們沒辦法來追我——他們得利用古老之道回歸地球，而北美沒有古老之道。他們永遠不可能從我身上得到任何黃金。該是把過去留在過去的時候了，各位。

第八章

我在一座治療池中打盹——很安全，因爲如果頭沉到水裡，值班妖精就會跑來救我。不過我的臉還是會被水花濺到，在我旁邊睡著的歐伯隆也是。我們兩個被人粗暴地喚醒。

「嘿！」歐伯隆說，「搞什——喔。我閉嘴了。」

當我把目光自水面移開，看見水池裡並不是只有我一個。一個頭髮烏黑、皮膚白皙的女人坐在我對面。「哈囉，敘亞漢。」她的聲音沙啞。

「莫利根？妳還活著？」

「死透了，不過拜還在信仰我的信徒所賜，現在我進入了另一種存在。要在這個世界裡凝聚形體來找你很容易。」

「出了什麼差錯嗎？我是不是……我走到盡頭了嗎？」

「不，這次來找你的不是死亡挑選者。我是來提醒你沒有做一些應該要做的事。」

「啊。所以妳是來砥礪我幾乎已經磨滅的決心？」

「說法有點奇怪，不過我想沒錯。」她回道，完全沒聽出這話出自《哈姆雷特》【註】。「你得造訪斯瓦塔爾夫海姆，而且動作要快。」

「多快？我的傷勢好轉了，不過還是不太舒服。」

「明天他們會遭受攻擊。你要預防此事。」

「誰要攻擊他們？」

「矮人。阿薩神族。」

「阿薩神族是指奧丁和弗雷雅？」

「不，不是諸神。但他們完全清楚此事。」

「所以干涉就等於違逆奧丁的旨意？」

「對，但是你向來不在乎違逆他。」

「問題是我們現在應該要攜手合作。我送了威士忌和女童軍餅乾給他。我們基本上算……稱兄道弟。」

「那個情況應該不會改變，敘亞漢。重點在於讓斯瓦塔爾夫海姆也和你們聯手。」

想到此事困難重重，就讓我忍不住搖頭。「雙方都有經年累月的偏見、互不信任。那就像是要菲爾博格人或佛摩人與圖阿哈·戴·丹恩攜手合作一樣。讓敵人在一日之間變成朋友，聽起來絕不可能。」

「那幸好你不用在一天內達成目標。只要防止種族屠殺，讓他們開始建立互信就好了。」

「妳剛剛說『只要』防止種族屠殺？」

「那個是你在一天內可以辦到的事，敘亞漢。」她在水裡前進，於我臉頰上留下冰涼的一吻，尖銳寒冷的指甲則停在我的喉嚨上。「不要讓我失望。」

「莫利根，黑暗精靈最近派人暗殺我好幾次，我不認爲他們會接受我當外交使節。」

「去就是了。」她的手指扣緊我的喉嚨，指甲掐出鮮血，「除非你要我化身戰鴉回來找你。」

「這個，不，我想不出任何理由——」

她沉入水池，融化消失，這次來訪就這麼結束。我檢查了一下。水池裡除了我，沒有別人。

「她走了。」我說，基本上是在對自己說的，但歐伯隆以爲我在跟他講話。

「我很高興。我知道她有餵我吃過東西，但她還是令我害怕。」

「沒關係。我也很怕她。」我得立刻行動，結果卻發現身邊有劍、有木樁，還有獵狼犬，就是沒有衣服。照料治療池的妖精拿走了我的病人袍。我請一名妖精過來，問她可不可以幫我做兩件事。

「請告訴布莉德我在這裡。」我說，「有和莫利根相關的急事要告訴她。」她聽到這話應該就會跑來了。「另外，如果妳能幫我找點衣服穿，我會感激不盡。」

「沒問題，但是你的身體好了嗎？」妖精問，「可以離開了嗎？」

「夠好了。」我說。她離開後，我爬出水池，仔細檢查傷勢。大部分的體內器官已經痊癒，但是因爲治療總是有輕重緩急，背上和腿部肌肉還是很緊繃，有些地方還有撕裂傷。我會瘸腿一段時間，必須盡量補充蛋白質來加速治療，事實上，我該在治療池裡多待一會兒，但我沒有時間。

編註：阿提克斯引用了《哈姆雷特》第三幕第四景國王鬼魂對哈姆雷特的說的台詞，「我現身是爲了來砥礪你幾乎已經消磨的決心。」（This visitation, Is but to whet thy almost blunted purpose.）

我也不知道威納・卓斯切被捕之後的情況。他依然被關在牢裡，還是已經逃脫？他到底被關在……

「歐伯隆，你記得要把那個活頁夾帶出多倫多的旅館房間嗎？」

「呃，不。那很重要嗎？我只有叫歐文帶劍。」

「謝謝你，由衷感謝。我該餵你吃點心。」

「一點也沒錯！」

「但是活頁夾也很重要。不知道還在不在。我是說，我沒有退房，所以應該還在。」

「我跟你去，你可以靠著我走路。」

「謝謝，老兄。」

「我會帶你去買普丁。」

「太好了。」

妖精回來說布莉德很快就會到，然後給了我一件顯然是從地球旅館偷來的白浴袍——胸前還繡著旅館標誌。我本來期待能有褲子和襯衫穿，不過我想我能承受穿著浴袍在多倫多穿街走巷的異樣目光。我會走到旅館櫃檯，解釋因爲弄丟了鑰匙，我要多要一把，然後他們就會問我——喔，不。

「我的證件都在衣服裡。歐文把它們留在醫院了。」

「糟了。」

那並非難以克服的問題。我還是可以解除門鎖的羈絆進入房間。但這樣，史恩・富蘭納根的身分就得永遠退休了。消失的槍擊受害者會引來很多問題。

我盤算著在前往斯瓦塔爾夫海姆前還要做些什麼，搞不好永遠回不來了。我希望能去看看關妮兒——我離開衣索比亞之後，就沒再聽說她的消息了。我只知道她在阿斯加德，目前很難聯絡上。希望她沒事。我還要先去英格蘭辦一件事。

布莉德在我有機會展開計畫之前抵達，一副嫌我煩的樣子。但結果她不是在嫌我——芳德政變之後，她有很多事要煩。而且出乎我的意料，她竟然毫不反對莫利根要我前往斯瓦塔爾夫海姆之事。

「她也有給我同樣的口信。」她說。

「有這種事？」

「透過歐格漢，沒錯。他把口信轉達給我。我會和你一起去。明天吧，黎明時分？」

「呃……好。」我說。她這麼爽快同意，讓我不知所措，「但妳最好換上那套超厚盔甲。」

「喔，我會。你也想來套護甲嗎？」

我已經好多世紀沒穿過護甲了，但是對付矮人時或許會用得到，特別是在我這種身體狀況下。

「妳有我可以穿的嗎？」

「我可能可以幫你拿套尺寸差不多的。」她說著，嘴角浮現笑容。

「太好了。黎明見。」

布莉德離開，歐伯隆和我隨後就走。不得不提，多倫多是座非常多元化的城市，習慣接納各式各樣的人物，但是身穿浴袍、揹把長劍的瘸子，還是會引人注目。歐伯隆嘴裡叼著木樁，因為木樁在他嘴裡顯得毫無威脅，但如果拿在我手上，看起來就像打算刺人了。

我不太確定在治療池裡待了多久，但是多倫多已經是白天。我們又經過了提米餐廳，艾德和他的朋友也在，一邊喝咖啡一邊觀察世界，不過我沒發現是他們，直到站在前面的那個在我們路過時開口說話：「老兄，你永遠不知道在特拉諾區會看到什麼景象，艾德。」

「是呀。」艾德是史上最強的副播報員。

我們搭電梯前往六樓，然後我花了點時間解決房間的門鎖。結果裡面完全沒人動過。活頁夾仍在原位，還有我的背包和一套我很高興看到的換洗衣物。開放式的退房日期和一張信用良好的信用卡實在很棒。

如果警方有在監控史恩·富蘭納根的財務狀況，退房就會讓他們知道我還活著。不過無所謂，他們永遠不會再聽說他的消息，因爲我會從霍爾那邊弄個新身分。醫院可以留著我之前的證件。

離開旅館、走回女王公園後，我得告訴歐伯隆普丁店還沒開，而且我身上也沒錢。我們得去別的地方弄吃的。

「我們去英國。那裡現在是下午，酒吧的清淡時間，廚師要不是打掃廚房，就是在休息。換句話說，他們不會在食物附近徘徊，應該可以輕易偷到幾根香腸。」

「我們可以去蘇格蘭弄塊肉餡羊肚【註一】嗎？」

「呃。我們可以試試。」

我們轉移橫越大西洋，來到鄧弗里斯【註二】以北的一座小鎮，在我們傳送過去的羈絆樹林附近找到一間小鄉村旅館兼酒吧。他們沒有肉餡羊肚——謝天謝地——不過有幾塊烤好的小羊肉。我們施展僞裝羈絆，偷溜進去飽餐了一頓。旅館後面有間種植藥草的溫室，土壤還算肥沃，不過可以更好。我花了點時間治療土壤，當作這一餐的酬勞。他們絕對不會認爲我們有付錢，不過這樣讓我的良心比較過得去：我已經揹負了許多惡行，不用再多加一條輕微竊盜罪。

吃飽喝足後，我們向南轉移到溫莎城堡附近的樹林，根據荷米斯的指示召喚西風聯絡奧林帕斯。如此環遊世界十分耗費心力，特別是當我還需要幾天療傷的時候，但我覺得如果前往斯瓦塔爾夫海姆之前不先處理此事，會是個大錯誤。

約莫一個小時之後，小腳踝翅膀大王本人飛出南方天際，停在離地五呎的空中。

「荷米斯。」我向他點頭道。

「德魯伊。你想怎樣？」

「如果黛安娜同意條件的話，我想釋放她。」我說。羅馬狩獵女神被我大卸八塊，囚禁在岩石裡，因爲她發誓不除掉我和關妮兒絕不罷休。阿緹蜜絲同意與我和平共處，但是黛安娜很會記仇。

「不過我要朱比特在場見證。我們說好每個月都來問她一次，這個月我已經晚了，不想再拖延下去。

編註一：肉餡羊肚（haggis）是蘇格蘭傳統料理。先將羊胃清空，再填入剁碎的羊內臟、燕麥、洋蔥及調味料等，封起來後再經水煮而成，也被稱作羊雜布丁。

編註二：鄧弗里斯（Dumfries）是蘇格蘭南部的城市，以職業足球隊「南方皇后」（Queen of the South）聞名。

我知道通常是由墨丘利傳達這種訊息給朱比特的，但你介意幫我傳達一下嗎？我明天就要離開這個世界，我不希望黛安娜錯過獲釋的機會。」

「在這裡等。我幫你傳話。」他沒有繼續客套，當場飛走。

又過了一個小時，當太陽變成沉入西邊天際的紅點時，朱比特射出一道閃電擊中附近地面，把我跟歐伯隆都嚇了一大跳。

「他沒必要這樣出場，是吧，阿提克斯？」

「沒。」

「所以他像那種因爲有能力，就會走到你面前一爪抓破你的鼻子的貓一樣？」

「對。」

「我不喜歡那種貓。」

朱比特全副武裝——或至少以羅馬人的標準來看是全副武裝，所以儘管有穿脛甲，大腿還是毫無防備——油亮的鬍鬚如同玄武岩柱般從頭盔下方冒出，雙眼和拳頭冒出電光。我以爲我們麻煩大了。

「別擔心，這場戲不是做給你看的，」他說，「是黛安娜。我要讓她知道我有多震怒。」

「很棒的主意。」我用拉丁文思考模式叫出英格蘭元素——阿爾比昂，請他把黛安娜的各個屍塊帶回地面，好讓我們與她交談。我繼續用另一個思考模式與朱比特交談。「我可以提供一個也會促使她接受停戰的建議嗎？」

羅馬天神點頭，我繼續說：「我待在看不見的地方，讓你和她談。請幫我轉述，就說德魯伊請蓋亞特別照顧木精靈住的那片樹林——我們會確保那裡樹木茂密，換句話說，它們的木精靈也會滋長茁壯。我眞的很後悔做出那些讓人不快的事，一心只想撥亂反正，只要她保證不會傷害我，或是找其他人來殺我。」

「我了解。」他點頭一下，然後問：「諸神黃昏有何進展？」

「我們還處於棋局開場的階段。我明天就要去想辦法招攬新盟友——斯瓦塔爾夫海姆的黑暗精靈，而這就是我想要現在處理此事的原因——我不確定什麼時候能回來，甚至回不回得來。」

我們之間的地面裂開，黛安娜的屍塊分別浮出地面；我退到她腦袋後面——或者至少在她的頭上方，不讓她看見我。不過她能清楚看見朱比特，那模樣一定很可怕。

「歡迎重見天日，黛安娜，」他說，「我希望妳能永遠待在地上。德魯伊提出讓步，我希望妳仔細考慮，因爲提議是特別針對妳自稱是爲其而戰的那些木精靈。」

黛安娜自信的聲音中帶有一絲輕蔑。受困黑暗兩個月，並沒有令她心生懼意。「繼續說。」她說。

「他們會保護木精靈和他們的樹林，確保他們在蓋亞的力量下茁壯茂盛。他們非常後悔激怒妳。他們唯一的要求就是妳容許他們活下去，不要追殺他們。」

狩獵女神沒有回應，直到朱比特雙眼電光大作，開口催促她。

「如何？妳怎麼說？妳可以獲釋，木精靈也會過得更好。」

「我……接受。」

雷電之神表情和緩下來，眼中的閃電消退。「我很高興。對我發誓妳會遵守獲釋條件。妳不會繼續獵殺德魯伊，也不會用其他手段傷害他們。」

「我以你之名發誓。」

「很好。」他目光轉向我，我請阿爾比昂釋放黛安娜。黛安娜身上的白堊土散落地面，讓朱比特把她的四肢和腦袋重組到軀幹上。奧林帕斯不朽之神的神聖治療能力發揮作用，幾分鐘內她就恢復了原狀。朱比特扶她起來，她拍拍手臂和衣服上的塵土，然後轉身看見我和歐伯隆站在面前。

她咬牙切齒，捏緊拳頭，我立刻後悔沒有施展僞裝羈絆，顯然光是看到我就讓她快要爆發。她難以壓抑喉嚨發出的憤怒吼叫，赤手空拳朝我撲來。我拔出富拉蓋拉，背上一陣劇痛，試圖以瘸腿站穩，然後警告歐伯隆讓開。

「黛安娜！」朱比特大叫。「妳發過誓！」

她繼續撲來。我準備對準她的腹部出劍，令她避無可避。接著，黛安娜被炸成一團金色靈液和內臟肉塊，歐伯隆和我全身都沾滿她的血肉，被小塊碎骨擦傷。爆炸聲伴著震耳欲聾的雷鳴而來，解釋了剛剛是怎麼回事：朱比特寧願用閃電劈爛她，也不要看她打破誓言。

「噢！啊啊啊！可惡，我才剛洗過澡！」

「歐伯隆，千萬別舔！靈液對我們有毒。讓它留在身上，我們會盡快再洗個澡。」

朱比特罵了幾句拉丁文髒話，然後用英文致歉。「我很抱歉。我以爲她會信守承諾。」

「嗯。我也這麼以爲。」

「我會在奧林帕斯處置她。」他說，因爲她不用多久就會重生。奧林帕斯眾神的不朽方式與其他萬神殿比起來，算是很不錯的：他們眞的不會死。消滅肉身，他們會取得新肉身回來。其他萬神殿的神大多只在一具肉身裡活很久，當他們的原始肉身死亡後，他們可以三不五時凝聚形體一段時間，就像莫利根那樣，時間長短視他們取用的信徒信仰多寡而定。

「可以請問你打算怎麼處置她嗎？」我邊說邊抹掉臉上的金色黏液。「她顯然不值得信任，不把承諾當一回事。」

「的確，但我可以監視她，然後加以處置，就像剛剛那樣。」

「萬一你來不及呢？如果她偷偷溜走呢？如果她雇用其他人來暗殺我呢？」

「你不會有危險的。」他向我保證，「這已經是我個人榮譽的問題了。她那樣做，等於是在污辱我。」

「那我就把她交給你處置了。」我說，因爲我也做不了什麼。儘管沒說出口，但我已經非常懷疑黛安娜從此都不會放過我了。不管是刻意或是意外，我都已經中招。朱比特把我的優勢化爲烏有。之後，黛安娜或她的手下隨時都有可能向我出手，到時候朱比特的承諾就會變得毫無意義，因爲我已經死了。就算有人去找他興師問罪，他又會怎麼反應？聳肩說句：「我的錯？」正如馬拿朗・麥克・李爾跟波塞頓和涅普頓「合作」在海裡尋找約夢剛德時——截至目前爲止毫無斬獲——就已經發現的事實一樣，奧林帕斯神最多就只是一群靠不住的盟友。

「再見了，德魯伊。」朱比特說。

我朝他揚起下巴，然後準備承受他離開時的效果——片刻過後，一道閃電導致我毛髮豎起，並讓空氣灼燒，把我們孤零零地留在英格蘭鄉間。

歐伯隆的毛被靜電弄得根根豎起，於是他搖晃身體，甩開了一些黛安娜的血肉，不過外表看起來還是很噁心。

「我不介意從此不再見到那傢伙。」他說。

我同意他，心想接下來最好去山姆和泰那邊窩一宿，等待與布莉德會面。再說，我得把歐伯隆留在安全的地方。我絕不可能帶他前往斯瓦塔爾夫海姆。

□

在打開門看見渾身沾滿金色黏液的我們站在門外之後，泰驚訝到下巴都掉到地上。

「我們可以借用你的浴室嗎，先生？」我問。

「天呀，阿提克斯，你看起來像是和蛋黃與橘子汁徹夜狂歡的模樣。」

「我們可能需要菜瓜布。」我承認。

「我可以問出了什麼事嗎？」

「有個奧林帕斯神在我們面前爆炸，場面超噁心。」

「你爲什麼不能像普通人一樣，玩玩定點跳傘或是滑翔傘就好了？」

「看吧，阿提克斯？我說過好多次了，我們該去玩滑翔傘。」

泰打開門，側向一邊讓我們進去。「好了，你知道浴室在哪裡。」

「謝謝。」

「進浴缸裡，」我透過心靈告訴歐伯隆，「這次不准弄壞浴簾。我不管浴簾有多醜。」

「你這次要說什麼故事，阿提克斯。」

「我要告訴你爲了愛放火燒掉女修道院的故事。」

「耶！愛情故事！不過我猜不是神之愛的故事。」

「猜得很對。」

第九章

事實和我想的正好相反，抵達華沙後，我毫不困難就找到了曙光三女神女巫團。當我利用波雷莫可士夫斯基公園中的黑楊樹、和歐拉一起轉移過去時，她們正在那裡一邊野餐一邊等我。事實上，她們在樹旁圍了一圈，草地上鋪著毯子，籃子裡放滿麵包、乳酪和波蘭餃子【註】。其中幾個人手裡拿著紅酒杯，這事到處都有人在做，但是只有在警察跑來開單前才算合法。

「嘿！食物！」歐拉在瑪李娜・索可瓦斯基揚起吃了一半的長麵包、滿嘴三明治地向我招呼時說道。

「啊，關妮兒！歡迎！」

十三雙眼睛盯著歐拉和我看，讓人很不自在，因爲我有種淪爲標靶的強烈感覺。我和她們其實沒那麼熟，只聽過她們的名聲，短暫見過一面而已。第一次和她們——我是指沒有和阿提克斯及坦佩部族作對、死在東尼小屋的那些人——見面時，阿提克斯和我正赤身裸體地身處亞斯沃附近的洋蔥田裡，逃避阿緹蜜絲和黛安娜的追殺。當時女巫團預見即將發生重大事件，於是在那裡等候，結果洛基

編註：波蘭餃子（Pierogi）是起源字東歐的餃子料理，名稱多元，在波蘭、烏克蘭、斯洛伐克等地都被視爲民族料理。可做鹹點，炒熟馬鈴薯泥、洋蔥、起士、絞肉等，包入麵皮，或煮或烤；也可做成甜點，包入新鮮果肉。

從天而降攻擊我們。現在她們又要了一次「我知道妳會來」的把戲，不過對象只有我一個人，完全凸顯出我需要防範占卜能力的必要性。

她們一直沒向我們介紹過新的女巫團成員。現在可能得承受她們對我的攻擊時，我才發現自己根本不知道她們的攻擊方式。她們會用魔杖引導法術嗎？比劃爵士舞手勢，眼睛向上翻白？我記得阿提克斯說過她們動作迅速，擅長近身肉搏，不過似乎沒怎麼提到攻擊魔法。阿提克斯宣稱瑪李娜能夠憑空召喚地獄鞭，但我當然不用在這種公開場合擔心那個——特別當我並非來自地獄，而是來自堪薩斯的時候。

「妳沒有危險，我保證。」發現我沒有回話，瑪李娜繼續用微帶波蘭口音的英文說。「我們占卜得知妳想來找我們，所以就來這裡享受美好的一天。沒人會打擾我們，請坐。」

「歐拉，」我暗地說道，「我認識這些人，但還不信任她們。不要接受她們的食物。」

「喔。好吧，但我希望妳快點信任她們。」

我大聲說道：「謝謝妳。」然後用古愛爾蘭語唸誦羈絆咒語護住我的頭髮，這是阿提克斯建議在和女巫打交道時要做的預防措施。我走到女巫團首領左邊的毯子上坐下，不過中間隔了一個籃子。附近的女巫稍微調整了位置，以便面對我，樹幹對面的則直接移到看得到我的地方。她們的穿著打扮大不相同，藉以表示她們是群朋友，完全沒有透露出是某種神祕團體的跡象。她們的穿搭就是晴朗微涼的秋季午後會穿的模樣。有些穿牛仔褲，有些是裙子配內搭褲，腳踩靴子，脖子上圍著紫絲巾。各式材質和顏色的輕便外套，還有兩個人戴著可愛的針織帽。除了瑪李娜那頭一眼就能認出的飄逸金髮之外，我想我還從阿提克斯的簡略描述中認出其他四名元老女巫：貓頭鷹眼的蘿克莎娜、頭髮雜亂的克勞蒂雅、超高的卡西米拉，還有身材豐滿的波塔。

「妳要來塊黃瓜三明治，還是來點飲料？」波塔問。她臉頰紅潤，從她迷濛的笑容、幾乎空掉的酒杯，以及身旁一支更空的酒瓶來看，我想她可能有點微醺。

「不，謝謝。」我說，「我剛吃過，肚子還不餓。」

「我想向大家介紹妳，不過我猜妳來是爲了正事，不是來玩的。」瑪李娜說。我點頭微表歉意之後，她理解地笑了笑。「謝謝妳這麼直截了當。那妳是爲了什麼事而來？」

「妳的前任領袖在阿提克斯的劍上施展過防禦占卜的屛障法術，我想知道同樣的法術能不能用在我身上？」

「可以。我們可以提供占卜屛障，不過那並不是金錢買得到的服務。」

「那好，因爲我身上連一，呃……我本來要說一分錢都沒有，不過波蘭大概不用這個單位。」

「不，我們的零錢單位是格羅希。」一名女巫說——既然她的腳看起來比某些人的身高還長，我猜她就是卡西米拉。

「我身上連一格羅希都沒有。」

「那妳可以用換的，」瑪李娜說，「幫我們找出許文妥威特的白馬【編註】。」

「不好意思？」她的話題進展得很快——她八成早就知道我爲何而來，也知道她要提出的交換條件。

「許文妥威特是古斯拉夫的戰爭和占卜神。在不同的斯拉夫國家裡，他的名字拼法和發音略有不同，不過他以前——或者現在也是——對我們這種波蘭異教徒而言非常重要。」

「而他有匹白馬。是他自己弄丟了，還是被人偷走？」

「我們不確定。」

「白馬有什麼重要嗎？許文妥威特為什麼要找牠？」

「事實上，我們不確定許文妥威特還活著，但我們相信他的馬還活著。」

看來因為我不了解整個脈絡，所以難以用三言兩語回答我的問題。「妳最好從頭說起。」

瑪李娜轉向戴著超大眼鏡、將滿頭褐金交雜的頭髮綁成一條大馬尾的女巫。「蘿克莎娜，這個妳比較擅長，妳可以簡單和她講解一下嗎？」

「我很樂意。」她滿臉正經地笑了笑，大眼鏡望來。「德國波羅的海海岸西北方，有座呂根島。」

「眞的？用六指男呂根伯爵的名字命名【譯註】？」

「什麼？不，是以九到十二世紀占據該島的斯拉夫部族呂詹尼人命名。現在的島名是從德文誤傳而來的。」

「喔。」

「在該島東北端的阿可納角，有個叫作賈羅馬斯堡的異教聚落，那裡有座許文妥威特神廟。那是丹麥國王在一一六八年擊敗呂詹尼人前的最後一個斯拉夫異教聚落。丹麥人燒掉了神廟和許文妥威特神像，強迫所有人皈依基督教。之後呂詹尼人被附近的德國部族同化，幾個世紀後他們的語言也消失了。但是我們想查出許文妥威特和他的馬之後的情況，他們失蹤了。」

「妳是說他們當年眞的待在賈羅馬斯堡？」

「或許許文妥威特沒有親自現身，但是他的馬有，直到——我們推測——丹麥入侵之前。」

「既然是將近一千年前的事，妳們又怎會知道？」

「許文妥威特的祭司利用那匹馬來占卜戰爭勝負。如果丹麥入侵前白馬仍在那裡，他們會知道將戰敗，然後棄守部落。」

「原諒我，但我覺得這種說法未必可信。男人在自尊受損時往往會做出沒有理智的愚行，基本上歷史上的所有戰爭都是如此。」

女巫全盯著我看，直到克勞蒂雅饒富興味地輕哼了一聲。她就是擁有性感朦朧雙眼、雜亂短髮、古銅膚色的那個女巫。她的嘴唇宛如枕頭般柔軟蓬鬆，微微噘起，誘惑十足，讓人情不自禁想要一親芳澤，我實在難以偏開目光，直到瑪李娜說：「克勞蒂雅！住手。」

編註：許文妥威特（波蘭文：Świętowit）是波羅的海沿岸斯拉夫部落信仰的神明，也有人認爲他是當地信仰的主神。常見形象爲有面向東西南北四張臉的多面神，除了戰爭與占卜，他也被視爲豐饒之神。傳說中他會騎乘白馬上戰場，因此神殿裡會飼養神馬。

譯註：六指男呂根伯爵（Count Rugen, the six-fingered man）是小說與電影《公主新娘》（*Princess Bride*）裡的角色。音近呂根島（Rügen）。

「抱歉，」她在我眨眼搖頭、脫離魅惑時說，「但是耍德魯伊很好玩。」

我記得阿提克斯曾警告我她們的魅惑術，還說類似情況發生在他身上過。我看出她們的固定模式：瑪李娜要我知道她的女巫團只要有心就可以教訓我，但她不想親自表達。她會指使克勞蒂雅用那有如電影明星般的嘴唇魅惑對方，然後再出面罵她——隨便罵一罵——製造自己處事公正、處處為我著想的形象。這是最友善的威脅，揮舞的是嘴唇而不是武器，但依然是威脅。

「請見諒，關妮兒，」瑪李娜說，然後繼續說下去，以免我當面質疑她的做法，「我們相信白馬還在的理由與洛基有關，而我們認為妳或許會感興趣。」

「對，我有興趣。」

「我們還沒有證實，但注意到了一種神祕的消失模式，我們認為妳或許有辦法幫我們證實。拜那個芬蘭神莫名其妙出手干涉所賜，洛基從我們手中脫逃後，我們展開了一系列儀式，占卜他與其他萬神殿的關係。妳知道斯拉夫神維勒斯【註】嗎？」

「不，抱歉。」

「佩倫呢？」

「我認識他。」

「維勒斯是佩倫的宿敵，鬼鬼祟祟的騙徒神。事實上，他們的關係就跟索爾和洛基差不多。我們很肯定佩倫還活著，但不在地球上。」

「沒錯，他在妖精的世界裡作客。」

「這倒有趣。謝謝妳。我們比較不確定許文妥威特的情況。他或許還活著，若果眞如此，他就位於很遙遠的世界。他也可能已經死了。根據我們的感應，很難確定是哪一種情況。但是我們完全感應不到任何維勒斯的情況。他躲起來了，導致我們無法肯定他是死是活，更別說他身處何處。」

「等等。斯拉夫神界已被洛基放火燒了。」我說，「佩倫懷疑他是怎麼進去的。」

瑪李娜點頭。「這正是我們的想法。維勒斯在跟洛基合作。」

「洛基擁有某種占卜護盾。」

「我們也這麼想。我們也找不到他。我們的猜測奠基在一連串明明該有東西，那裡卻只剩空洞的事實上。」

「那爲什麼——喔！或許是報復。維勒斯想要洛基燒掉斯拉夫神界，肯定也希望他殺掉佩倫。這場行動算是部分成功了。洛基把維勒斯藏起來，讓佩倫和其他人都以爲他死了。但洛基想從維勒斯那裡得到什麼回報呢？」

「當然是許文妥威特的白馬。」

「等等。妳說洛基想要白馬是因爲……？」

編註：維勒斯（波：Weles、英：Veles，有時也被認爲與俄羅斯神明Volos爲同一神）是斯拉夫神話主要神明之一，司掌大地、水、樹木及冥界。常以濕滑、狡猾、蓄著濃密鬍子、黑暗的形象現身，也常與豐收、牲畜、魔法、蛇等聯結在一起。其化身有可能是龍，或是奇美拉形態的熊頭蛇身。代表他的樹爲柳樹，佩倫則是橡樹。

「你可以問白馬今日發起的戰役是輸是贏，而牠會告訴你結果。」

「喔，狗屎！」我在逐漸了解時大叫，「他要利用白馬來確認諸神黃昏開始的時間！」

「我們的結論也是如此。所以我們想要得到白馬。」

「是呀，我想我們想要一樣的東西。我們不能任由他無止盡地收買盟友，直到他找出勝利的正確組合。如果洛基有什麼陰謀，我們要他無法肯定成敗。妳們不能用占卜找出白馬下落嗎？」

「不幸的是，不能。我們不知道牠的名字，本來占卜成功的機率就不高，而且我們假設洛基也把牠給遮蔽了。我們最好的機會就是如果妳找出許文妥威特，他或許可以告訴妳該上哪兒去找他的馬。如果他們兩個都死了，那維勒斯肯定就是要幫洛基做別的事抵債。」

「我要從哪裡開始找許文妥威特？妳們上次見到他是什麼時候？」

瑪李娜的目光飄向蘿克莎娜，我轉過去等候答案。「我們從未見過他，」她說，「所有尚在人間的人都沒有。他可能有四顆頭，或是一顆頭上有四張臉，端看他如何凝聚形體。我很確定他最近如果有現身的話會上新聞。」

這句玩笑話在女巫團中掀起一陣笑聲，但對我的獵狼犬而言可是前所未聞。「哇！他同時可以吃四塊牛排！」

「但他只有一個胃，歐拉。我會比較擔心四組牙齒的清潔問題。萬一他生病了怎麼辦？四組塞住的鼻孔。噁。」

蘿克莎娜繼續說：「我會建議在賈羅馬斯堡四下找找，或是如果妳能找到佩倫，和他談談。他或許能夠提供點線索。」我點頭，心想無論如何都該和他談談。他應該會想知道維勒斯可能與洛基結盟的事。這比洛基那個因爲太討厭雷神而追殺佩倫的說法合理多了。全世界那麼多萬神殿裡有一大堆雷神，爲什麼獨挑佩倫？一定有理由。說起理由，我得問清楚她們爲什麼對這匹馬這麼感興趣。

「找馬是爲了對洛基比中指，對不對？」

眾女巫全部看向瑪李娜，等她回答。她點點頭。「他和維勒斯。柔雅三女神鮮少會待在斯拉夫神界，但如果洛基放火時她們在那裡，就有可能被燒死。這想法令我噩夢連連。而想到洛基曾落入我們手中……」她搖頭，「好吧，我想再抓他一次。如果抓不到他，至少要奪走他想要的東西。」

「那好。」我看著瑪李娜說，「我找出許文妥威特或他的馬，但最好是馬，然後看是把馬帶來給妳，或是確認牠已經死亡，代價就是妳幫我施展占卜遮罩。」

「同意，不過要更正一點：如果妳找到許文妥威特，不論死活，我們都要知道他在哪裡。」

我朝她伸手說：「我接受妳的提案。」她和我握手，我則因爲接下貨眞價實的冒險任務而不禁微笑。「如果他身處其他神界，我就沒辦法帶他過來，而把馬帶回就已經很棘手了。」

瑪李娜皺起眉頭。「爲什麼？」

「我只有一個額外思考模式可以帶其他人轉移世界。此刻我是用它來轉移歐拉。我得背下一套其他語言的文學作品，才能帶另一個生命轉移世界──思考模式可以提供轉移的架構。我已經學過俄文，但至今遇上的文學作品都太悲慘、陰鬱了，我一點都不想背起來。」

「辛波絲卡！」波塔脫口而出，其他女巫則神采飛揚。

「沒錯！」蘿克莎娜說，我從沒見她這麼興奮過。她點頭用力到我都怕她脖子斷了。「妳該學波蘭語，讀辛波絲卡的作品！」

「不好意思，誰？」

「維斯瓦華．辛波絲卡是個波蘭詩人，諾貝爾獎得主，」克勞蒂雅解釋，「她擅長描寫小事，人生中具有大啓示的小細節。我在美國看過的英譯本翻得很不錯。或許妳該試試看，如果到時候喜歡她的作品，可以學波蘭語讀原文。」

「很棒的主意，」瑪李娜說，「辛波絲卡並不崇尚悲慘的虛無主義。」

「多謝指點。我一定會研究的。」我站起身來，急著想展開行動，「一有進展，我就和妳們在這裡見面。我敢說我不必告訴妳們時間——妳們搞不好比我還早知道，哈哈。」

她們禮貌性地陪笑，但我才走兩步就被瑪李娜攔了下來。「離開前，關妮兒，妳知不知道歐蘇利文先生打算怎麼實現趕走波蘭境內吸血鬼的承諾？」

「喔，他正在努力。」我說，「我很肯定。」

「我們知道他在別的地方剷除吸血鬼，」她回道，「但不是這裡，這裡才是他答應的地方。」

「我好一陣子沒見到他、也沒和他交談了，但我敢說他沒有忘記，也很肯定他有計畫。」

「下次見面的時候，請幫我們提醒他，好嗎？」

「我會的，」我承諾，「晚點見，各位女巫。好好享受野餐。」

「我們現在要去哪裡？」歐拉在我們回到樹旁時問。

「德國。妳知道那裡的自動販賣機有賣香腸嗎？」

「有這種事？德國聽起來是個非常聰明的國家。」

第十章

放洗澡水時，我沒告訴歐伯隆我有多擔心他，只是提醒他在我說安全前不要舔嘴，然後如果痛就和我說。我得啓動治療符咒來對抗靈液之毒；有幾塊黛安娜的碎骨劃破我的皮膚，毒素已經進入我的血流中。我可以承受那些微的劑量，但如果歐伯隆吞下一整口靈液的話，我就得要施展渾身解數了。

山姆和泰的浴缸上裝著活動式的蓮蓬頭，連著令人聯想到鋼鐵毛毛蟲的水管。我把水龍頭轉到最大，使用最強的水壓，叫歐伯隆閉上雙眼，先清理他的口鼻部位。

「嘿！超不舒服的，阿提克斯，你在幹嘛？」他抗議，然後在水衝擊他的口鼻、沖刷靈液時扭來扭去。

「不要動，老兄。我們得盡快清理這些東西。」

「你一副好像那是核廢料的樣子。」

「比核廢料更毒。」

「是唷？那快點幫我弄掉！」

「我在努力，歐伯隆。」

「快點說故事，讓我想點別的事。」

「好吧，我們要回到十七世紀的法國，路易十四的宮廷。」

「他可曾對他的名字表達過不滿？」

「什麼？」

「他有沒有說過：『天呀，全世界有那麼多名字，而我們家族居然取了十四次路易？』」

「我不認為名字會造成問題。他是國王。」

「喔。是呀，我想身為國王就不會在乎名字的問題了。」

□

國王的宮廷裡有許多男侍等著幫貴族跑腿。你經常會不小心絆到他們，所以要有個人訓練他們不要礙到別人、表現出應有的禮儀。故事女主角的父親就負責這個，而他讓女兒與所有男侍一起接受擊劍、承受辱罵，以及回嘴等訓練。她名叫茱莉．達比尼【註】，很年輕時就嫁給一個叫莫班的男人。莫班被派往法國南部工作，她則待在巴黎。後來她成為知名的歌劇家、情人兼決鬥高手，人稱「莫班女士」。

她經常穿著男性服飾，不過沒有遮蔽容顏或作其他假扮男人的打扮；她在當地酒館裡以歌唱維生，還與某個交往一段時間的男人表演鬥劍。不過在玩膩他之後，她又和個年輕女子展開熱戀，可惜後來她愛人的家人發現此事，於是決定把女子送去女修道院來解決這個他們眼中的問題。然而，莫班女士並沒有放棄——她已深陷愛河。她申請加入這座位於亞維儂的女修道院，發下聖誓，與愛人重逢。之後，她立刻開始籌劃逃亡，想出了一個簡單的計畫：放火。她放火燒的是另一個放在她愛人床上的修女——已經死了——身體，藉以掩飾她們的逃亡行動。她們又熱戀了三個月，然後愛火熄滅，女孩再度回到家人身邊。莫班女士被控縱火及偷屍，而這些罪名的懲罰就是活活燒死。不過她沒有接受審判——由於與皇室宮廷關係良好，路易十四赦免了她。

莫班女士再度上路，唱歌、和男人交往、偶爾在決鬥中痛扁某人，直到她抵達巴黎，參與當地的劇院演出。那段期間，她的生活中只有些微小騷動——她扁了一個厭惡女人的演員，還有她的房東——不過後來她再度因爲打扮成男人參加盛大舞會、在貴族面前親吻女人，而惹上大麻煩。在當時的習俗中，這是很嚴重的冒犯行爲，當場就有三個男人要求與她決鬥。她跑到室外，一個接一個地打敗所有人，放他們在街上流血，繼續回舞會上親吻那個女孩。

親吻女孩並不是問題所在，問題在於她公開違反國王的法律，在巴黎市區與人決鬥，所以得離開法國一段時間。她搬去布魯塞爾，在那裡的歌劇院唱歌，展開幾段戀情，然後回到法國，在巴黎歌劇院一直待到一七〇五年。她最後愛上了一個早逝的女人，而愛人之死對她打擊甚深，導致她從劇院退休。事實上，她加入了一間女修道院，於兩年後死亡，享年三十三歲。

她的一生短暫、暴力，但是充滿熱情。她完全不把性別角色放在心上，親吻或痛扁任何她想親吻

編註：茱莉·達比尼（Julie d'Aubigny, 1673–1707），常被稱作莫班女士（Mademoiselle Maupin或 La Maupin），是十七世紀的劍術家與歌劇歌手。作家戈蒂耶（Théophile Gautier, 1811-1872）的《莫班小姐》（*Mademoiselle de Maupin*, 1835）靈感即來自她的生平。

或痛扁的人，而且她歌聲美妙，還會在必要時偷屍體。她就是茱莉．達比尼，或莫班女士。

□

「哇，阿提克斯。她超酷的！你見過她嗎？」

「我沒和她面對面交談過，不過一七〇二年曾在巴黎歌劇院看過她演出的《譚克雷迪》【編註】。」

「唱得好嗎？」

「喔，唱得超好。你表現得也很棒。我們快要洗乾淨了。你覺得如何？」

「右肩刺痛得很厲害，我是說前面。」

我檢查那個部位，用手指撥開狗毛，在那裡找到被碎骨劃破的傷口。碎骨大多濺在我身上，但是歐伯隆也沒有完全逃過。傷口附近有點黃黃的，這表示本來有靈液覆蓋在上面，已經滲入歐伯隆的循環系統。我得直接治療他，不然情況會越來越嚴重。靈液毒有點像是癌細胞，會讓凡人的身體自殘，只要一點靈液就足以致命。據我所知，沒有藥草配方能解這種毒，所以我得分解他體內的毒素，就像我對自己做的一樣。

「好了，你這裡有傷口。不要搖晃身體，不要說話，什麼都別做。我要全神貫注地處理傷口。不痛了就和我說。」

用傳統的按手療法直接治療另一個生命，向來都是很危險的舉動。使用蓋亞的力量治療時，希波克拉底【譯註】那句「首先，不要傷害病人」的格言就變得格外重要，因爲她絕不姑息任何利用大地魔法直接傷害生命的行爲。但是要找出歐伯隆體內不屬於他、又顯然不懷好意的東西卻不困難——只需要耐心和專注。結果他體內只有幾毫克靈液，尚不足以在這個階段就造成休克或癲癇，但如果不加以阻止，遲早還是會致命。解除靈液的分子連結在他體內留下一些蛋白質——不久就會排出體外——剩下的殘渣則無關緊要。治療完畢時，歐伯隆渾身發抖。

「刺痛沒了，阿提克斯，但我又濕又冷。」

「好了，老兄，抱歉弄這麼久。你現在可以甩乾身體、在毛巾上滾滾了。我得和你換個位子，清洗自己。」

我把自己的全身擦過好幾回，皮膚因爲表皮剝落而刺痛不已，然後身體潮濕但乾乾淨淨地走出浴室。我和泰借電話，打給霍爾·浩克，告訴他史恩·富蘭納根的身分已經不能使用。「我要一組新的證件。」我對他說。

「幫你弄那個需要錢，而你已經沒錢了。」他說，「卓斯切透過科迪亞克·布萊克存取你的帳

編註：《譚克雷迪》（*Tancrède*, 1702）是坎普烈（André Campra, 1660-1744）作曲、丹榭（Antoine Danchet, 1671–1748）編劇，以義大利詩人索塔（Torquato Tasso, 1544–1595）詩作《解放耶路撒冷》（*La Gerusalemme liberata*）爲本的歌劇，主角譚克雷迪是一位與女戰士陷入愛河的十字軍騎士。

譯註：希波克拉底（Hippocrates, 460 – 370 BC），古希臘的醫學之父。

號，把錢都提得一乾二淨。你會欠我錢。」

「我了解。我會還錢的，霍爾。都是這場吸血鬼戰爭的關係。超吸金的，哈哈哈。」

「天呀，」霍爾的聲音很疲憊，「我判你入雙關語監獄服刑三世紀。」

「你是最棒的律師。」

「是、是、是。」

「奧勒岡的事情如何？」科迪亞克．布萊克並沒有打理我所有的錢，而剩下的大多用在奧勒岡的新家——一間位於威廉米特國家公園裡的木屋上。對我而言，設立許多帳戶的目的就是爲了這個：在我下次要跑路時能夠負擔新的藏身處。我不能投資房地產；每次跑路，我就得放棄名下的所有地產，而跑路需要現金。等我們設立好新的安全屋，我就不用依賴任何人。

「快完工了。再過幾天。新證件弄好，我就拿到旗杆市給你。」

「謝謝，霍爾。」

掛斷電話後，我轉身看見山姆和泰站在我身後，雙手抱胸盯著我看，好像我正在闖空門。

「我做了什麼？」我問。

「你說呀，」山姆說，「你剛剛從我們的排水孔排掉哪個奧林帕斯神的靈液？」

「黛安娜的。」

山姆揚起眉毛。「狩獵女神黛安娜？她在獵殺你——而你還把她引到我們家門口？」

「我希望沒有。朱比特說他會處理。」

「朱比特連他自己的慾望都控制不了，」泰指出這點，「你怎麼會以爲他能控制黛安娜？」

這也是我擔心的事，但我不打算公開承認。「聽著，兩位，我過幾分鐘就會離開。我要和布莉德去一個北歐神界辦件事。如果黛安娜跑來——而我不認爲她會跑來——歡迎兩位告訴她我在斯瓦塔爾夫海姆。」

山姆目瞪口呆，難以置信。「你眞的要去找黑暗精靈？」

「如果不去就會惹火莫利根。我眞的不想惹火死亡挑選者。但我不能帶歐伯隆一起去。太危險了。」我雙手交握，盡所能地傳達懇求、期望。

「嘿，等等，什麼？你要把我留在這裡？」

「非留不可。斯瓦塔爾夫海姆不是獵狼犬該去的地方。其實德魯伊也不該去。」

山姆搖頭，泰嘆氣。「就像歐文說的一樣，你眞是個大麻煩。」

「我會想辦法補償你們的。」我承諾。

「喔，不，我們會自己想點補償。」泰討價還價。

「非常感謝你們幫我照顧他。但我要警告兩位：由於剛剛和他說了個洗澡故事，歐伯隆可能會上你們的腳，然後挑釁你們決鬥。或是反過來。」

第十一章

我已經準備了幾天，不過看到那些父母帶著小孩走近房子時，掌心還是會冒汗。我希望在他們現代人的眼光裡，我看起來是個有能力的人，而不是某個頹廢的野人。因爲我打算變形，所以身穿長袍，而我的光腳丫很冷，偏偏身體其他部位都超熱。山姆和葛雷塔與他們一起看著我微笑，心情愉快地面對此地即將發生的事情，但是父母和小孩都與我一樣緊張。或許他們只是疲倦；他們都是在接獲通知後短時間內趕來的。

裡面沒有一個看起來像愛爾蘭，或那附近的人，而我認爲那很棒。我認爲最好是全蓋亞都有德魯伊，那樣他們各自都會有在乎的一塊土地。如果我們有好好想想，其實在我們的那個年代就該這麼做了，但我們沒有主動推廣德魯伊之道，只是假設德魯伊之道會向外擴張、開枝散葉。結果德魯伊之道始終沒有傳出歐洲大陸；我們可不需要重複這個錯誤。

我站在離屋子有段距離、已經開始冬眠的簇生草地上。我身後有往山上延伸而去的高大松樹林，空氣十分清爽。就成立德魯伊教團而言，環境還不算是太糟。葛雷塔帶我來到所有人面前，我點頭說道：「歡迎。」幾個人朝我點頭，還有人羞怯地笑了笑。接著正式開始介紹。

首先是一對來自某個叫作蒙古利亞之地的夫妻和一個小女孩。在學會英文前，他們會有翻譯隨行，但葛雷塔向我保證翻譯也是部族成員。他們有著黑直髮、高顴骨，膚色介於金褐之間。父親內古是新進部族成員；他妻子名叫歐尤琪梅格，不過她希望在美國時叫她梅格就好。女孩七歲，名叫安克圖雅。我向那對父母點頭，然後彎腰蹲下，以免女孩覺得害怕。我對她微笑，她希望我叫她圖雅。

「很高興認識妳，圖雅。」我說，她透過翻譯禮貌回應。

下一組是來自祕魯的家族。父母二人，迪亞哥和拉菲拉，都是新進部族成員，非常擔心兒子奧斯卡的安全。他們會說英文，口音很迷人，膚色暗褐，眉毛濃密。奧斯卡是個害羞的小夥子，要父母鼓勵後才肯和我打招呼。以他的年紀而言，身材有點瘦小，而時間和燕麥可以解決這個問題。

穆罕默德和他兒子梅迪來自摩洛哥山區、名叫切夫喬恩的小村落；這個名字大聲唸出來還滿有趣的。男孩的母親不在場，但我沒多問；她或許在屋裡，或是其他地方，我之後還會有很多時間可以收集這種故事。他們身穿白衣，穆罕默德頭上戴了頂小帽，我猜應該具有宗教意義。我沒有跟上我那個年代之後所有新興宗教的發展，但那眞的無關緊要。蓋亞不用信徒崇拜，所以德魯伊想向誰禱告都可以。

「謝謝你。」穆罕默德說，「我不希望活得比我兒子久，如果梅迪成爲德魯伊，他就可以活很久，對吧，和狼人一樣？」

「沒錯。」我告訴他，不過沒提這是最近拜敘亞漢所賜才有的事。「我知道看起來不像，不過我已經七十來歲了。」

穆罕默德雙手合掌，用我不懂的語言說了句話，同時低下頭去，大概是在唸誦感謝的禱詞。我猜這是某種一神教信仰。

然而，根據翻譯轉述，沙吉的宗教對身爲狼人的他來說就是大麻煩了。他是尼泊爾來的印度教徒，麻煩之處在於他吃全素，但是每月一次變身爲狼時，不吃肉就不能變回來，這點讓他非常苦惱。所以他希望把話講清楚，他女兒阿蜜塔在學徒期間絕不能被迫吃葷。

「你們想吃什麼就吃什麼，」我對他聳肩說道，「我無所謂。」阿蜜塔的母親也不在場，小女孩不願意和我目光接觸。她的膚色比她父親淡——黃褐色，而她父親是深褐色的——但我看得出來她會長得和他一樣高。

路易斯是個嚴肅、來自巴西的六歲小男孩，父親不在場。他母親娜塔莉雅用破英文和我打招呼。他們有帶翻譯，不過顯然已經會說一點英文了。路易斯的門牙中間有條縫，我很喜歡這個特點。

最後一個家庭是來自尙比亞的父女倆，他們擁有深棕色皮膚，頭髮剪得很短。女孩比其他孩子都要高很多，不過我無法肯定是因爲她年紀比較大、還是眞的比一般人高。父親尙克威的英文很流利，而他女兒珊迪也學得不錯。我注意到她會觀察一切：當她對我失去興趣後，目光就飄到樹上，而她父親則開始主動告知他們是單親家庭的理由。「我被咬之後，」他說，「我妻子就離開我們。她認爲我現在是個怪物。」

如果她眞這麼想，那我就不得不懷疑她爲什麼要把女兒留給一頭怪物，不過我沒有問出這個問題。現在還不是問這種事的時候。

「你們都不是怪物。」我說，然後向所有翻譯點頭，請他們轉述我的話，「你們只是和變形爲狼的能力羈絆在一起。這是用來形容某種特定羈絆的字眼。所有魔法都是某種羈絆。德魯伊則是與大地羈絆在一起。與蓋亞羈絆在一起。」圖雅之後的孩子，我都是站著和他們招呼，不過這時我又蹲了下去，好讓孩子們知道我是在和他們說話，不是他們的父母。我捲起右手衣袖，露出刺青，然後對學徒說話，一個接一個地接觸他們的目光。「這些刺青都不是裝飾用的。那是我與大地間的羈絆，它們讓我可以羈絆成四種動物形態，取得各種能力。等你們準備好，也都會以同樣方式與大地羈絆，然後就可以變形成四種不同的動物。不過，德魯伊的變形術跟狼人不同。我們變形得比較快，不會痛，而且不想變就沒必要變形。但你們可能會想變。你們難道不想飛嗎？」小孩紛紛點頭。我微笑。「當然！誰不想飛？你們的其中一種形態就會是某種鳥類。我待會兒就變給你們看。」

我的目光瞄向葛雷塔，她點頭，鼓勵我繼續。她有指導過我接下來該怎麼做，警告我現代文化的謙遜標準。

「變形的重點在於，穿著衣服不能變，不然會很痛苦，有可能弄傷自己。最好先脫光衣服，然後不要感到絲毫羞愧。你們與生俱來的身體，在蓋亞眼中完美無瑕，任何人都不該有任何意見。」

我站直身子，說：「我現在要變形爲紅鳶，讓你們見識一下未來幾年奮鬥的目標。所有的語言教育、所有的心靈養成、所有的生理訓練，都是爲了即將承受的責任做準備。但是不要會錯意了，這一切也會很好玩。」

我轉爲古愛爾蘭語，一邊轉身脫去長袍，一邊將我的形體羈絆爲紅鳶。他們看見我的長袍落地，同時身體縮小、變成一隻獵食猛禽。我對他們尖叫，他們全都倒抽了一口涼氣，不過最驚訝的還是新進部族成員——他們全都經歷過狼人的痛苦變形過程，難以想像如此迅速又無痛的變形方式。我振翅高飛，在他們頭上盤旋兩圈。他們的目光跟隨著我，我看得出來小孩都很興奮。我降落在長袍旁邊，直接變形爲熊，朝他們發出友善的吼叫聲。他們看得很開心，葛雷塔則依照計畫走過來把長袍披在我背上。我轉回來，變回人形，長袍落入定位——都是她的主意。

「沒人會在意露點屁屁。」她在他們抵達前對我說，「但是我們沒必要全部露給他們看，是不是？」

我不了解這有什麼大不了的，但她了解，所以我同意照她的方式做。

小孩們興奮到站不住，其中兩個甚至跳上跳下、大聲鼓掌。在場的父母也很高興，低頭看著孩子微笑，因爲歡樂的氣氛是會傳染的。

「蓋亞賜給德魯伊這些形態，讓我們更有能力幫助她——我們最主要的任務就是保護大地。要保護大地就得照顧元素，而他們也會照顧你。當你與大地羈絆在一起時，就能和元素直接溝通。但我現在就能讓你們與元素交談。旗杆市位於科羅拉多高原，所以我們稱這個元素爲科羅拉多。我已經知會過它你們大概今天會來，它會給你們一人一顆小圓石，我不希望你們弄丟這顆石頭。你們將用這顆石頭去與科羅拉多交談。首先，脫掉你們的鞋子，讓大地感應你們的存在。」

我從未見過任何一群孩子這麼迫不及待地想要打赤腳。他們全都立刻蹲下、開始脫鞋，惹得他們的父母哈哈大笑。當他們全都脫好鞋子、站在地上扭動腳趾時，我透過刺青傳訊給科羅拉多，告訴他新學徒已經準備好，就站在我對面。接著，孩子面前的地面裂開，冒出一顆顆小圓石，每一顆圓石上的褐紅色圖案都有些微不同。

「好了，我要你們撿起石頭，握在掌心裡，然後專心和大地說哈囉。用哪種語言都可以，它不會透過言語回應，但是你們會感應到它。」

他們全都彎腰撿起石頭，然後緊閉雙眼，全神貫注。我要承認那畫面眞是可愛。約莫十秒過後，他們腦中聽見科羅拉多的聲音，於是開始大笑，發出愉快的叫聲，我天殺的眼角也開始泛淚。當你終於體會到自己不再受困於所有生命都想吃你或命令你的神界時，想不情緒激動眞的很難。大地只希望你成長茁壯，而每當與元素聯繫時，你就會感應到那份愛。

我抬頭看向他們的父母，告訴他們這會耗上一點時間，他們可以先行離開。「你們晚點可以問我任何問題。」他們用言語或手勢道謝，然後和葛雷塔與山姆一起離開，把小孩和三名翻譯留給我。我讓小孩與元素溝通到父母離開視線範圍，然後打斷他們。

「科羅拉多不會說話，你們或許已經注意到了。你會看到畫面，感到情緒。不過你們可以問它簡單的問題，只要全神貫注去想，它就會了解你們的意思。請科羅拉多讓你們看它最喜歡的動物和地方。你們就會懂了。」

有些孩子專注思考時會低聲唸出問題，不過當科羅拉多開始回應後，他們的臉立刻在許多畫面進入腦海時露出讚嘆、驚訝、大大的微笑，還有各式表情。不管他們看到了什麼，一切都是新鮮的體驗，因爲他們來自世界各地，不熟悉此地土生土長的動植物。

我讓他們讚嘆了幾分鐘，然後感謝科羅拉多，請它停止。

「好了，我要你們告訴我看到了什麼。圖雅，妳先。」然後，他們一個接著一個，輪流告訴我看到蛇、蜥蜴、蠍子、騾鹿、野生鱒魚、大峽谷哈瓦蘇派瀑布藍綠色的水流、納瓦霍保留地的砂石山峰，以及洪水沖刷而成的峽谷。最後輪到的是珊迪，她一開始是提起獨眼巨人，然後突然住口，目光自我身上移開，望向我右肩後方。她指向我身後，尖聲叫道：「大醜男！」

我轉身去看時原本以爲她是在開玩笑，小孩們會哈哈大笑，結果她並沒有在說笑。松樹林裡走出一個又大又醜的傢伙。正是那個說我欠他黃金的沼澤食人妖。

「哇操。」一名翻譯喃喃說道。

「所有人都回屋裡去，」我說，「去找葛雷塔和爸爸、媽媽，告訴他們有隻食人妖來了。去，現在，快走！」

翻譯帶著孩子們三步併作兩步地跑回屋中，鞋子都來不及穿。我一臉冷酷地走向食人妖。他拖著沉重、緩慢的步伐，而且還沒想出辦法遮好他的老二。不過他倒是想出辦法找到我的下落，並且不採用古老之道抵達這裡，而我原先以爲他辦不到這種事。或許他現在依然辦不到，只是找了人幫忙。而那個渾蛋還拔了棵山楊樹要來打我。好吧，就看看是誰要打誰吧。

我從長袍口袋裡拿出手指虎，戴在手上，一邊走路一邊補充能量，同時唸誦羈絆咒語提升我的力量和速度。我很想直接開打，但得先弄清楚他是怎麼跑來這裡的。

附近有傳送樹——敘亞漢架設的——這表示可能是圖阿哈．戴．丹恩帶他來的。肯定不會是關妮兒或敘亞漢。也不可能是低等妖精，因爲他們大多——特別是當他們要帶人一起轉移時——需要橡樹、梣樹、山楂樹才能轉移世界，而這附近沒有同時生長那三種樹的地方。這表示只有兩種可能：他透過古老之道抵達歐洲，然後利用幻象旅行——這種可能性非常小——或是舊金山峰上有我們不知道的古老之道。

我以爲這半球上沒有任何古老之道，不過可能有人建造了新的。

這個想法令我不寒而慄。我笑著對食人妖說：「早安，小夥子，早安。芳德還好嗎？」

「她很好。」他想都不想就說，食人妖就是擅長這種事。

「很高興聽你這麼說。她眞的很喜歡幫忙，呃？幫你找到我，還安排你過來。眞是好心。」

「她人很好，沒錯。」

「而且還是從牢裡安排！」補充一點，那座監牢是我和她媽富麗迪許一起選的。我代表布莉德處理囚禁芳德之事，確保她無法逃脫，富麗迪許則是跟去確保她女兒受到良好待遇，不讓妖精有任何抱怨之處。「她的力量眞是強大。」

沼澤食人妖揪起灰臉上的五官，努力思考。「監牢？她不在牢裡。」

不安感瞬間化爲腸道融化般令人不舒服的聲音，因爲他證實了我最擔心的事。芳德已經神不知鬼不覺地逃獄，如今在幫助沼澤食人妖獵殺德魯伊，外加天知道她還想出了什麼詭計。既然她上一個主意是在提爾·納·諾格掀起戰爭，我實在不敢想像她接下來會幹什麼。

「喔！」我說著對他輕笑。「沒錯，我忘了她已經被放出來了。她在哪裡？」

「她在——等等。」他那張宛如恐怖意外的面孔轉爲懷疑的神情。「我不該說這件事的。」可惡。就差一點。至少我知道得比芳德想要透露得多了。

「我來拿我的黃金。」他沉聲道，「你渡過我的橋，沒有付錢。該是你付錢的時候了。」他對我轉動手中的樹幹，做出不是很巧妙的威脅。

葛雷塔沒辦法逼我買手機，但她讓我了解網際網路是什麼東西，還用@ArchdruidOwen的名字幫我註冊了一個叫作「推特」的東西，讓我了解現代人如何能相隔數百或數千哩進行社交活動。她還和我提過網路食人妖【註】的事，與沼澤食人妖相比，體型較小、危險性低，不過聞起來一樣臭。我想起她說對付他們的第一守則、同時也是兩千年前我的第一守則，就是對這個不請自來的客人面露微笑。

「抱歉，小夥子，但我從不餵食食人妖。」然後我展開攻擊，對準他的老二狠狠搥了下去。

食人妖的皮膚十分堅韌，沒必要穿戴護甲，而食人妖的包皮也一樣。但我的新銅手指虎能夠打碎岩石，所以我也不太確定擊中目標時會怎樣。事後想想，我下手不該那麼重的，但當時我實在是太生氣了，不光是因爲他跑來威脅我的新教團，還因爲芳德居然逃脫了，所以我毫不留情地打了下去，這表示當我的拳頭打穿皮膚、還繼續穿透進去時，我就突然陷入一場全新的夢魘。

我手肘以下的手臂完全陷入食人妖的老二。對於這個狀況，我們兩個都極度不悅，叫聲簡直可以和哭喊女妖比美。他反射性地縮起下體，巨大的左掌一把將我抓住，用力拋到三十碼外。我撞上一顆半埋在地下的大圓石，撞爛了左肩胛骨，整條手臂劇痛無比，隨即轉爲麻痺，當場廢去。我在草地上翻向右側，撐起身體，搖晃起身，食人妖則明白自己不會死，但從此不能再使用那根潮濕惡臭的

譯註：網路食人妖（Inetrnet Troll），網路小白的意思。

老二了。他為此怒不可遏，將欠他黃金的事拋到腦後，只想把我踩成肉泥，或用手上的樹幹打爛我的腦袋。他選擇了第二個選項，大叫一聲，舉樹衝來，不過基於受傷的部位，他比較像是一拐一拐地走來，而不是跑步。

如果有一天我會待在原地等敵人衝到面前的話，你就可以直接把我插進鯨魚大便池去了。我迅速唸誦咒語、脫掉長袍，變形為公羊。我也朝他直衝而去，儘管左前腳瘸了，我還是比他快很多。他是右撇子，所以會以左腳為重心揮動樹幹。我壓低羊角上覆蓋著一層銅的腦袋，瞄準那條腿。他試圖調整方位，用山楊樹幹攻擊我，但是樹幹在我衝到面前時掠過我頭頂。我撞上他的左小腿，雖沒完全撞斷，不過也差不多了。他的骨頭好幾處傳來碎裂聲，我則讓撞擊的力道震得跌向一邊。他重重倒地，發出轟然巨響，再也無法朝我衝來：腿骨插出他的腳後，宛如尖塔般朝天聳立。

問題在於要解決他並不容易——而我有必要解決他。你不能一拳打爛雄性生物的老二，然後期待對方能原諒你。他來找我就已經跨過底線了，而我的反應也跨越底線了。現在是生死對決，我們兩個都不可能輕易存活下來。

如果爬到他背上，他一翻身就能壓扁我。想要攻擊他的任一器官，他完好的雙手會先打到我。他已經在探頭找我了，可惡，他趁我抬頭看他的臉時盲踢右腳；這招很賊，因為他維持臉朝下地將右腳彎到左腳上踢，踢得我摔倒在地，又撞到受傷的左肩。骨頭相互摩擦，痛得我咩咩亂叫；媽的，超難聽。公羊形態已派不上用場，於是我趁他以屁股為支點翻過身、提起樹幹般大腳準備把我踩成肉醬時變形為熊。我的左手當然還不能動，但我把希望寄託在右手上。我欺身上前，人立而起，舉起熊掌攻擊食人妖小腿，在他腳踝後方劃出深深的傷痕，有效地阻止他繼續踩落。反射性地縮腳後，他再度不顧痛楚地狠狠踩下，而我則還在原地。我被他的腳背擊倒在地，眼前金星直冒，不過直到壓力消失、他滾開閃避我的攻擊爲止，還是繼續揮掌。我掙扎起身，搖搖晃晃；忘記之前的傷，試圖用左前腳支撐體重，結果就又摔回地上。再度爬起時，我透過模糊的視線看見食人妖正伸出巨大的手指抓向那根樹幹。我還看到他在天上飛舞，不過我知道那不可能是眞的——他把我打得頭昏眼花。我有點希望自己已經死了，因爲就算我能及時判斷攻擊來自何方，也已經想不出該如何閃避下次攻擊。我眼中一共看見三根樹幹高高舉起，然後在空中待了一段長到不像話的時間，就像我在時間島上凍結了那麼多年一樣，接著它們開始從三個不同的方位落下。我聽見它們——或只有它——擊中地面，不過不確定究竟落在何處，只知道不在我頭上。我的雙眼不肯聚焦，我拚命眨眼，試圖找出食人妖的位置。當我終於找到他時，他已經沒有在動了。他被壓在樹下，我認爲這情況超奇怪的。接著，我看見附近的草和地面上的血跡，才知道他已經流血致死。我的熊爪八成抓斷了幾根動脈，加上斷腳和另外那個傷口，他的血很快就流光了。

我變回人形，靠著右側躺著，讓我所有的刺青吸收能量，加速治療。這個動作讓我再度天旋地轉，對著草地嘔吐。沒多久，葛雷塔的臉出現在我面前，而我腦中唯一想到的就是我鬍子上大概還沾著嘔吐物。

「歐文？歐文！孩子說這傢伙是食人妖。」

「他們沒事吧？」

「孩子嗎？沒事。你看起來很糟。你的手脫臼了。」

「是喔？好吧，其實比外表看起來更慘。」

「歐文，你的眼睛沒跟著我動。你看得見我嗎？」

「可以，看到四個——不，五個妳。」

「你腦震盪了。」

我沒聽過這個名詞，於是說：「我不知道那是什麼意思。希望是說我很帥。」

「你當然帥。但是告訴我，你現在有在自療嗎？」

「有。努力中。」

「先集中治療腦部。你的腦子可能腫了。不要睡著。」

妳這麼說還眞是有趣，因為我很睏。」

「不、不，不要睡。跟我說話。爲什麼會有食人妖跑來這裡？」

「我欠他錢。不過他不收加幣。我已經把加拿大女王和國王的畫像都給他看了，但他就是不收。」

「什麼？你在胡言亂語。」

「是芳德。她逃脫了。她自由了。我們得找到她。」

「再說一次，芳德是哪個？」

「就是爲了我們不肯活在過去，而想把我們統統殺光的那個。」

「又是你學徒惹的禍嗎？」光是提起他，就讓她沉下臉，有時候我覺得她連天氣不好都會怪到敘亞漢頭上。

「不，親愛的，這次不是。這次是我自己的錯。從來不餵食人妖是我的錯。芳德逃脫，派他過來也是我的錯。我很抱歉。」

「芳德逃脫怎麼會是你的錯？」

「因為當初是我負責囚禁她的。不管她是如何逃脫，我都該先考慮到才對。」

「去。我討厭那種本來應該怎麼樣的狗屎，歐文。你絕不能回頭。你只能向前走。就像這條手臂，你不能跳回到它脫臼之前，你只能把它推回原位，期望它能痊癒。我現在就要動手了。」她說著，抓起我的手肘。

「小力點。我又帥又有腦震盪。」

她或許有小力點，或許沒有。總之我痛得要命，還在手臂被推回原位時叫了一聲。不過她沒有道歉，有些痛是避免不了的：有時候你就是得要咬緊牙關撐過去。

「我們要怎麼處理這具屍體？」她問，「不能把它留在外面。」

「我會請大地把它收進去。」我回答，「孩子不用看見它這副慘狀。他們也不用看見我這副慘狀。在我痊癒前，妳都不會讓他們過來，是吧，親愛的？」

「是，交給我，或是交給他們父母。他們現在都在屋裡，除了穆罕默德，我猜，因為他來了。」

穆罕默德算是認同葛雷塔對於過去觀點的人：他沒有問我怎麼回事，直接問我接下來該怎麼做。

葛雷塔請他幫我拿套衣服和水，他立刻跑回屋裡去拿。

但是這麼做的同時——也就是葛雷塔口中的向前看——他還是在處理過去的問題。過去總是黏在我們身後，是吧，像是走出浴室時黏在屁股上的捲筒衛生紙，指向我們剛剛拉的那一大坨屎。不管我們有沒有把屎沖掉，所有人還是知道我們在裡面幹了什麼。所以，你大可以說一切都過去了，再也和你無關，你每一秒鐘都是全新的自己，但我認爲假裝那個全新的自己不是奠基在過去的自己上很傻。

我知道我沒辦法吞下這盤狗屎。我可以向前看，或許在芳德惹出更多事前把她關回去，但我不能假裝她會逃走和我一點關係都沒有。

而我也不能繼續假裝我不了解敘亞漢。那個小夥子陷入的泥沼遠比這個食人妖從前居住的沼澤還要泥濘，而他不知道該如何脫身，甚至有沒有能耐脫身。我得讓布莉德知道她的敵人逃脫了，而我不知道如何不羞愧難當地做到這一點，但是這點羞愧與我從前的學徒所面對的問題完全不能相提並論。

凝止在時間裡的日子比現在單純多了。

第十二章

前一陣子，芳德曾為了幫妖精除掉鋼鐵德魯伊而派黑暗精靈來殺我，當時我差點死在他們手上。要不是使用了無法突破寒鐵靈氣的魔法武器，他們早就幹掉我了。他們力氣大、動作快，而且和一般《龐德》電影的壞蛋不同，不喜歡高談闊論；他們沉默寡言、冷酷無情，就像是小時候躲在衣櫥或床底下的無名怪物，童年夢魘躍入現實。

我從未去過斯瓦塔爾夫海姆，不過知道它理論上位於何處——馬拿朗．麥克．李爾給過我一張九大國度的地圖，圖上的斯瓦塔爾夫海姆入口在尼弗爾海姆，以及維河與伊爾格河之間。不過地圖沒有比例，而且我很懷疑入口會像地圖上標示得那麼清楚。既然絕不可能把斯瓦塔爾夫海姆的位置輸入導航程式，我有點擔心要花很多時間才能找到它。

我抵達妖精宮殿時，布莉德正在王座上等我，全副武裝，倚著一支動畫裡才會有的巨劍。不過，她和動畫裡那些瘦小主角不同，渾身都是足以揮動巨型武器的肌肉。她還幫我準備了一套護甲和盾牌——事實上，那是孤紐的老裝備，很適合我，而且我立刻就察覺到它上好的品質。她幫我穿戴護甲，因為她的妖精侍從只要一接近我，就會化為灰燼。在她幫我穿戴護甲時，我注意到護甲上似乎有新刻的繩紋，覆蓋在之前裝飾用的圖案上；有些刻痕還很新。

「那是羈絆繩紋嗎？」我問。

「昨晚刻上去的，」布莉德說，「防火羈絆。我知道你的靈氣一定程度上可以抵擋我的火焰，但靈氣不會保護這套護甲或你的劍。皮膚防火，護甲不防火也沒意義，你會在裡面被煮熟。」

「我聽不太懂，」我說，「妳打算放火燒我？」

「你以為我們要怎麼前往斯瓦塔爾夫海姆？」布莉德回道，「我們會乘火飛去。要沿著世界之樹的樹根前往尼弗爾海姆，然後跨越很長一段路，才能抵達斯瓦塔爾夫海姆的黑暗大門。」

我努力不讓自己樂昏頭。我一直想像變種超級英雄一樣飛行，而和布莉德一起飛，肯定比佩倫上次那趟帶我去阿斯加德顛簸的旅程來得舒適。我壓抑興奮之情，說：「妳已經知道要怎麼去了？」

「知道。在歐格漢轉達莫利根的口信後，我就去探過路了。入口有守衛。」

她用繪有同樣羈絆繩紋的絲帶包覆富拉蓋拉的劍鞘和劍柄，然後就可以出發了。我們分頭轉移到地球——或該說是米德加德上的同一個地點，與世界之樹一條主根羈絆在一起的地方。這裡是瑞典鄉間，就是當初前往赫爾、被弗雷雅變成傳送門的那座藍湖湖畔。布莉德也在米德加德上的世界之樹樹根旁製作傳送門，不過比弗雷雅的小很多。

「跳過去，」她說，「我會在你墜落時追上去。我不想燒掉這棵樹。」

於是我跳過傳送門，墜入冷得驚人的空氣。米德加德的天空消失，取而代之的是尼弗爾海姆灰濛濛的濃霧。我順著世界之樹的樹根自由落體了約莫五秒，接著身體突然變暖，眼前冒出橘色火光。布莉德出現在我右邊，指示我和她一樣挺直身體、伸長脖子。我照做後，她重新調整飛行方向，讓我們以水平軌跡，飛越巨龍尼德霍格上方一千呎左右的高空；只見牠平趴在地上，津津有味地啃著世界之樹的樹根。我們轉而向西，布莉德指出了兩條源自赫瓦格米爾之泉的河流。

「那條是維河，」她指著左邊那條流向天空的河說，「乃是暮斯貝爾海姆的邊境。我們沿著維河飛，看見瀑布後轉而向北，越過一片積雪平原，就能在一座樹木茂密的山丘上找到入口。守衛會在樹林裡監視。」

我點頭，不想越過火焰大叫回應，只是靜靜地看著下方景色掠過。暮斯貝爾海姆岩漿滿布的崎嶇地勢受到維河向上流動的河水阻隔；我希望能遠遠瞥見火巨人的身影，但是我們很快就穿越雪海，而這片雪海沒有像在陽光下時閃閃發光，而是宛如雲層下的黏液，昏暗濕滑。遠方有幾塊林地長有發育不良的樹木——布莉德提到的山丘——東方有片漆黑或淡藍色的怪東西，在尼弗爾海姆洗碗水般的光線中隱隱發光。

我指向雪地裡那片怪怪的東西，問布莉德：「那是什麼玩意兒？」

她轉頭察看，在發現看不出什麼所以然後，改變方向飛近一點觀察。約莫一分鐘後，我們發現那不是單一個體，而是遠方由很多東西組成的整體。我們看到的是阿薩神族身穿藍玻璃盔甲的軍團——玻璃騎士團，加上一整隊矮矮胖胖的矮人步兵——黑斧部隊。他們正朝斯瓦塔爾夫海姆前進。矮人的斧頭上則刻有能砍中煙霧狀態黑暗精靈的新符文，可迫使黑暗精靈恢復實體；玻璃騎士的護甲上刻有防禦符文，能夠無視黑暗精靈的匕首攻擊，和我的寒鐵靈氣有異曲同工之妙；符文能讓他們安安穩穩地等候黑暗精靈失去煙霧形體，然後在對方凝聚實體時用鋼矛攻擊。

和布莉德講解完畢之後，我們回到空中，飛在大軍之前趕去警告黑暗精靈。

斯瓦塔爾夫海姆的入口並沒有富麗堂皇的石門或巨牆，外圍也沒有讚揚或誇大文化自尊的石柱、尖碑或巨大雕像。入口只有座落在山坡上的兩扇樸實木門，顏色很深，類似鐵木或黑檀木，共有四個很無聊的守衛把守。高度和寬度足以讓華麗的家具通過，不過絕對稱不上宏偉。

值得一提的是，守衛在天上有火球接近時，立刻進入警戒狀態。他們在我們落地、將腳下的雪融化成一灘水時，化爲黑煙。

「不要動手！」布莉德熄滅火焰之後，立刻以古北歐語說道，「我是布莉德，第一妖精，我此行並無惡意，只爲了傳達情報。」

一名守衛凝聚形體，開口說話，不過他沒穿衣服。他們的衣服都在身體化爲氣體時掉落在地。

「妳的打扮不像沒有惡意。」他說。

「我的護甲和劍不是爲了對付你們，是爲了對付正朝你們大門逼近的阿薩神族和矮人。」

他一副不相信的模樣，側頭道：「阿薩神族跑來尼弗爾海姆？」

「對。我們是來幫助斯瓦塔爾夫海姆的。請通知該通知的人，看要允許我們進去，還是親自來一趟。」

其他三名斯瓦塔爾夫也凝聚形體，與布莉德交談的守衛叫其中一個去找幫手。他立刻再度瓦解形體，沒幫我們開門就穿越門中間的縫隙。剩下的守衛沒有說話，心知輪不到他們來質疑我們。他們已經詢問我們來意，並且派人去找門內的領袖，現在他們的職責就是看著我們，一聲不吭地等候，像是等候進一步指令的殺手。

我離開腳下那灘融雪，站上比較堅硬的雪地，望向東方地平線，看看阿薩軍團出現了沒。我隱約看到一小塊污點，也不知道是不是他們。畢竟尼弗爾海姆基本上就是一大塊污點。

布莉德和我一樣走出融雪，以免腳掌在冰裡凍僵，接著門後終於傳來含糊不清的人聲，詢問守衛門外是否安全。其中一名守衛說了句暗語，接著大門開啓，走出五名黑暗精靈，身穿白袍，繫以不同顏色的腰帶。他們的額頭上也戴著頭環，頭環中央鑲有與腰帶同樣顏色的寶石。我猜它們代表公會或政府部門，不過我不記得有人提過這類體制，或許是因爲到過斯瓦塔爾夫海姆又能活著回去的人實在少之又少。

領頭的女性自稱圖莉德·音納斯鐸提爾。她戴著藍寶石、身繫藍腰帶，開始介紹其他黑暗精靈，不過沒有提到頭銜。其中一個名字吸引了我的注意：克羅庫爾·何拉班森。

「克羅庫爾？」我問，「殺手首領？」

他身繫黑腰帶、頭環上鑲著黑曜石。他彷彿擔心我會直接撲上去，神情緊張，不過還是回答：「沒錯。你是誰？」

「我就是圖阿哈·戴·丹恩的芳德雇用你去暗殺的德魯伊。你的殺手都沒有回來，是不是？」

他臉色難看，搖頭回應。

「好了，他們並非全部都是我殺的。大多是阿薩神族和一個矮人符文詩人殺的。這個符文詩人想出了抵擋你們黑匕首的方法，還能砍中化煙的形體，讓你們受傷後無法抵抗致命一擊。」

黑暗精靈全部嗤之以鼻。「不可能。」克羅庫爾說。

「我親眼見過。他帶著幾把刻有不同符文的斧頭，衝入一群黑暗精靈中。他們揮刀刺他，卻刺不穿他的護甲。而他則一把一把斧頭地慢慢試驗。我相信他在試到第四把斧頭時就成功了，直接砍中黑煙，然後斯瓦塔爾夫就現出實體，胸口有道淺淺傷痕。他沒辦法再度化煙，慘遭矮人砍死。」

「此刻有支身穿相同護甲的大軍，」布莉德說，「肯定配帶了差不多、專門用來摧毀你們的武器，為了毀滅你們而朝這裡前進。」

「為什麼？」圖莉德問，「我們又沒招惹他們。」

「你們沒招惹他們，但他們擔心你們將會招惹他們。他們相信當諸神黃昏開始時，你們會與他們對立，而他們打算在掌握優勢、而不是四面受敵的今天，就了結此事。」

「我們不打算參加諸神黃昏，只想努力活下來。」黑暗精靈領袖辯道。

「你是說你們的立場中立？阿薩神族可不這麼認為。他們認為既然你們沒有主動加入他們，肯定是另一方的人馬，與赫爾和洛基站在同一陣線。」

「心胸真是狹窄。奧丁同意此事嗎？」

「我們沒辦法肯定，因為我們沒和他談過。」布莉德回答，「但是他不太可能不知情。這種規模的部隊能夠出兵，就表示他應該同意此事。」

「這支部隊現在在哪裡？」克羅庫爾問。

我指向身後。「看到地平線上的那塊污點了嗎？」

何拉班森瞇起雙眼，然後轉向兩名守衛，請他們去打探軍情，告誡他們要保持距離，不可接戰。

「假設那真的是你口中的部隊，你們為什麼要來警告我們？」圖莉德在守衛出發後問布莉德，「圖阿哈．戴．丹恩與我們毫無交情。」

「那倒是真的。我也不是來和你們套交情的，」布莉德說，「我來是因為我曾誓言守護蓋亞，而如果斯瓦塔爾夫在諸神黃昏中保持中立或是投身黑暗，蓋亞將會多災多難。」

斯瓦塔爾夫彼此交換了眼神，然後聳肩，沒有提供圖莉德任何意見。「你們對於未來似乎看得比我們透徹。我們究竟有何重要？」

「我不知道。我只知道我們最高明的先知莫利根，宣稱你們一定要加入阿薩神族陣營，不然蓋亞將會難逃一劫。」

圖莉德皺起眉頭，嘴角下垂。「我們幹嘛在乎米德加德的存亡？」

「我說的不是米德加德，而是蓋亞，世界之樹和九大國度的地基，所有人類信仰的宗教神界的地基。如果蓋亞死亡，九大國度就會殞落，妳懂嗎？確保蓋亞存活對大家都有好處。」

克羅庫爾語氣不屑。「所以我們得加入阿薩神族，正在趕來屠殺我們的那些傢伙？」

「一點也沒錯。」我說，「不過你們並沒有深仇大恨，只是一場誤會。如果我們能讓他們相信你們會在諸神黃昏裡與他們並肩作戰，今日一戰就可以避免。」

「我們不想與他們並肩作戰，也不想與他們為敵。」圖莉德指出這一點，「我們根本不想參與諸神黃昏。」

「那就說謊，」我說，「暫時拯救你的族人，因為我見過他們護甲的威力。那支部隊裡的阿薩神族自稱玻璃騎士團，能夠有系統地發射鋼矛，一秒一發，確保在你們凝聚形體時擊殺你們，而他們的符文護甲能夠抵擋你的們的武器。黑斧部隊會在你們赤身裸體時把你們砍成肉醬。你的殺手就是落到那種下場。如果不給他們停戰的理由，你們全族都會面臨同樣的下場。」

「我不認爲我們現在還有辦法改變奧丁的心意。」

「你們可以晚點再想辦法改變他的心意。現在得防止他們殺光你們。他們完全有能力應付你們的西格艾雷克——煙霧之勝利，但是採用其他作戰方式就有可能擊敗他們。」我說，「使用傳統武器。派出弓箭手射幾輪箭。弓箭可以射倒他們。」

「火焰也能燒傷他們。」布莉德說著，在手掌上點燃一枚火球。

「很好，」克羅庫爾說，「既然你們這麼想幫忙，那就拖延他們，給我們時間集結部隊。」其他黑暗精靈轉過頭去，皺眉看著克羅庫爾，不過沒有出言反對。

「我們要與你們並肩作戰，不是幫你們作戰。」布莉德說。

「我不在乎你們打不打。高興的話唱歌跳舞也行。只要盡量幫我們爭取備戰的時間。」這種囂張語氣，讓我覺得他是會被烤焦的那種傢伙。用那種語氣對布莉德發號施令，要嘛就是異常自信，不然就是蠢到家。

不過，布莉德沒有回應，也沒有放火燒他以示懲戒。她轉而向其他斯瓦塔爾夫領袖說話。「何拉班森是在代表你們說話嗎？」

他們暫停片刻，交換了眼神，接著圖莉德回答：「是。我們會盡快備戰，感謝你們幫忙爭取時間。」

「難以置信。」我在他們帶著守衛進入大門時說。布莉德張口欲言，眼睜睜地看著大門關閉，把我們留在冰天雪地裡獨自面對大軍。之前出去探查敵情的守衛以煙霧形態掠過我們身邊，沒和我們分享情報，而是直接滲入門縫回報他們的發現。

「我想我知道黑暗精靈爲何朋友不多了。」她說。

「是呀。」我說著，轉過身去。地平線上的污點已經清晰可見。「我們要下去找他們，還是在這裡等？」

「下去吧。飛一下就到了。你準備好了嗎？」

「我的身體狀況還不適合作戰，不過以今天的情況而言，我想算是準備好了。」

當我們化身火球從天而降時，在阿薩神族眼中八成就像洛基之怒——這是從他們等到火焰熄滅、發現是我們時的安心表情推斷出的。但我認爲他們不該以爲是布莉德就不用擔心。

走在隊伍最前面率領大軍的是紅鬍子符文詩人弗加拉。他沒認出我們兩個，不過因爲我們有穿護甲，知道我們不是洛基。他打量護甲，而不是我們頭盔底下的臉，試圖弄清楚護甲上的刻文屬於哪一系統。然而布莉德的羈絆繩紋與符文毫無相似之處，所以他唯一能看出的就是我們不是北歐人。他命令部隊停止前進，將扛在肩上的斧頭以雙手舉到身前。

「你們是誰？」他問。我有點失望他沒有用史詩般的語句爲這一刻增添適當氣氛，我以爲他會用「忠實陳訴」或是「明白告知」之類的句子。

我們兩個都戴著全罩式頭盔，所以在他眼中只是全副武裝的戰士。而且我發現，由於布莉德盤起頭髮、胸口的盔甲也不像電腦遊戲裡有特製的愚蠢乳房形狀，他八成沒有發現她是女性，更別說是個女神。

她朝我點一點頭，表示由我代表發言。

「你認識我，弗加拉。我是阿提克斯．歐蘇利文，蓋亞的德魯伊。」

「那他是誰？」

「力量比我強大的人。」

他打量布莉德，發現她比我高，如果有立刻聯想到愛爾蘭神話，應該就能猜出她的身分。

「你們來這裡幹嘛？」

「我們是來請你們撤兵的。我想你率領著身後那支大軍前來，不可能是爲了和平任務來找黑暗精靈。」

「我不能撤兵。我身負奧丁賦予的使命。」

「但是戰場上還是由你決策。就當作是戰略性撤退。現在情況改變了，你得重新評估——奧丁也一樣。」

「什麼情況改變了？」

「黑暗精靈現在處於我的保護之下。還有圖阿哈．戴．丹恩。」

弗加拉再度瞄向布莉德，試圖判斷她的威脅層級有多高。要是我，會歸類爲輻射層級。

「爲什麼？你們爲什麼在乎他們？」

「他們和所有人一樣，有權活到諸神黃昏。」

「但是他們與洛基和赫爾是一夥的！」

「他們宣稱中立，不會站在任何一邊。」

「他們當然會那麼說！但是他們低調、潛伏，所做的都不光明正大——」

「啊，終於恢復符文詩人本性了！這話根本是充滿詩意的狗屎，用來掩飾你爲了他們在朦朧不清的未來有可能會做的事，以及你不喜歡他們的長相，而想要闖進去殺光他們的事實。回去重新考慮吧。」

「如果英明睿智的奧丁認爲這是正確的行動，我就不會質疑他。」

「就是說你自己根本沒有想法。而你也假設奧丁無所不知，偏偏他有所遺漏。你有嘗試和斯瓦塔爾夫談判嗎？」

「談判不是我的職權範圍。聽你講話也不是。諸神黃昏有兩方勢力：阿斯加德和他們。你到底站在哪一邊？」

「首先，不是朋友就是敵人的想法本身就是鬼扯。其次，我已經說過了，斯瓦塔爾夫不是赫爾的人馬，也不是你們的人馬。他們中立，如果你們花時間和他們談談，而不是直接興兵來犯，我們就可以避免很多死傷。」

「我問你站在哪一邊，德魯伊。」

「我就站在你面前，要求你不要進行種族屠殺。」

弗加拉暫時住了嘴，抬頭看向灰茫茫的雲層。「所以你要忤逆奧丁？」他凝神細看，然後指向在我們上方盤旋的胡金和暮寧。他們片刻之前還不在哪裡。「他在看。」

「那他可以看到我這麼說：我會忤逆任何想幹種族屠殺的人，包括布莉德在內。」事實上，我已經開始懷疑奧丁的動機。洛基想要焚燒世界，而奧丁想要毀滅世界的一部分。雖然程度上有所不同，但是本質上是一樣的——因爲不喜歡對方，就抹煞他人生存的權利。我不禁停下來思考自己在做什麼：吸血鬼有沒有……呃，不死的權利？我的情況和他們當眞有所不同嗎？我想是不同的：希歐菲勒斯主動派威納．卓斯切和其他人殺害我和我的朋友，他們肯定還會繼續下去。他打算讓我成爲許多世紀前在羅馬軍團協助下進行的種族屠殺的最後一名被害人，而那就與現在弗加拉接受奧丁指示所做的一樣。但是我所謂的主動自衛，和奧丁的做法其實極爲相似。

「我當然希望你會在我做這種事的時候忤逆我。」布莉德說，引燃她的左掌。火焰吸引了弗加拉的注意，還有她的三重奏嗓音；當她用這種聲音說話時，只能說實話，所以極具說服力。「我是布莉德，第一妖精，我也會保護斯瓦塔爾夫生存的權利。撤退，讓我們冷靜下來討論此事，進而達成共識。」

「不，」弗加拉回答，「你們低估了阿斯加德的決心。談判的時刻已過。我們得爲諸神黃昏做準備。」

我側頭看他，說道：「談判的時刻究竟是什麼時候？因爲我肯定錯過了。你們似乎完全沒和斯瓦塔爾夫談判。」

「夠了！你們在干涉與你們無關的事。讓開。」

「最好小心點，符文詩人，」布莉德以三重奏嗓音警告道，「膽敢前進，你就會是第一個沒必要地死去的人。我看得出來你的符文沒辦法抵擋火焰。」

「喜歡就把我送去英靈殿。」弗加拉說，「無論如何，我都會參與諸神黃昏。」

我伸出左手懇求他停步。「弗加拉，不。等等——」

符文詩人高舉斧頭，叫道：「阿薩神族！」當他揮下斧頭、直指布莉德大叫「前進」時，女神信守承諾，當場噴火把他像樹墩般點燃，我不禁懷疑這些相信來世的傢伙，爲什麼都急著想要展開來世，不肯享受當前這一世。

弗加拉痛苦慘叫，黑斧部隊以吼叫聲回應，直接衝過布莉德在我們之間施放的火牆。他們在短短一秒內，就從紀律嚴明的部隊轉爲狂暴戰士，毫不在乎她能讓他們感受多強烈的高溫；他們不惜任何代價都要攻擊我們。

布莉德拔出那把怪物般的巨劍，架開最前面幾把斧頭。我也一樣用富拉蓋拉擋下幾斧，但是對方人數眾多，而第三個沒砍到我的矮人則是踢中我的膝蓋——已經被威納·卓斯切打傷的那條腿——我當場倒地。斧頭砍中我的胸甲，不過沒有砍穿，但還是覺得肋骨挨了一記重擊。我頭上被踢了一腳，腦中宛如鐘鳴，但因富拉蓋拉的魔力加持，讓我能夠砍斷踢我的矮人膝蓋，輕易砍穿他的護具。布莉德放火燒我身旁的矮人——痛得他們沒空給我致命一擊——接著撞開他們，一手勾起我的手臂，扶我起身，然後啓動火焰噴射術。我們只有飛起二十呎左右，飄在空中面對打不到我們的部隊。前線戰士著火，在雪地裡打滾，試圖熄滅火焰。後方的玻璃騎士對我們發射了一輪鋼矛，有些射得太遠、有些太近，而眞的射中的，則都被護甲擋下。

「算不上我最好的外交成就。」我對布莉德說。

「只要還能選擇光榮作戰，他們就什麼都聽不進去。」她說。

「呃。對。或許我們可以移除這個選項。」

「我不想把他們全部燒死。現在這種情況已經讓我們與奧丁的關係緊張了。」

「我也不希望那樣。我們可以把他們的腳羈絆在一起或什麼的，阻止他們前進。我處理皮甲，妳處理玻璃？然後我們去與胡金和暮寧談。」

「我喜歡這個計畫。」

「動手。」我模仿派屈克．史都華【註】的語氣說。

我們同時開始唸誦古愛爾蘭咒語，施展能強迫皮革或玻璃與附近目標黏附在一起的羈絆法術。我先從第二排的大鬍子矮人開始，瞄準護甲關節下方露出的皮衣，與他隔壁的傢伙羈絆在一起。他們受到羈絆術牽扯而撞在一起，摔倒在雪地裡破口大罵，搞不清楚狀況。我對旁邊兩個士兵重複同樣的羈絆術，導致四個怒不可遏的矮人難看地擠成一團，一邊互相叫罵，一邊奮力掙扎。接著，我開始對四個矮人重複同樣過程，發現布莉德也和我採用差不多的做法，不過速度快很多。玻璃騎士全身都蓋在符文玻璃盔甲下，沒有矮人的皮衣那麼難下手。我們花了半個小時左右，最後終於把整支部隊綁手綁腳，讓他們處於如果攜手合作還是可以移動，但絕不可能作戰的情況。他們的怒氣膨脹到史詩級程度；我認爲短期內不太可能看見任何合作精神。

「現在，」布莉德施展詩歌女神的獨特能力，將嗓音擴及到整片戰場，「讓我們討論一下怎麼樣才能全部活著回家。」

她讓我們緩緩降落地面，本來感覺應該很棒，只可惜落地時右腳無法支撐我的體重。除了腳筋受傷，我的膝蓋也碎了，所以整條腿堅持拒絕幫我站立。站立不穩時看起來就不像狠角色。幸運的是，布莉德的氣勢就足以掌握大局。

她抬起頭來，找出盤旋空中的渡鴉。「胡金和暮寧。奧丁。聽好了，因爲我所言不虛。」她的聲音分成三個音域，渾厚地回盪。「我們無意與阿斯加德作對，對今天的傷亡深感遺憾。我們這麼做是爲了預防戰爭、拯救人命，而不是奪取人命。我們希望斯瓦塔爾夫在諸神黃昏開始時，加入我們對抗洛基和赫爾。我們相信他們放棄中立、與我們聯手之後，將會扮演關鍵性角色。說服他們加入我們需要耗費心力，但我們認爲你該耗費這份心力，這樣他們和阿薩神族才能繼續茁壯興旺。」

底下傳來嘲弄叫罵的聲音，不過布莉德不加以理會。

「派遣使節——不帶武器——誠心誠意地去與他們談判。我會確保雙方安全。直到我獲得回應爲

譯註：派屈克．史都華（Patrick Stewart, 1940）是影集《銀河飛龍》（*Star Trek: The Next Generation*）中飾演畢凱艦長（Captain Picard）的演員。這句「動手」（Make it so.）是畢凱艦長的名言。

止，你的部隊就先待在這裡。使節抵達後，我就會釋放他們，讓他們回到阿斯加德。就這樣。」

胡金和暮寧叫了幾聲，盤旋而上，沿著世界之樹的樹根回歸奧丁身邊。

布莉德觀察部隊，搜尋可能的威脅，只見他們全都雙手扠腰地站在雪中、氣呼呼地看著我們，接著滿意地點了點頭，然後轉頭看我。

「你還好嗎，德魯伊？」

「腳傷得很嚴重，不過我總是有辦法瘸腿離開這裡。已經在治療了。弗加拉死了嗎？我們還能救他嗎？」

她看向被她燒成焦炭的屍體；我聞到焦屍的味道、看見屍體上的煙，不過我還是希望他只是昏過去而已。布莉德檢查了一會兒屍體，然後搖頭。「火焰絕不寬容，我也沒有手下留情。」

「喔。」我對此感到遺憾，真希望弗加拉肯講理一點。我們陷入沉默，只聽見部隊裡傳來移動身體的刺耳聲響和低聲咒罵的聲音。

「我們要趁等待的時候去拜訪斯瓦塔爾夫嗎？」我問，「坐在這支部隊前面實在是越來越尷尬。」

「好吧。」

我們飛回斯瓦塔爾夫海姆的黑門，高聲宣布我們帶來好消息：阿薩大軍不再入侵，很快就會遣使談判。

「今天沒有人會繼續犧牲，」布莉德說，「我們可以討論長期合作的協議。」我經過她的允許，站在她右肩後方，把重心放在左腳，不動聲色地依靠在她背上，以支撐自己的重量。沒過多久，門打開，斯瓦塔爾夫領袖走了出來。這一次，他們放下身段對布莉德淺淺鞠躬，她也以同樣動作回禮，然後脫下頭盔。如果我不繼續依靠布莉德、伸手去脫頭盔，就會摔倒，所以我繼續戴著頭盔。

接下來的一切宛如詩篇。布莉德比我更擅長外交辭令，沒過多久我們就架設好談判大帳篷，有桌子、椅子、熱飲，也沒有任何人要殺任何人。我坐下，布莉德融化了一些積雪，讓我的腳接觸地面、吸收微弱的蓋亞能量，加速治療過程。接著，她運用甜美的嗓音說服圖莉德和克羅庫爾對抗赫爾的大軍，長遠來看好處遠大於坐視不管——論點主要在於諸神黃昏很可能引發世界末日，而你絕不希望事情有任何出錯空間。她好幾次說到他們面露微笑，甚至哈哈大笑，直到一個小時後阿斯加德的使節抵達。

我們沒想到來的會是他。倒不是說我們有期待任何特定的使節，只是我們沒想過這個人會來擔任使節。他全身灰衣，鬍鬚長得像岩壁，一眼罩著眼罩，肩膀上停著兩隻渡鴉。是奧丁本人。所有人都努力擺酷，但是當奧丁出席你的宴會時，想要不坐直一點都很難。有點像是當你在和朋友一起閒聊時，尼爾・德格拉斯・泰森【註】突然走來，弄得你不由自主就想討論科學一樣：他的出現改變了話

編註：尼爾・德格拉斯・泰森（Neil deGrasse Tyson, 1958-）是致力於科學推廣的美國天文學家，經常現身電視節目談科學，例如擔任電視節目《每日秀》（*The Daily Show*）、《科伯報告》（*The Colbert Report*）現場來賓。也客串過影集《生活大爆炸》（*The Big Bang Theory*）或電影《蝙蝠俠對超人：正義曙光》等，通常飾演他自己。

題。他身旁跟著兩名黑暗精靈，其中一名手持剛格尼爾——奧丁的永恆之矛。

「我沒有惡意。」奧丁立刻說，腦袋側向旁邊的守衛，「我自願交出武器。」

所有人開始自我介紹。當大家的注意力來到我身上時，奧丁瞇起完好的那隻眼，沒有說話。不過這個反應明顯表示他對我不滿。

「太好了，」布莉德說，「開始前，我們可以同意拯救世界比任由洛基燒燬米德加德和九大國度、讓蓋亞落入他和赫爾的掌握要好這個前提嗎？」

所有人都點頭或是開口表示認同，布莉德微笑。「很好。這是強而有力的談判基礎。所有領袖齊聚一堂，不用派遣中間人傳話。我們開始吧。」

緊接而來的是好幾個小時的抱怨、道歉、爭論、讓步，還跑去樹林裡宣洩膀胱裡的香料熱可可好幾趟。我提起去尿尿，是因為那幾趟路對我而言還挺費力的，一開始我用跳的，後來則是一拐一拐地小心走完。我們始終沒有進入斯瓦塔爾夫海姆大門。

談判快結束時，我肯定是讓所有人輕聲細語的討論聲弄得睡著了，因為布莉德得大聲叫醒我。

「敘亞漢！」

「呃？幹嘛？」

「我們談完了。我要你幫忙解除部隊的羈絆。」

「喔，是喔？嘿，是呀！希望他們沒給凍死。我錯過了什麼？」

「去和大家道別，我路上再告訴你。」

奧丁和我們一起回到部隊所在地，布莉德沿路告訴我結果。阿斯加德和斯瓦塔爾夫海姆的新協議包括貿易協定、過往恩怨的賠償、新外交管道——還有承諾不會再有黑暗精靈接受暗殺關妮兒、歐文或我的合約。

「哇，」我說，「眞了不起。」

「他們會在諸神黃昏中與我們並肩作戰，」奧丁補充，「我本來就只在乎這個。這個計畫收到成效了。」

我差點發飆，不過最後只有悶哼一聲。弗加拉死了，許多矮人也被火燒死，一切都在他的算計之中？還包括製作護甲和斧頭？眞是一場漫長又危險的計謀，透過威脅要消滅對方來操弄他們成爲盟友。

要不是布莉德和我出面干涉，事情根本不會這麼順利——這讓我不禁懷疑她是不是打從一開始就與奧丁合謀。搞不好莫利根也是。我相信這些傢伙都有可能參與這種陰謀，就算那表示要陰險地利用弗加拉，並且導致許多生命死亡。要是知道自己遭人利用，弗加拉還會想以英何嘉戰士身分參戰嗎？如果知道一切都是奧丁的陰謀，斯瓦塔爾夫還會繼續這段新的同盟關係嗎？

一切都只是臆測，但我沒有向他們兩個求證，我還要靠布莉德回家。

第十三章

由於島上沒有羈絆樹，前往阿可納角的旅程比我平常的旅程要慢多了。我得轉移到德國內陸，然後搭乘渡輪前往呂根島。不過因爲歐拉表現得又乖又有耐心，所以我們找了間香腸店，點了幾種不同的香腸——德式香腸、蒜味香腸、小牛肉香腸。

渡輪上，歐拉很開心地讓兩位老太太摸，也很盡責地對一個想把她當作搭訕藉口的年輕人叫。我的武器史卡維德傑看起來很像手杖，所以對某些人而言，我比較像是登山客，而不是武術家。

「啊！管好妳的狗！」他的英文有點腔調。

「我的獵狼犬很乖。你看她只是對你叫，沒有咬你。那表示你該離開了。」

他開始用德語斥責我，臉上浮現出醜陋的嘲笑。我不用聽這些鬼話，於是我請歐拉吼了幾聲，朝他撲上去，但是不要咬他。他向後跳開，就不再惹我們了，不過仍在遠處碎唸。我對他微笑，揮手道別。兩位老太太又回來繼續拍歐拉。

結果呂根島是個很美的地方，草原遼闊、地勢起伏。歐拉和我伸展手腳跑過草原，前往島的東北角，沿途路過許多登山客、露營客，還有在趕一小群綿羊的牧羊人。

「毛茸茸的肉。」歐拉評論道。

賈羅馬斯堡的遺跡位於每年都有一些岩石落海的白堊岩壁頂端，看起來很不穩當。附近沒有路牌告訴我該上哪兒去找許文妥威特，於是我蹲下，閉上雙眼，聯絡當地元素，發現他跟附近主大陸上的多湖高原息息相關。他叫梅克倫堡【註】。

//你好/和諧/土地很美//我對元素傳達訊息，而他——我不知道我爲什麼認爲他是男性，總之梅克倫堡給我很陽剛的感覺——很愉快地回應。

//你好/和諧/歡迎激動德魯伊//

我不知道接下來該說什麼。我不能問梅克倫堡一千年前有沒有見過一匹白馬經過。元素不會注意到馬的顏色。不過他們會注意到神，因爲神經常會扭曲周遭現實，打破一些自然定律。他們的魔法會留下蹤跡，可以追蹤。

//提問：這裡有神嗎？//

//有時候。現在沒有//

//提問：騎馬的神？//

//有時候//

//提問：在我附近？//

//下面。地底下//

這我就不懂了。馬怎麼會跑到地下去？或許馬死了？還是說呂根島地底有洞窟？我請梅克倫堡帶我去看，於是他透過我的刺青，指引我走到賈羅馬斯堡數百碼外，燈塔後一片處於冬季休耕的田野。地面打開一個正方形入口，底下有一道通往黑暗的石階，給我似曾相識的感覺。「不、不、不！我可不要再去這種地方。」我大聲說。我絕不要再跑去地下石室、遇上讓人毛骨悚然的惡作劇神。不過這裡和印度的那個洞不太一樣。這些石階都是永久存在的，石室已經開鑿好了。這裡不是廢棄的考古神祕遺跡，比較像是祕密地下巢穴，入口用毫無特色的草皮遮蔽起來。

／／提問：馬在這下面？／／

／／是／／

／／提問：哪個神會來找這匹馬？／／

／／地神維勒斯／／

喔。那至少解釋了爲什麼馬會被藏在這裡。／／感謝／和諧／晚點回來／／我說，然後請梅克倫堡封閉地上的洞口。

「回去坐渡輪，歐拉。」我說，「維勒斯現在或許不在下面，但萬一他回來，我可不想單獨面對他。我們需要援軍。」

「阿提克斯和歐伯隆？」

「不，我想他們在忙別的事。我們需要佩倫，他是最清楚該如何對付維勒斯的人。」

「我不記得佩倫。」

編註：梅克倫堡（Mecklenburg）是德國歷史上的地名，現屬梅克倫堡－前波莫瑞邦的一部分。梅克倫堡地勢平緩，上面有許多湖泊、沼澤，以及些許草原與樹林。

「他很親切。阿提克斯說他喜歡和獵狼犬玩。歐伯隆和他玩過摔角。」

「歐伯隆贏了嗎？」

「他們是在玩，也玩得很開心，所以我想他們都贏了。」

「最好的玩法。」歐拉評論。

□

要在提爾・納・諾格找佩倫不難。我到妖精宮殿問了幾句，馬上就知道該上哪兒去找。他當然和富麗迪許在一起，我在河邊找到他們，兩人都喝得微醺。

「關妮兒！」他說，語氣愉快又豪邁。他舉起酒瓶。「妳知道現在是什麼時間嗎？伏特加時間！」

「不，謝謝。」我說，接著注意到他們兩個都衣衫不整，臉上還帶著剛做完愛的滿足笑容。謝天謝地，我沒有太早跑來，不然我可能會看到他們忙著辦事。「我是爲了維勒斯來的。」我解釋。他臉色一變。

「維勒斯？維勒斯怎樣？他死了。我的同胞全都死了。只剩下我和富麗迪許還有伏特加。喝點伏特加。來吧。」他把酒瓶塞給我。我搖手。

「不、不，他沒死。他只是要你以爲他死了而已。他和洛基合謀。就是他放洛基進入斯拉夫神界的。」

「什麼?再說一次。不，解釋清楚。」他丟下酒瓶，笑容蕩然無存。他眉毛下的陰影加深，不過眼中閃過光芒。空氣開始劈里啪啦，我發現我沒把能防閃電的閃電熔岩護身符帶在身上。

「好，但是小心你的電，好嗎?我沒帶閃電熔岩，我的獵狼犬也沒有。」

「喔。容易處理。來。」他伸手到腰帶上的一個袋子裡，拿出兩個新的閃電熔岩，經他加持後可以用來防閃電。

「這樣如果我發脾氣，妳們就不會受傷了。」

「謝謝。」我把一枚閃電熔岩塞進歐拉的項圈，叫她不要抓它，這東西能防閃電；然後把我那個握在手裡。只要有皮膚接觸就可以了。不怕不小心被天打雷劈之後，我就把我從波蘭女巫團那裡聽來的情況，以及用許文妥威特的白馬藏在呂根島地底下、維勒斯偶爾會去找他這兩件事拼湊出來的推論告訴他。「我不想下去，因爲我對他一無所知。」

「妳沒下去是對的。」他說，「他肯定會布置陷阱。還會放蛇。」他濃密的頭髮周遭冒出幾道電光，在靜電影響下根根豎起。他緊握拳頭，我看得出來他已經快要壓抑不住了。

「蛇?」

「他非常喜歡蛇。我化身老鷹時會吃很多蛇。妳知道維勒斯有時候也會變成蛇?」

「呃——不知道。你的意思是說你想……吃掉他?」

「不。我是說我們交情不好。」

「啊！那我就放心了。」富麗迪許輕聲笑道，笑聲讓佩倫放鬆了一些。空氣中的電力消散，我很高興富麗迪許化解了緊繃的氣氛，即使那並非她的本意。

「你要我帶你去白馬所在的地方嗎？」

「要。我們走。」他拍拍富麗迪許的大腿。她搖頭。

「我不能跟你去，」她說，「在布莉德回來之前，我都要負責管事。」除了躺在河岸外，她看起來不像在管任何事，而佩倫猜出我在想什麼。

「布莉德和阿提克斯跑去斯瓦塔爾夫海姆，」他說，「如果有緊急情況，就由富麗迪許定奪。」

我想問阿提克斯幹嘛跑去黑暗精靈的地盤，但是沒問。我晚點再問他就好了。

「那就我們兩個去，佩倫。」我說。

「還有我。」歐拉補了一句。

「一直都有妳，親愛的獵狼犬。」我透過心聲告訴她，順手搔了搔她的耳朵後面。我們走開幾步，讓佩倫與富麗迪許道別，並拿武器，不過富麗迪許為了帶著佩倫轉移——我沒有足夠的思考模式，不能帶佩倫一起轉移，而且我和他也沒那麼熟——一路送我們抵達地球。

這一次坐渡輪前往呂根島時，沒人敢來拍歐拉，雖然她還是和之前一樣可愛。我猜想是我們身旁那個怒氣沖沖、手持斧頭的雷神降低了我們的親切度。本來佩倫想用飛的，不過我說歐拉會不舒服。

「那麼，」我說，「告訴我維勒斯除了蛇以外還有什麼把戲。他長什麼樣子？」

佩倫哼了一聲，想了一想，然後屁股微微揚起、毫不在意地放了個屁。這大概是他對維勒斯的第一個評價，不過他接著又說：「化身爲蛇時，他是條大黑蛇。人形時，他還是像蛇一樣瘦。身材很高。長長的黑直髮和鬍鬚，還有下垂的小鬍子。臉很窄，頰骨明顯。他有時候會戴帽子——不，說帽子不對。那種像皇冠又不是皇冠、環著腦袋的叫什麼？」

「頭環？」

「對，頭環！我就是要說那個。頭環上有公羊角，他有時候會戴。讓人以爲他頭上長角，不過是假的。戴那個只是要讓別人以爲他有很多能力。」

「那他有很多能力嗎？」

「有。」

「那就不能怪他要戴長角的男性服飾用品。」

「什麼是男性服飾什麼玩意兒的？我沒聽過這個。」接下來的渡輪之旅，就在愉快地討論男性服飾用品店的歷史和作用中度過，佩倫甚至將「去倫敦造訪男性服飾用品店」加到人生清單裡。但是當我們下船橫越呂根島，抵達維勒斯藏匿許文妥威特的白馬地點時，臉色都很陰沉。我和梅克倫堡聯繫，確定維勒斯有沒有在我們離開期間出現，他說沒有，附近唯一的神是佩倫。草皮在我們面前分開，露出石階，佩倫頷頭下去，斧頭舉在身前，或許是打算用斧頭觸發陷阱，讓他有時間閃開。但是我覺得那樣不合理：如果維勒斯是地神，他的陷阱可能是致命的地洞，或把洞頂弄坍。洞頂坍塌可不是用閃的，或發射閃電就能躲過的。

「佩倫？等等。不要動。」

「好。我沒動。」

石階旁的牆壁都是泥土和白堊，目前還算堅硬，但是不穩定，很容易坍塌。我伸掌貼著牆壁，聯絡元素，確認它是「活的泥土」，還是人工切割過的石頭。

／／提問：梅克倫堡？你感應得到我嗎？／／

／／可以／／

／／請解除這個島上所有的大地魔法，除了我施展的羈絆術／／

／／好／只留激動德魯伊的羈絆／／

／／和諧／不要留下地神的魔法／／我差點沒能及時想到這座石室搞不好也是用魔法建造的，於是連忙補充，／／保持石室的外型／／

／／和諧／／

我滿意地小嘆了一聲。佩倫抬頭看我，以眼神詢問。「我已解除掉島上除了我施展的所有大地魔法。」我解釋。

「妳辦得到這種事？」

「可以。阿提克斯曾對巴庫斯做過一次。有些神會透過大地施展神蹟，大地也允許這些行爲，但是大地永遠都會優先考量德魯伊的要求，因爲我們眞的和大地羈絆在一起，諸神卻比較像是與信仰羈絆。」

「所以他的魔法陷阱都失效了？」

「沒錯。不過如果他架設了機械式陷阱，那就還在運作中。」

「我了解。走吧。」

我們走過一段完全漆黑的路程，不過隨著我們逐漸往下，伴隨著一陣嗡嗡聲，底下開始出現光源。當我們走到石階底部時，我們聽見牆上嘎啦一聲，上方落下灰塵，不過沒有其他反應。

「我認爲我們觸發了陷阱。」我說。

「不過我們還站著，」佩倫回道，「這是好事。」

「是呀。」

底下石室比較寬敞，有好幾排放滿玻璃籠的櫃子。我們看得見是因爲天花板上有節能燈泡，電源肯定來自那個發出嗡嗡聲的發電機。玻璃籠裡關了很多、很多老鼠。

「這是怎麼回事？我希望，那些老鼠不是要來攻擊我們的？」我說。

「不，老鼠不是陷阱。是陷阱的食物。」

「什麼？」

「聽。妳聽到前面那個聲音了嗎？」佩倫指向石室對面一條燈光昏暗的拱道，「嗡嗡聲裡隱約夾雜著嘶嘶聲。」

「喔。對，你說過會有蛇。」

「老鼠是蛇的食物。」

「維勒斯設想得眞是周到。」

「有趣的是，蛇不太好吃。」歐拉說，「或許是因爲牠們吃老鼠。」

「妳什麼時候吃過蛇？」

「歐伯隆和我在科羅拉多抓到一條蛇，吃了牠。我們覺得有點黏乎乎的。」

我們沿著走廊，輕手輕腳地朝嘶嘶聲響走去，基本上這不是良好的生存策略。沒走多久，走廊就到了盡頭，通往一座約莫三十呎見方、深二十呎的大洞。洞底有燈光照明，讓我看到地板上爬滿了蠕動的蛇。洞太寬了，跳不過去。對面似乎有個類似伸縮橋的裝置，我們這邊的牆上有條鎖鏈，鎖鏈下大洞上面有橋的圖案。

我在佩倫伸手去拉鎖鏈時阻止他。「哇，等等。維勒斯幹嘛放條鎖鏈在這裡幫我們跨過這個洞？」

佩倫放手。「妳說得對。他不會做這種事。這是陷阱。拉鎖鏈，我們就會掉到蛇洞裡。」

「沒錯。我敢說是道機械式暗門。不用魔法就能運作。」

佩倫打量四周，看看歐拉，然後說：「或許就讓我召喚強風，我們乘風過去？」問題當然是在歐拉身上，佩倫和我都可以變爲翼形，輕鬆飛過去。

「我有更好的主意。」我告訴他，「我們自己製造可以信賴的橋就好了。」我再度聯絡梅克倫堡，請他幫我們製造一座三呎寬的土橋。等候了片刻，他開始在蛇洞兩端製作土橋，然後在中間相交。元素眞是太酷了。

順利通過蛇洞之後，對面又是一道走廊，有點彎度，發電機的聲音變得更加響亮。走廊末端是道從地板延伸到天花板的鐵柵門，在我輕鬆解鎖開門後，立刻發現在這底下架設發電機的原因：我們眼前是巨型洞窟，天花板上架設了數量多到令人咋舌的紫外線燈，照亮一大片蒼翠茂盛的草地。這是我見過最棒的地底牧場——也是我唯一見過的地底牧場。這一切都是為了豢養和藏匿許文妥威特的戰馬，一匹美麗的白馬。牠看到了我們，在草地另一端跳躍奔騰，激動地搖頭噴吐鼻息。

「哇，」我輕聲道，「這可不是每天都能看到的景象。」為一匹馬搞成這樣，實在有點大費周章。不過洛基不會放在心上：對他而言，知道最適合發起諸神黃昏的日期才是最寶貴的情報。我懷疑他是每天來問一次，還是每週，還是只有在他覺得情況變得更加有利時才來問。就算他不會每天來，這些發電機還是得關機，蛇也要餵食，而旁邊的石馬廄也要經常打掃。我們不能在這裡待太久。一定有人經常下來這裡，於是我開始思索一旦遭遇對方時該採取的防禦措施。「佩倫，我們到馬廄去。」我說，「那匹馬看起來很激動，想要帶牠出去，就得讓牠冷靜下來。」

「去馬廄要做什麼？」

「我們不能在這裡行動，可能會有人從後面偷襲。」

「什麼行動？」

「待會兒你就會知道了。」我們跑到馬廄。戰馬從草地另一邊看著我們。我叫歐拉躲在馬廄裡。

「躲起來幹嘛？」

「如果有人跑來攻擊我們，妳就是我們的伏兵。」我說，不過其實我只是希望她不要遇上危險。

「我也需要妳幫我看著衣服和魔杖，拜託拜託。」

她同意了，於是我開始脫衣服。佩倫很禮貌地轉過頭去，說道：「我想我了解是什麼行動了。妳要變成馬去和馬談。」

「一猜就中。請在這裡等我。」他點頭。我變形成栗色馬。我承認這是我最愛的動物形態。我可以輕鬆地奔跑，也很喜歡鬃毛和尾巴在風中甩動的感覺——倒不是說洞窟裡有風。面對一匹緊張兮兮的白馬，我認爲如果以馬形接近，他就不會感到威脅，讓我可以在他對我衝過來前接近到能夠觸碰、安撫他的距離。

不過，他在我接近時不斷弓身躍起，顯然面前突然多了另一匹馬並沒有我想像中的那麼安撫馬心。他很聰明，會算算數，而在此之前洞窟裡都沒有兩匹馬。他知道事情不對勁。

地下諸神呀，他眞是美極了。乳白色的毛皮，煤黑色的馬鬃。我切換到魔法光譜，檢視他混亂洶湧的靈氣，從中找出意識的靈絲。我以我的意識接觸他，將兩者羈絆在一起，然後傳送寧靜和諧的情緒，以及我毫不保留的愛慕之情。他首先人立而起，以馬蹄拍擊空氣，不過當他再度四足著地時，先噴出了一口氣，然後冷靜下來，開始傾聽——或是感覺，或是凝望——更多來自我的訊息。我傳遞呂根島上方天空的影像，邀請他和我一起走。他點頭，我也感應到強烈想要離開的慾望。他討厭這裡。沒有天空。沒有別的馬。牠已經寂寞太久了。我以愉快的情緒回應他願意和我一起走的決定，正要叫他跟上時，我發現旁邊傳來動靜。

有人穿越出口的柵門而來，那人看起來像根木炭，一身黑衣，滿頭黑髮；只有額頭、臉頰、鼻子是白的，其他部位都是黑的。他看了我一眼，又看看許文妥威特的白馬，沒有理會我們，接著看見馬廄旁的佩倫。他雙手握拳，下巴突出，露出滿口白牙嘶叫；佩倫看到黑衣人的反應也一樣，所以我認爲那肯定就是維勒斯。這兩個神顯然痛恨彼此。

佩倫高聲挑釁，我以爲會聽見俄語，結果卻是更古老的語言，這些神都比那個語言還要古老。不過我還聽得出許文妥威特，或許還有幾個名字；佩倫八成在問他們在哪裡。維勒斯的回應我一句也聽不懂，不過語氣充滿怨恨——他大概是在用最粗俗的髒話罵佩倫——看來談判的時刻已經過去。接下來發生的事有點滑稽：佩倫舉起斧頭，嘗試召喚閃電，但這裡是閃電打不到的地底。維勒斯雙手攤向兩側，掌心朝上，手指彎曲，彷彿兩手各握著一只酒杯，十分戲劇性地向上舉起。在發現毫無效果時，他眨了眨眼，低頭看向草地，不了解爲何什麼都沒發生。他不能施展大地魔法，佩倫也不能召喚閃電。我本來以爲他們要用傳統的拳腳功夫一決高下，結果他們卻一起變形。佩倫丟掉斧頭，化身爲我這輩子見過最大的老鷹；維勒斯搖晃、抖動、伸展，變身成一條恐怖秀裡的巨蛇，那種絕對有辦法把化身成馬形的我整匹吞下的巨蛇。佩倫尖叫，巨蛇嘶吼，我發抖。

「歐拉，」我說，動物形態稍微改變了我的心靈之音，「不要出來。躲著看好我的東西。我很快就會過去。」

「好。」她說。

我建議戰馬待在原地，然後沿著牧地邊緣朝馬廄繞去。巨蛇不在乎：他眼中只有佩倫，而佩倫在空中盤旋，越飛越快，尋找機會俯衝出擊。巨蛇蜷曲身體，縮小目標攻擊的範圍，讓老鷹若想要攻擊蛇身就必須經過蛇牙。巨蛇搖頭晃腦，就著紫外線燈努力追蹤佩倫的身影，但既然我都很難跟上他的速度，我認為這並不容易。

在前往馬廄途中，佩倫展開攻擊，速度快到我看不出究竟發生了什麼事——只知道巨蛇流血了，而空中飄落下來幾片羽毛。似乎誰也沒占上風。

我在馬廄入口變回人形，避免馬蹄在地板上發出聲音吸引巨蛇注意。變形後，我又覺得或許該吸引巨蛇注意，讓佩倫有機可趁。我就著馬廄入口的掩護，探出頭大叫：「維勒斯！」

蛇頭甩動，看見了我。他向後縮起，而我則在巨大蛇頭竄入馬廄時及時閃開；馬廄門框粉碎，蛇嘴狠狠咬落。接著，蛇頭迅速消失，發出嘶嘶聲面對佩倫趁機展開的攻勢。

「關妮兒！妳沒事吧？」

「對，我沒事。但我需要史卡維德傑。」我看見魔杖躺在摺好的衣服旁，當場一把抓起，施展讓我隱形的羈絆術。

「我不知道蛇可以長那麼大。」

「我也不知道。請待在這裡。」

我溜回門口，透過爛掉的門框偷看，結果發現雖然隱形了，巨蛇還是能藉空氣聞到我的氣味。他知道我在附近，不過注意力又回到天花板，再度開始搜尋佩倫蹤跡。地上的血比以前更多了。我看見巨蛇身上的傷痕，不知道是佩倫爪子抓的，還是鳥喙啄的？但我認為藉由史卡維德傑和蓋亞的幫助，我可以造成嚴重的傷勢，再度為佩倫製造機會。我毫不懷疑這是正確做法：洛基的朋友就是我的敵人。於是我一躍而起，在空中迴旋增強力道，使盡渾身力量狠狠擊中巨蛇蜷曲身體最上面的一圈。我聽見脊椎碎裂聲，衝擊感沿著我的手臂而上，我絕不可能輕鬆落地。我幾乎用盡全力才沒放開魔杖。

巨蛇沒有痛苦慘叫，而是發出嗆到般的嘶嘶聲。接著，光線消失，我腹背受擊；光線回歸，我撞上地面。等我在地上躺平後，劇痛才開始發威。不是摔出的痛，而是被巨蛇在本能攻擊時用兩根大尖牙咬出來的。他左半邊的嘴巴咬到我左半邊身體；下排尖牙插入我的腹部，上排則插入我的背。他的牙齒有毒，一秒之後開始見效，在我血管中宛如強酸般灼燒，導致我的肌肉開始抽搐。我奮力喘息，努力進入寧靜境界，讓自己能專心引導治療效果，把痛苦交給另一個思考模式去承受。阿提克斯說這是一種生存技巧，所以在訓練我時加入了各式各樣分心測驗，以確保我能在一片混亂下達到寧靜境界，但是那些分心測驗都沒辦法和眞正的劇痛相提並論。劇痛會占據你的所有思緒、無法分心，所以在失敗好幾次，經歷五到七秒的寶貴時間後，我才終於成功分隔心靈，讓一個思考模式承受痛苦，另一個思考模式冷靜地處理內出血和解毒。而在那幾秒之中，我除了躺在地上奮力呼吸之外，還轉頭向左，看見維勒斯的巨蛇頭重重摔在我面前的地上，而他的下頷下方、巨型脖子頂端，有一雙鷹爪。佩倫在我的幫助下解決了他。老實說，知道這點對於進入我所需要的思考模式有所幫助。因爲得忙著承受痛楚和治療，我沒辦法說話，而那似乎讓歐拉異常擔憂，她突然出現在我面前，舔我的臉，對我說話，不過我如果想活命，就不能分心回話。

我眞的不該再和神動手了。我最近重創了洛基，不過那是因爲情況對我極爲有利：他過度自信，在有防火力場的地方攻擊我。如果是在防火力場外遇上他，或是他有攜帶任何武器，像是富威塔——就是他從我身上奪走的漩渦刃，或是瓦由的失落之箭，他或許已經幹掉我了。不把我看在眼裡，讓他吃了大虧，而他絕不會再犯同樣的錯誤。我突然想到我身上的兩個洞和血液裡的毒素，都是同等自大下的產物：儘管我的德魯伊力量很了不起，但是與諸神相比還是差了一截。阿提克斯的也一樣。他會找出對方的弱點，出奇不意攻擊，然後找人幫忙。最好不要和神正面衝突。要不是有佩倫牽制維勒斯，我根本沒辦法接近到足以傷害他的距離，就算隱形也一樣。要不是佩倫解決了維勒斯，我當然也不可能有機會治療。他會再度攻擊，甚至把我整個吞下肚。

維勒斯的蛇毒是結合神經和心臟毒素的一種劇毒。心臟毒素很好處理；我可以趁毒素試圖連結我心臟組織的肌肉時加以瓦解，防止細胞去極化及肌肉收縮。神經就很麻煩了。它造成我全身肌肉不由自主地收縮，產生痛苦的抽搐。擔任學徒期間，阿提克斯花了很多時間講解毒素及其化學特性，包括蛇毒，讓我在中毒時可以清楚該把注意集中在哪裡。神經毒會攻擊某種利用乙醯膽鹼傳輸訊號的神經元。它會消滅乙醯膽鹼酯酶，而這種東西的功用就是告訴肌肉停止收縮，進而造成不由自主的收縮。肌肉不聽使喚時就沒辦法還手。它所造成的劇痛遠遠超乎想像。想要對抗它、恢復自主功能，我不但要瓦解這種毒素，還得要重建乙醯膽鹼酯酶。除了蛇毒，我身上還有兩個大洞要處理，不但有大片組織受損，而且還大量失血。

我透過平靜的思考模式製造化學反應，拯救自己的性命，然後藉由痛苦奮戰的另一個思考模式，注意到化身老鷹的佩倫眞的會吃蛇。他的鳥喙不斷地插入維勒斯頸部，扯出一塊塊血肉和內臟，確保他的老敵人會流血致死。有些肉塊濺到外面，不過大多被他吞了。被我打碎脊椎的位置以下的身體完全都沒在動，只有上方三分之一的身軀還在扭動掙扎、試圖脫身。眼睜睜目睹一個神被另一個神的雙手——或是爪子和喙——殺死，令人不寒而慄。

我注意到老鷹並非毫髮無傷。他身上有些部位少了大片羽毛，剩下一塊塊的光禿。他也被那些蛇牙咬，或至少擦傷，但卻完全沒有出現和我一樣的中毒症狀。或許佩倫免疫。

巨蛇的雙眼失去神采，慢慢不再抽搐，我則繼續爲生存奮戰。佩倫走下巨蛇身軀，然後又看了他整整一分鐘，確保他眞的死透。接著他變回人形，召喚斧頭回到手中，猛砍蛇頭，直到完全砍斷，正式宣告維勒斯死亡。這時，他才抬起頭來，注意到我身受重傷。

「關妮兒！」他說著，連忙跑來，蹲在我身邊，檢視我的抽搐情形和肋骨下方的傷口。「喔，不。情況不妙。但是努力療傷！不要死！我欠妳太多了。妳幫我擊敗了維勒斯。」他朝我肚子上的傷口伸出手指，接著又縮回去。「我不擅長療傷，幫不了妳。眞希望我能幫得上忙。」

我也幫不了他，雖然他似乎沒注意到身上有傷口在流血，而那些傷口在他化身成人形之後顯得清晰可見。我好羨慕他對蛇毒免疫。

我的四肢還是會不由自主地抽搐，不過已經開始力挽狂瀾，有些抽搐和痛楚已經減輕。我心知至少不會變得更糟，於是騰出幾分鐘去應付內出血。這時，佩倫從蹲姿調整成類似打坐的姿勢，開始唸誦咒語，和我一起療傷。他閉上雙眼，我也一樣。我發現這樣有幫助：減少外來刺激就等於增加注意力在療傷上。接著，我騰出一點時間與歐拉交流，她還在擔心。

「我的狀況不好，不過已經在治療了，親愛的獵狼犬。我得全神貫注。請耐心等候。」

「好！我保護妳。愛關妮兒。」

「我也愛妳。」

之後時間就慢慢流逝，我的情況也慢慢有所進展，直到我腦中靈光一現，雙眼突然睜開。

「洛基的烙印！」我聲音沙啞地說，接著因爲大聲說話而忍不住咳嗽。咳嗽令我感到一陣閃電般的刺痛。

「什麼？洛基？」佩倫問，接著提高警覺，「在哪裡？」

我暫停片刻，調節呼吸，然後輕聲說道：「維勒斯身上可能會有洛基的烙印。一個圓形的符文烙印。能夠避開除了洛基的所有人目光。所以洛基可能知道維勒斯已經死了，他可能會來調查。」

佩倫瞪大雙眼。「超級壞消息！」

「我打賭許文妥威特的馬身上也有同樣的烙印。只要帶他離開，洛基就會發現。你可以去檢查看看嗎？」

「好。交給我。」

佩倫站起身，消失在我視線範圍外一段時間。我四肢抖得已經沒有之前厲害，毒素也解了不少。梅克倫堡幫了我不少忙，給我他的魔力，我感激他的協助。

//感謝你的力量//我用拉丁文思考模式傳達訊息。

//和諧//梅克倫堡說。//激動德魯伊一定要好起來//

就在那一刻裡，所有迷惘和恐懼全都消失，我肯定自己遲早會痊癒，也慶幸自己花了這麼多時間走到這一步。如果我沒在那漫長的十二年裡學習語言、培養不同的思考模式，肯定已經死在蛇毒下。

如果缺少使用力量的知識和訓練，光與大地羈絆根本毫無用處。當你學到第二年時，你會想：「見鬼，這實在太難了。」——我當年有好幾次生出這種想法——但是古代德魯伊知道該如何訓練培養心智，而此刻那些訓練正在拯救我的性命。

佩倫回來告知那匹馬的腹部確實有個小圓烙印。「我們該走了。」他說。

「我還不能動。」我告訴他，接著解釋儘管謹慎的做法是該擔心洛基，事實上我們或許根本不必擔心。洛基和佩倫一樣不擅長治療，而他在不久前與我交手時受了重傷。

「妳要多久才能動？」佩倫問。

「希望不久。如果沒必要，我一點都不想待在這裡。」

「我揹妳出去呢？」

我眨眼。我沒想過這種做法。佩倫肯定可以毫不費力就把我當作一袋馬鈴薯般甩到肩膀上。但這麼做，我搞不好還會進一步受傷，而且我就不能取用大地的魔力。

「或許讓我靠著你慢慢走？我的右腳跟要接觸大地。」

「好。就這麼辦。」

「但是……那匹馬。」

佩倫看向牧地對面的馬，只見他貼在對面的牆壁上，竭盡所能地保持低調。

「喔。對。我們需要那匹馬，但他很害怕。」

「可以帶我過去嗎？」我問，「我有辦法和他交談。」

我發出許多呻吟和喘息聲，努力站起身，在佩倫的幫助下跌跌撞撞地走向許文妥威特的白馬。我身體三不五時地抽動，不但導致移動困難，還凸顯出我們兩個都因爲變形而赤身裸體的事實。我們上樓前可得記得要穿衣服。

我沿路都在嘗試接觸白馬的意識，最後終於聯絡上了。

「哈囉。」我說。或者該說是我對他傳達問好的念頭。希望我的話有在他心裡翻譯出應有的意義。我們或許還沒到能夠了解彼此的階段，但因爲有太多事情要煩，我此刻處於耐心有限的狀態。

「我是剛剛的栗毛馬，現在變成人類了。我可以變形。你準備好要重見天日了嗎？」

白馬甩頭鼓鼻。算不上是肯定的回應——他還是很怕。我得說服他，而這點急不得。我嘆口氣，強迫自己慢慢來。

「我是關妮兒。你有名字嗎？」

他的回答是很久以前有人類叫他「密瓦許」。

「密瓦許，我想帶你去找一群女人，她們會保護你，不讓烙印你的那個神接近你。」

說起烙印他的那個神，就讓密瓦許情緒激動。他嘶鳴幾聲，人立而起，然後跳了幾下。

「我們一起走，在陽光下跑過去。會有蘋果和燕麥可以吃。」

蘋果似乎是個愉快的想法，讓他冷靜下來。接著他問了我一個問題，傳送一個奇形怪狀的四頭男子畫面過來，多半就是許文妥威特。

「不，許文妥威特不在那裡。我們也在找他，希望能讓你們重逢。你知道該上哪裡去找他嗎？」

密瓦許不知道，不過他朝我們走來。我感應到他認出佩倫是許文妥威特的朋友。他鬆了口氣，願意和我們一起離開。

我不確定曙光三女神女巫團是否有辦法應付洛基奪回密瓦許的行動，但我知道她們不會讓他輕易奪走密瓦許，搞不好還能再度控制他。趁洛基還在療傷——我也還在療傷——時把馬帶過去，就是個關鍵。

我們回到馬廄穿衣服。因爲還沒辦法毫無支撐地單腳站立，我得靠著牆壁才能穿上牛仔褲。由於肚子和背上有傷，上衣穿得很痛苦；皮膚已經癒合，內出血也已不礙事，但是受損的組織需要很長的時間恢復。歐拉自願叼史卡維德傑上去，我對她道謝。

我嘗試自行走向出口，但是走得又慢又不穩，因爲我完全無法肯定腳是會遵照我的命令，還是自行決定要收縮或伸長。我摔倒了兩次，這一點也不有趣，不過能夠移動令我安心不少，所以堅持要一路走到橋邊。接著我問佩倫可不可以揹我過橋。我不認爲我的腳已穩到可以走過蛇洞。

過橋後，我請梅克倫堡提高蛇洞的地板，讓地洞消失，給那些蛇離開的機會。同樣地，我們離開時也打開了所有鼠籠，讓牠們能逃走，或是無法如願逃走。佩倫又揹起我走上石階，以免我不小心摔下去。等到終於離開地下，站在呂根島的草地上、沐浴在午後的陽光中時，我們全都面露微笑。或至少，密瓦許和歐拉雀躍不已，做出類似愉快的反應。

我們走路去搭渡輪，當快到渡輪時，我已經比較能夠控制我的肌肉了。蛇毒已然中和，我的運動機能回來了。我的軀幹還要繼續努力，但至少現在已可以自由移動。

我將史卡維德傑銀質部位充滿備用魔法，以便在渡輪上繼續治療。帶馬和獵狼犬上船引來不少異樣眼光，不過沒人找我們麻煩。

我們在太陽幾乎下山時回到主大陸，隨即看見黑暗中走出一條身影。儘管氣溫寒冷，他還是打著赤膊，而這吸引了不少目光。他體型出眾，腰間繫著一條寬金帶，下半身穿著某種材質飄逸的亮紅色褲子，這些大概也是他引人注目的原因。而他肩膀上扛著的那跟大木棒，可能也是原因之一。他有著深棕色皮膚，頭髮剪得很短，彷彿兩週前剃光之後就沒再整理一樣。所有人都在看他，但他的目光始終保持在正在下船的我們身上。

「佩倫。」他說著，朝他點了點頭，「妳一定就是關妮兒。」他的聲音十分低沉，我聽不出他的口音，不過覺得很好聽。

「不好意思，我們見過嗎？如果見過，我想我應該會記得你。」

他對我露出潔白的牙齒。「我們沒見過。如果問奧丁，他會說是他要我來的，但事實上我不在乎奧丁要幹嘛。我來是因為我想見妳。我是尙戈。」

「尙戈？奧理沙【註】？雷神？」

他眼中冒出電光——佩倫有時候也會這樣——笑著對我點頭。「就是我。」

「你為什麼會想見我？」

「我聽說妳痛扁了那個早該受點教訓的洛基，我想聽妳親口說說那個故事。奧丁告訴我這匹馬對洛基很重要。他的新家離這裡還有一段距離，洛基可能會在路上攔截。希望妳允許我結伴同行。如果佩倫和我都與妳在一起，應該就有嚇阻作用，就算沒有，我也很榮幸能與妳並肩作戰。」

喔，可惡。我眞的好喜歡聽他說話。我想帶他共進晚餐，讓他唸菜單給我聽。而且他又這麼有禮貌。

「我懂了。奧丁爲什麼請你來找我？」

「他和妳一樣不希望那匹馬落在洛基手上。」

「他名叫密瓦許。這是我的獵狼犬，歐拉。」

他和他們兩個目光接觸，然後以恰到好處的禮貌招呼，用他們的名字稱呼他們。很多人都不會這麼尊重他們，這又讓我提昇了對他的好感。

「我很歡迎你的加入。」我對他說，「不過我也想多認識你一些。」

「我們會跑一整夜，是吧？時間很多。」

這是我第二度跑步橫越波蘭，雖然我們會走北半部，從西往東跑，而不是從東往西跑，但至少旅途中不會缺乏有趣的話題。而每一步都讓我更加接近當初想要成爲德魯伊的眞正目標。只要得到占卜遮罩，我就能夠開始處理自己那個已經拖了很久的問題——去教訓我繼父那個大渾蛋。

編註：奧理沙（the Orishas）是西非約魯巴民族信仰中的神明（或精靈）們，寄宿於自然之中。傳說他們存在於無形的世界（òrun），但會以人形行走在這個大地（ayé）上。

第十四章

布莉德和我回到提爾・納・諾格的妖精宮殿時——她看起來莊嚴肅穆，我則是遍體麟傷——有一支不請自來的紫杉人代表團在等著我們。代表團人數眾多：超過一百人。紫杉人的外表很詭異，符合世人對莫利根創造的生物應有的期待，完全缺乏幽默感及除了貪婪和嗜血外人類大部分情緒。他們是對付吸血鬼效率極高的傭兵——他們沒血可吸，也不會遭受魅惑，就算人類奴僕開槍也不怕。事實上，他們是完美的吸血鬼獵人，只不過索價不菲。

他們是來提醒我付款已經過期了。然而，由於紫杉人沒有聲帶，得透過一名妖精代表發言。他們要事先寫下要說的話，或是手語或比手畫腳的方式交流。我真的不清楚他們是怎麼溝通的。

「我們用插木樁和砍頭的手法幫你除掉了很多吸血鬼，德魯伊。」他們的妖精代表在我打招呼後回應道。她的聲音又高又尖，很像吸了氦氣的倉鼠，和紫杉人陰森的外表格格不入。「一開始你透過孤紐付款，但現在孤紐已去世，還有六百八十三個吸血鬼的賞金尚未支付。而在你全數付清前，我們不會再繼續獵殺。」

「我，呃，是呀。說到那個。吸血鬼削弱了我的支付能力。」

妖精重複：「在你全數付清前，我們不會再繼續獵殺。」她的稿子八成已經唸完了。

「收到。」我對他們比出兩隻大拇指，「我有錢就會立刻支付，我該和誰接頭？」

「我。」布莉德參與到話題中，「你把錢付給我。」她看向紫杉人，「我當他的擔保人。我想各位應該可以接受。」

「布莉德，妳沒必要這麼做，我沒有要求——」

「我自願的，不用回報，敘亞漢。就這麼決定了。」

我點頭同意，心想我得盡快找個能賺大錢的工作。我向來不是能短期致富的人，漫長的人生讓我有時間透過投資慢慢致富。我可以去挖多年前埋在亞利桑納鹽河畔的稀有書籍來頂一頂。拍賣掉幾本稀有書，可以讓我舒舒服服地過一段日子，甚至支付一部分積欠他們的債務。但就算賣掉一切——這樣可能會惹上麻煩，因爲其中有些典籍眞的很危險——我還是懷疑能付清欠債。

既然待下去只會讓那些沒收到錢的傭兵瞪，我決定先行告退，轉移回旗杆市的山姆和泰家外面，思索該如何盡快繼續這場戰爭。上帝之鎚願意幫忙當然很好，但是他們獵殺吸血鬼的效率和紫杉人沒得比。比方說，他們沒辦法無視奴僕的子彈，奴僕則負責在白天保護古老的吸血鬼。而且吸血鬼透過轉化新受害者的方式補充數量的速度，遠比我們獵殺的速度要快。如果不能掌握更多優勢，將會是一場贏面不大的消耗戰。

歐伯隆躺在屋子附近的草地上，剛好看見我轉移過去。他翻身起來看我，興奮地分享他知道的消息。「阿提克斯，你猜怎麼了？我聽見山姆和泰在講霍爾車上的柑橘芳香劑，他們也覺得很臭！」

「這證明你是對的，呃？」我說著，拍拍他的脖子。

「是呀。嘿，你一副受困在情緒搖滾演唱會裡的模樣。怎麼了？」歐伯隆問。

「有個數學問題。」我回答，沒提疲倦和受傷的事。

「喔。那我幫不上忙。不過如果你需要對什麼東西尿尿，或是摧毀貓的生活什麼的，來找我就對了。還是你身上有條急需處理的香腸？」

「不，抱歉，我是在煩惱沒辦法處理吸血鬼問題的事。他們的數量比我們多太多了。多了好幾千個。」

「千比百萬多，是吧？」

「不，反了。」

「好吧，他們全都看你不爽，還是只有你之前說的那傢伙——希歐飛利浦？」

「你是說希歐菲勒斯？」

「就是他。眞正在獵殺你的只有他，對吧？只是其他吸血鬼都聽他的話。所以，如果你和他來場決鬥呢？就像茱莉．達比尼那樣？等你擊敗他，就可以叫所有吸血鬼去死，嘿嘿。」

「這倒……不失爲一個好主意。」除了希歐菲勒斯，我還沒聽說有哪個吸血鬼想要剷除德魯伊的。如果能夠除掉他——這本來也是我的終極目標——或許剩下的吸血鬼就會把精神放在內部奪權上，不再來管世間僅存的三個德魯伊。

「當然啦！我們沒必要走路去魔多。我們可以跳到老鷹的背上，直接飛往末日火山【註】。」

「問題是我要上哪兒去找老鷹——或是走你所說的捷徑。我根本不知道他在哪裡，而既然他基本上來說已經死了，我也沒辦法把他當作占卜目標。我知道他一定一直在搬家，而我認爲等他認定受夠威脅之後，遲早會親自出馬來殺我。我本來期待紫杉人會幸運地殺了他，或是把他引出來，但現在似乎不可能了。」

「好了，誰會知道該上哪兒去找他呢？」

「或許李夫知道。我需要電話。」霍爾給了我李夫的電話號碼，但是我把號碼輸入在多倫多的電話裡，沒有記下來，而電話還在多倫多，沒有隨著我一起被歐文綁架出來。不過我可以打電話再跟霍爾要。「來吧，歐伯隆。我們進去。你提出這種建議已夠格獲得點心了。」

「對！你知道，阿提克斯，我一直在想我該有個姓，既然你提起了，我認爲『夠格吃點心』（Snackworthy）是個足以匹配高貴獵狼犬家族的姓氏。你覺得如何？」

「歐伯隆．夠格吃點心，呃？」

「充滿貴族氣息，是不是？」他看我沒有立刻回應，又說：「怎樣？太超過了？」

我敲了敲門，開門進去，然後大聲宣告我來訪。

「好！進來！」一個聲音叫道，沒多久泰就走了出來。他正要做野牛漢堡當午餐，那玩意兒對歐伯隆來講比點心更好，他也借我電話打給霍爾。不過我在他手機聯絡人的H區裡看到海加森的名字。

「泰，你認識李夫．海加森？」

「認識。不熟，算是點頭之交。他是亞利桑納的吸血鬼王，所以他認識所有部族領袖和副手。要路過我們的領土時，他會禮貌性地來電知會。」

「這是他現在的號碼嗎？」

「應該是。這是上次霍爾在這裡和你通話時更新的。」

「太棒了。」當我打給我的前任律師時，漢堡已經在鍋裡煎了。他在響第二聲時接起電話，這表示當時他很可能位於地球的另一邊——還是晚上的地方。他那種冷酷又有教養的聲音，聽起來似乎饒富興味。

「哈囉，泰。」他依照手機上的來電顯示招呼。

「不是泰。是阿提克斯。」

「啊，我最愛的德魯伊。我怎麼有榮幸接到你的電話？」

我沒心情和他噓寒問暖，也已經想不起來願意跟他噓寒問暖的年代。「你現在在哪裡，李夫？」

「問這個幹嘛？你已經決定要幫我卸下不死的重擔了嗎？」

「還不是時候。我比較想知道你是不是和希歐菲勒斯在一起。」

「喔，不，我被趕出來了。我是吸血鬼天堂裡名副其實的路西法。」

「我相信當初路西法墮落，就是過度自信造成的。希望不是因爲我。」

「是因爲你，不過我保證我很滿足現狀。我還在諾曼第沿岸、上次見面的地方附近，享受著摻血的法國紅酒。我最喜歡喝愛喝黑皮諾紅酒的人的血，眞是美味佳釀。」

編註：出自托爾金（J. R. R. Tolkien）作品中的中土大陸。末日火山（Mount Doom）是座火山，位於魔多（Mordor）的心臟地帶。《魔戒》中佛羅多．巴金斯（Frodo Baggins）在末日火山銷毀至尊戒後，最後由巨鷹所救。

「我爲你感到高興。但既然你心滿意足、無拘無束，你應該不會介意告訴我希歐菲勒斯的下落吧。」

「問題是我不確定他在哪裡。我失寵後，他就不告訴我他在哪裡了。」

「猜一猜，或是告訴我誰知道他在哪裡。」

「哎呀，我眞的沒有任何可靠的消息來源。如果要我猜，我認爲他應該在布拉格。」

「那是個大城市，李夫。布拉格的哪裡？」

「波希米亞大飯店是他的最愛。窗口都有厚窗簾，十分注重客人隱私。」

「最好不要是陷阱，李夫。」

「我說過了，只是猜測。請自行判斷要不要根據這則情報行動。」

喔，我會根據這則情報行動。我會把富拉蓋拉留在泰和山姆家，然後興致勃勃地帶著新木椿展開行動。

「繼續享受你的黑皮諾血吧。」我說，然後用拇指按下掛斷鈕。

第十五章

我已經很久沒睡了。在確定解決腦震盪問題前，葛雷塔不准我睡覺，而等我的視線和思緒恢復清晰時，天色已經黑了。她帶我去一間類似敘亞漢住過的醫院，用一堆能不切開身體就能拍攝體內照片的機器爲我檢查。當時我已經藉由蓋亞的幫助修好腦袋，所以醫生說：「沒，甘迺迪先生沒有腦震盪，不過左肩有點痛，是吧？」

他自稱蘇達佳醫生，身上有股香草肥皂的味道。後來葛雷塔告訴我，他的名字表示他來自一個叫作印尼的地方，或至少幾代前他們家族來自印尼。他拿X光片給我看，指出骨折和肌肉撕裂傷的地方，我認爲這玩意兒很有用。看著那些照片，可以讓我知道該對哪裡集中治療，讓治療更有效率。

「太棒了，」我說，「我立刻開始處理。」

「不好意思？你要怎麼處理？」

我顯然說錯話了，葛雷塔連忙解釋：「他的意思是他會多休息，徹底遵照你的指示。」

「不包括吃藥。」我說。葛雷塔嘆了口氣，把臉埋在掌心裡。這下我知道我該完全遵照醫生的指示去做了。他目光在我和葛雷塔之間來回移動。「想不想吃任何止痛藥，這當然是看你決定。」他說，「但我們眞的得固定你的肩膀。」

「敢這麼做，我就把你給固定起來，小夥子。」

「歐文！」葛雷塔叫道。

「幹嘛？我們不用聽他指示或任何東西。」我了解我的行爲很粗魯，所以我轉向醫生，盡量表現得彬彬有禮。「蘇達佳醫生，謝謝你好心讓我看我骨頭的照片，但是我不想繼續占用你的時間。我現在只想喝杯威士忌，然後躺到床上。」

「如果不固定肩膀，你的肌肉就不會接回正確位置，可能會造成永久性傷害。你很可能要動手術。」

「完全不是那麼回事。我告訴你我會處理，那些傷都會痊癒的。」

他眨了眨眼，轉向葛雷塔。「如果他不接受治療就離開，我可不負責任。」

這根本是廢話，我不知道他爲什麼要浪費唇舌。

「願你心靈和諧。」我說，然後離開診間。我聽見葛雷塔在和他道歉，但我認爲沒必要。事後我被訓了一大頓，說這種怪異行爲會被記錄下來，搞不好會引來官方調查。最好的做法是讓他幫我打個吊帶，離開後就解開。

「只要從此不去看醫生，我們就不用那樣假裝了。」我說，「聽著，已經快要他媽的天亮了。我們在那裡折騰了一整晚，結果發現我沒有腦震盪，還有肩膀廢了，而那些都是我進去前就已經知道的了。」

「我想要確認你的頭沒事，而那是唯一的方法。坦佩部族有個醫生在醫院做事，他很清楚我們不尋常的治療能力。至於其他醫生，我們就得配合演出。」

「或許他們可以讓我自己處理。」我抱怨道。

「真是頑固！要不是你已經被教訓過了，我一定要親自教訓你一頓。」

「我知道。抱歉，親愛的。我只是在擔心芳德，還想找出那隻食人妖是從哪兒來的。」

「你今天早上要幫學徒上課。」

「對，但是在我封閉能讓那個食人妖跑來我的教團的傳送道之前，我們家附近都不算安全。等我專心治療肩膀後，妳願意和我去樹林裡走走，把它找出來嗎？」

「當然。」

回到家之後，我花了點時間重建大地連結，把那些小骨折羈絆起來，確保肌肉都有接回正確位置。我要時間癒合才能再度使用那條手臂，不過當我打好基礎，就利用敘亞漢教我的技巧壓抑痛覺，邊走路邊讓治療魔法自行運作。爲了預防萬一，我戴上我的手指虎。天知道我們會在那片黃松樹林裡遇上什麼東西。

愛爾蘭沒有多少長青林，那種味道對我的鼻子來說還很新鮮。我喜歡這片樹林，喜歡腳下針葉發出的清脆聲、踢飛松果時的飛掠聲，還有松鼠吱吱叫的聲音。葛雷塔走在我的右手邊，呼出來的氣息在空氣中形成白霧，真是個令人心曠神怡的冬晨——至少不會差太多。再過不久就冬至了。她朝我微笑，愛上心頭，於是牽起我的手輕輕捏。

「好點了嗎？」她問。

「好點了，」我要承認，「樹林向來都是被妳訓過之後的紓解良方。」

「我們要怎麼找出食人妖是從哪裡來的？」

「我們追蹤他的氣味，看在所有喝醉的神的份上，那傢伙的味道超重，又或許我運氣好，可以透過魔法光譜看到那條傳送道。」

「追蹤氣味或許比較快。」她說。

「是。氣味的盡頭，就是他傳送過來的地點，到時候我可以解除那棵樹的傳送羈絆，或是想辦法摧毀古老之道。」

「兩者有何不同？」

「呃。有點像是私人道路和公用道路的差異。只有德魯伊可以隨意使用傳送樹，因爲我們和蓋亞羈絆在一起。低等妖精可以使用傳送樹，但不能帶人一起走。不過圖阿哈·戴·丹恩建立的古老之道，比較像你們的高速公路，只要能看見魔法道路，不用任何魔法能力，誰都可以走。我認爲我們應該是在找那個。除非有德魯伊和他們一起轉移，不然食人妖不能使用傳送樹前往提爾·納·諾格。這也是好事，我們可不想看到食人妖在世界各地甩老二。」

「好了，你在人形沒辦法追蹤氣味，如果變形又會影響傷勢，是不是？這表示應該由我來擔任尋血犬。」她脫掉外套，把它丟在森林的地面上。

「什麼？不，妳不用變形。我變就好了，沒事的。我可以三腳走路，不會中斷治療。」

葛雷塔旋轉了一圈，環顧四周。「不麻煩，歐文。聽著，我們已經深入樹林，屋子裡的人不會看到我們。」她雙手在腹部下方交叉，抓起上衣底部，順勢拉到頭上。

「我一點也不在乎別人會不會看到妳。」我開始用單手能達到的最快速度解開上衣釦子。「我不要妳在沒必要的情況下承受變形的痛楚。」

「眞窩心，歐文。」她說著，把上衣丟在外套上，然後去拉牛仔褲拉鏈，「但我很久以前就已經不在乎變形的痛楚了。痛楚無法避免，所以我把它視爲生活的一部分。」

「但是變形是可以避免的，葛雷塔。我說過我來就好——」

「不。噓！」她用一指抵住嘴唇，然後指向山上，雙眼凝視著我左肩後的位置。我轉身看見一頭藍皮膚的食人妖從一棵松樹後面走出來。他尚未看見我們；他在和我們看不見的某人比手畫腳，片刻過後對方也出現在我們面前——是另一隻食人妖，這隻的皮膚粗糙、呈棕色，從寬度根本遮不住他們身軀的樹後走出來。他們是從愛爾蘭其中一個神界過來的。

我開始撕裂衣服。「在女王的茶裡煮天殺的睪丸，那個渾蛋還有朋友！我在妳變形的時候先纏住他們。」我說，因爲她變形的時間比我久多了。樹後又冒出了兩隻食人妖。「如果妳能透過部族連結找人來幫忙，我們會需要幫手。」

她點頭，繼續脫衣服。我一脫光衣服，立刻變形成熊，充滿手指虎的魔力。葛雷塔的骨頭開始啪啦作響，吸引食人妖注意。現在共有六隻食人妖。我大吼一聲，用三隻腳跌跌撞撞地衝了上去。其中兩個食人妖手裡拿著武器，其他四個則連忙散開找武器——這表示他們在拔樹；其中之一一把抱住古老之道所在的那棵樹，另一隻則在他拔樹前拍了他的後腦勺一下。「不，別拔那棵！我們需要它！」

「呃。反正也太大了。」他說。當時我已經快撲到第一隻藍色食人妖面前了。他和昨天的沼澤食人妖不同，老二裹得很緊——感謝他，然後用小型受害者的骷髏和大型受害者的牙齒來打扮自己。他用繩子串起這些東西，掛在脖子上，移動時會發出喀啦喀啦的聲音。這傢伙非常愛現。他手持一根木棒，看起來像是加工過，而不是直接從地上拔起來的。我看著他把木棒高高舉起，等待時機揮下，接著，當木棒朝我直揮而來時，我人立而起，舉起銅掌格擋。銅掌擊穿木棒，把棒子打成碎片，食人妖手中當場剩下一堆牙籤，不過沒有受傷。棕色食人妖迎上前來，從我左邊踢出一腳，當然擊中我受傷的左肩，讓我在劇痛中跌向一旁。可惡，食人妖眞是壯得不像話。我幾乎已經聽到蘇達佳醫生在說：「早說了應該要固定。」

施展僞裝羈絆作戰比較聰明，但是葛雷塔還沒變形完畢。她在變形的過程中大吼大叫，幾隻食人妖已經在懷疑那是怎麼回事了——如果他們和我一樣是從時間島被釋放出來的話，就沒聽說過狼人，或許會以爲她是受傷的野獸——我想她稱得上是——而不是迫切的危機。我不希望他們太過於注意她，所以得持續騷擾他們，不能隱形。我以三腳著地，回頭衝向藍色食人妖，在蓋亞的協助下躍起不可能的高度——這招讓葛雷塔不再叫我泰迪熊，改叫飛天熊。藍骨頭沒辦法從下方閃躲，於是伸出一手阻擋我的攻擊。銅掌打爛了他的手臂，擊中胸口，扯掉他的骷髏項鍊，然後插入他的腹部，拉出幾段腸子。之後他就忙著用剩下的手把腸子塞回去，我則再也不必去擔心他。我得擔心其他五個食人妖，因爲這下他們的注意力就完全集中在我身上了。皮膚粗糙的老兄手持眞正的木棒，其他四個都是拿小樹。拔樹的食人妖如果想要攻擊，就要把樹舉到頭上；因爲會卡到其他樹，不能從旁邊揮。那些攻擊很容易閃，而我要小心粗皮膚老兄，因爲他的木棒上有尖釘，要是被打到，我就又得跑一趟天殺的醫院了。

他大呼小叫地迎向前來，我踉蹌地後退，吼了回去。他奮力撲來，遠遠揮出木棒；我跳向旁邊，以右半身著地，避開這一棒，不過其中一根尖釘還是劃過我，留下深深的傷痕。熊很強壯，不過倒地後動作不太靈巧，所以情況不妙。他大叫了一聲「啦！」開始趁勢追擊，收回手臂再度揮棒，身後的食人妖都在歡呼叫好，等他揮出致命一擊。

當葛雷塔對準粗皮膚老兄毫無防備的脖子狠狠咬下、將他撲倒在地時，所有人都嚇了一跳，不過最意外的還是粗皮膚老兄。當他摔在地上時，她衝勢不止地繼續滑開，但始終沒有放開對方的喉嚨，所以她扯下了喉嚨帶著一起滑開。她搖頭甩動那塊肉，然後拋到一邊，對其他食人妖露出血淋淋的牙齒，然後怒吼一聲，挑釁他們。

「這不是普通的狼。」其中之一評論道。對食人妖而言，這傢伙堪稱學者。「那也不是普通的熊。動物不可能對我們造成那種傷害。」

啊，他是指食人妖皮膚這層天然護甲。好吧，狼人不懼魔法，特別是皮膚護甲這種低級魔法，而葛雷恩亞銅手指虎的魔法比他們高級太多了。

現在是四比二了。他們警覺、強壯，但遲緩。我在奮力站起時想到我其實也是強壯卻遲鈍。不過葛雷塔的動作快到彷彿吃了無花果乾後的腸胃運動，腦筋也動得比食人妖快多了。

她繃緊肌肉向前撲去，攻擊最近的食人妖，而他把寶貴的時間都浪費在確認自己無法在她撲到前揮樹打扁她上頭。於是他抬起樹幹一端，躲在後面，有效阻止葛雷塔攻擊咽喉。她跳開，快步跑到他身後，撕裂他右腳踝後的肌腱，就是現代人以某個希臘戰士爲名的那條肌腱。食人妖當場摔倒，葛雷塔閃向一旁。樹倒在食人妖身上，儘管沒有造成很嚴重的傷勢，卻讓他雙手忙著推開樹，沒空保護喉嚨。葛雷塔咬下他的喉嚨，接著在另一隻食人妖想用臨時木棒把她打成肉醬時跳開。他沒擊中目標，反而打爛了朋友的臉。我展開行動，雖然速度緩慢，不過剩下的三隻食人妖沒注意我，因爲如今在他們眼中，葛雷塔比我危險多了。他們全部舉起木棒，等著葛雷塔進入攻擊範圍。我站立不穩，大概除了擾亂他們也沒有多大作用，於是我走到他們身後，大聲吼叫。其中兩個食人妖的眼中依然只容得下葛雷塔，但是另一隻卻轉身尋找我的蹤跡，當場成爲葛雷塔的目標。她彈跳兩下，飛身而起，咬向他的喉嚨。他在最後一刻警覺，本能性地放開樹幹，情急下胡亂在胸口揮拳，試圖阻擋她的攻擊。這樣有效：他的手臂幾乎和木棒一樣粗，把她打到旁邊，以極不雅觀的姿勢落地。

「哈！」其中之一叫道，「該我們打爛——」但他們大錯特錯了。儘管葛雷塔不是部族領袖，但擁有所有領袖的魅力，當山姆和泰不在時，部族成員都視她爲領導。她透過部族連結召喚我學徒的父母和他們的翻譯，而他們及時趕到，將最後三隻食人妖撕成碎片。其中兩個朝我撲上——他們興奮過度，難以分辨敵友——但是突然停步，轉頭看向葛雷塔。她已完全控制他們。他們回去解決藍骨頭，確保所有食人妖都已淪爲禿鷹的大餐。

在肩膀爛成這樣的情況保持熊形，感覺很尷尬，所以我變回人形，慘叫了一聲，因爲疼痛突然加劇——不在定位上的碎骨，有可能在變形過程中刺中敏感部位，進一步導致傷勢惡化。儘管如此，我們幹掉了六隻食人妖，孩子沒有遇上凶險。我叫道：「一起教訓壞蛋的感覺眞好！」葛雷塔抖動全身，舌頭垂在嘴邊，露出犬科動物的笑容。「我去穿衣服，然後檢查古老之道。」她抬頭兩下，模仿點頭。我開始走下坡，臉皺了起來，努力思索該怎麼讓肩膀的碎骨和平共處。這個肩膀會煩我好一陣子。

穿褲子穿太久了，我決定不穿上衣，直接帶走。葛雷塔在食人妖出現的那棵樹旁等我，正在變回人形。我等她變形完畢，然後和她說話。

「敘亞漢說轉移世界會讓狼人不適。當年剛納就吐得很慘。他的理論是，你們的魔法防禦能力會抵抗轉移世界的魔力，導致噁心想吐。所以我最好自己去。」

「小心點。」她說，身體還因爲變形的關係而有點抖。

「我會小心，而且會盡快回來。」

我啓動魔法視覺，看見眼前的古老之道，彷彿黃昏時的螢火蟲小徑般。前進六步，右轉三步，左轉再左轉，然後右轉，每踏出一步，冰冷的屍體和松樹就變得越來越模糊，我則越來越接近綠意盎然的常夏世界提爾．納．諾格。

走到盡頭時，我發現自己出現在提爾．納．諾格上一個毫無特色的地點。我沒有看到芳德留下的足跡，附近也沒有妖精可以逼供。這條古老之道之所以藏得這麼好，都是因爲附近一點也不特殊。我罵了句髒話，再度變回熊形，然後追蹤食人妖氣味來到河邊。這表示食人妖是坐船來的。線索斷了。

但至少我可以趁在這裡時，去芳德的監牢看看她有沒有留下線索。或許研究一下她是怎麼逃脫的。

富麗迪許和我把她關在一個崇拜她的有翼妖精鮮少造訪的愛爾蘭神界。那裡很久以前有個很美的名字，但如今變成了個無法無天的地方，人稱「不毛之地」，乃是食人妖、菲爾博格人和各式各樣壞傢伙選擇定居的地方。那裡透過守衛森嚴的古老之道與提爾．納．諾格連結在一起。如果利用這條古老之道進入提爾．納．諾格，就要遵守所有規則，如果進入不毛之地，就要唾棄所有規則。一旦踏足該地，你就會遇上很多偷搶拐騙的事。如果你有辦法活著離開，通常就不會再回去——太麻煩了——住在那裡的傢伙都盡可能過著隱士生活，擁有強烈的地盤觀念。富麗迪許和我認爲只要把芳德藏在遠離古老之道的地方，就永遠不會有人發現她，更別提要幫她逃脫。富麗迪許祕密製作了新的古老之道，入口位於兩個世界的祕密洞穴中，然後派我們認爲絕不可能被收買的守衛看守她。她的囚室是以死的材質——全都是玻璃——製造，完全沒有接觸地面，用鐵鍊掛在岩壁洞頂。爲了確保她無法透過微弱的連結接觸大地，我們在洞頂鋪了硬塑膠。缺乏能量之下，她無法解除任何羈絆逃亡。守衛都穿鐵護甲，甚至還佩戴寒鐵護符以備不時之需。她可以得到食物、飲水，還有任何她想閱讀的書籍，就這樣。她有個便桶，如果要守衛倒便桶，她就得先把自己用鐵銬銬住。

可以想像當我抵達祕密監牢、發現她還在裡面時，心裡有多驚訝。我看向守衛——四個——還是我們之前派來的那四個。完全沒有異狀，但是這個歡樂的場景，完全和有條古老之道通往我的教團，以及一隻食人妖承認是芳德幫忙的事實對不起來。

「我已經好一陣子沒來了，各位。有什麼要回報的嗎？任何不尋常的事？」

守衛都說沒有。芳德在監牢裡瞪我，目光充滿恨意，但依然美艷動人，彷彿太陽下的冰水晶。她身上毫髮無傷。

「上次倒便桶是什麼時候？」我問守衛。

「好幾天了。她沒叫我們倒。」

我有個想法。如果裡面不是芳德，而是冒牌貨，就絕不會想被鐵鎖鍊銬住，會干擾幻象法術。

「我說，該清了。」我走向監牢，叫她銬上自己。她動作很慢，但還是照做，外表沒有任何變化。

「嗯。」要嘛就是那真的是她，不然就是這道幻象術強大到能夠抵禦鐵。不過話說回來，那並非辦不到，只要施展得更謹慎一點就可以了。

「把寒鐵給我，小夥子。我要進去。」

芳德瞪大了雙眼，看著我手持寒鐵走近，不過沒說什麼。當我蹲下去、拿鐵去貼她的腳時，她縮了腿。

「好了。我只是要確認妳是芳德。妳是不是一碰到寒鐵就會死？」

她搖頭表示不是。

「那就讓我動手，不然我會叫守衛固定妳的四肢。」

她點頭，一動也不動地讓我用寒鐵貼她的右腳。皮膚抖動，產生漣漪，外表在幻象法術消失時產生變化，從腳開始往上改變，最後我面前有個肯定不是芳德的人。她是個長相平庸的女人，一頭亂髮，鼻子很大。

「我就知道。」我說，「既然不是芳德，妳是誰？」

「我是個賽爾奇。」

「賽爾奇？」這樣說得通，因爲他們是少數不會死在寒鐵下的低等妖精。但這樣又引出了更大的問題。「馬拿朗的手下？」

「是。」

「他親自對妳施展幻象術？」

「是。」

「見鬼了。」

我叫來守衛。「馬拿朗．麥克．李爾什麼時候來過？」

他們互看了幾眼，說他從來沒來過。我皺眉。他當然沒來過。

「上個訪客是誰？」

「富麗迪許幾天前來過。」一名守衛說。

我轉回賽爾奇：「所以馬拿朗假扮成富麗迪許，帶妳一起來探視芳德，讓妳們互換外表，然後跟芳德一起離開？」

她點頭。「我是化身爲佩倫來的，不是本來的面貌。」

這表示馬拿朗和芳德扮成富麗迪許和佩倫一起離開。他們可能依然保持著幻象，打算興風作浪。

「後來就沒人來探望過妳了？」

「沒。」

所以富麗迪許不知道馬拿朗幫助芳德逃獄，布莉德也不知道。

「妳就繼續待在這裡。」我說，「我讓別人來審判妳。」

我把鐐銬的鑰匙丟在她旁邊。「我出去後就解開鐐銬。」

我不禁要想，誰又會來審判我呢？我想布莉德或許有話要說，因為她把囚禁芳德的責任交給我。但我當然沒想到在芳德試圖殺害馬拿朗之後，馬拿朗還會愛她愛到幫她逃獄。話說回來，他又是怎麼發現她在這裡的？我想那無關緊要，可以等找到他們之後再來研究——如果找得到的話。

離開牢房時，我把寒鐵丟回守衛手上。「你們被幻象法術騙慘了。從現在起，任何人想要探監就得先碰寒鐵，以確保你們知道對方的身分。」

儘管機會不大，但我還是跑去馬拿朗家，以免他蠢到繼續待在家裡。他不在。他家完全空了，防禦力場全部解除，豬和羊都沒了，觸目所及沒有任何賽爾奇或妖精。那表示他們全部跑到別的地方去陰謀策劃，而他們要不是帶著手下一起入夥，就是把他們統統殺光，以免有人走漏風聲。

「好了，這可真是一大堆悲傷大便。」我在曾經吵雜忙碌、如今安靜無聲的城堡廚房裡說，「我們全都會讓這堆大便脹到肛門，搞不好還沒時間先脫褲子。」我在一座櫃子上看見上好的威士忌，想起我和蘇達佳醫生說過我只想喝一杯酒，上床好好休息。我拿出一只杯子，取下那瓶酒。睡覺得要等會兒再說，喝酒可以現在就喝。

第十六章

我得說，尙戈眞是個迷人的雷神。我對他的神域一知半解，而在他花了兩個小時述說他們的故事和人民的信仰之後，我心裡同時充滿著迷與羞愧的感覺。著迷的理由很明顯，羞愧是因爲我之前竟然沒有深入研究奧理沙。不幸的是，西方教育體系——好吧，所有西方國家——都沒有教授學生關於非洲豐富多元的傳統文化，而情況嚴重到讓許多人以爲整個非洲大陸只有單一文化，而非由許多截然不同的文化組成。尙戈的子民主要來自約魯巴文化，基本上分布在現代奈及利亞西南部和兩個鄰近國家——貝南和多哥，不過數百年前的奴隸交易導致他的信徒遍布世界各地。奴隸交易產生的影響之一，就是他和其他奧理沙經常離開家鄉，跟隨他們的信徒，三不五時出手相助。我認爲他可能比佩倫更強大，因爲他至今還能享用來自世界各地的信徒崇拜。

我想佩倫在橫跨波蘭之旅的半路上就已開始感受到壓力，因爲他的英文完全比不過尙戈。他沉默了一陣子，我在他的大鬍子下看出有點不是滋味的表情。我用尙戈肯定不會說的俄文和他說話。

「你覺得我們冷落你了，佩倫？」

他先是對我揚眉，或許是要表達不屑，但接著又變得有點難爲情。他用同樣的語言回應，沒有不流暢的問題。

「看來是這樣。很傻，我知道。但是我們這些來自古老又人數稀少的萬神殿的神，也會有些缺乏安全感的問題。我的英文怎麼說就是說不好，我也沒有花足夠的時間去解決這個問題。所以我覺得遭受冷落，其實是我自己的問題。請原諒我的孩子氣。」

「沒問題。但是有什麼想說的就請說出口，我也很喜歡聽你說話。」

抵達彼得哥什其時，我們得選擇要走維斯瓦河的南岸還是北岸前往華沙。我選了南岸，因爲根據元素，南岸路上有兩大片森林，讓我們可以盡快趕路，不必擔心道路，以及路人看見幾個人和獵狼犬跑得和馬一樣快時的訝異眼光。再說，抵達華沙後，維斯瓦河會轉而向南，而我們與瑪李娜女巫團相約的地點也在那一側。

除了內臟疼痛，我在穿越距離華沙西北端約莫二十公里處的坎皮諾斯國家公園時，開始覺得這或許只是段單純愉快的旅程。當時是夜晚最死寂的時刻，約莫凌晨三點，沒有任何徵兆顯示我們會遭受攻擊——然而攻擊就這麼發生了。三條灰色身影飄出維斯瓦河畔的霧氣，瞪大發光的白眼朝我們飛來。他們的手臂和指甲宛如樹枝般修長，頭上長有白色直髮，我幾乎看不到它們的腳，不過那可能是因爲它們在飛，而把腳伸在身後的關係。

「呃，佩倫，那些是什麼？」我問。

斯拉夫雷神轉身，隨即倒抽了一口涼氣。「諾茲尼茲厄【註】！」

我沒聽過這個名詞，甚至連來自哪個語言都聽不出來，於是氣極敗壞地問：「是呀，不過他們到底是什麼玩意兒？」

他沒時間解釋，不過我很快就知道來者絕不友善，因爲其中之一直接穿過我揮出的史卡維德傑，伸出瘦骨嶙峋的手指緊扣住我的喉嚨，難以想像如此虛幻的形體擁有如此力道將我撲倒在地。佩倫和尚戈的情況也與我一樣。接著我們都開始反擊。問題在於，我的魔杖和拳頭只會穿透對方，而對方對我施加的力道卻很實在。我拔出一把飛刀，插入它體內，眼睜睜地看著我的手透體而過。它張嘴輕輕發出一陣彷彿笑聲的嘶啞聲響，手指緊縮，封閉了我的氣道。我無法呼吸，也沒辦法對這怪物造成任何影響。我觀察兩名雷神的應對方式，發現他們的處境和我一樣。他們無法呼吸，也完全碰不到諾茲尼茲厄。有一個、或是兩個雷神一起召喚強風，試圖吹走它們——從它們存在的本質來看，這應該不是壞主意——但強風只有吹起落葉、吹亂我頭髮的效果。我看見天上有顆火球，心知這是怎麼回事：洛基幹的。火球沒有降落；只是飄在空中，旁觀一切。他安排了第二場讓其他生物代為出手對付我的伏擊。就跟上次一樣，他精挑細選，針對我的弱點安排對手。就算能夠呼吸說話，我也無法想像要怎麼羈絆這種虛無飄渺的怪物。

「關妮兒！」歐拉在我想辦法影響這個詭異靈體時，於我腦中大叫。對方細長的手指就在我的寒鐵護身符上方，而它毫不在意。「讓我幫忙！」

「不，等等——」我對她傳送訊息，但歐拉已經撲到諾茲尼茲厄身上。我以為她會直接穿透它的身體、掉到我身上，但她竟然實實在在地落在它背上，牙齒咬入它的軀體，鬼氣森森的笑聲變成震驚

編註：諾茲尼茲厄（波蘭文：Nocnica，複數為：Nocnice，英文：Nocnitsa）是斯拉夫神話中的惡夢精靈（或妖怪），他們會在夜裡糾纏孩童，傳說中中心有洞的石頭是對抗他們的護身符，放把刀子（鐵）在床邊也有效果。

的嘶吼聲，隨即轉爲慘叫。歐拉把它從我身上拉開，牙齒深陷在它體內，彷彿在咬咀嚼玩具般地前後擺頭，本能地想要咬斷對方脖子。我不認爲諾茲尼茲厄體內擁有傳統定義的脊椎，但歐拉的動作把那怪物甩成一團團髒兮兮的霧氣，嘶啞慟哭聲消逝，明亮的目光熄滅。

「好獵狼犬！謝謝妳！妳可以也去處理尚戈和佩倫身上的傢伙嗎？」

歐拉咳了一聲，說道：「可以，但是它們的味道很糟。」

我趁她撲上去幫忙雷神時，查看火球的位置，只見它還在原地，接著我回頭去找密瓦許。牠離我約莫四十碼，緊張兮兮地踱步噴息。我再度猜想洛基爲什麼不用他從我這裡搶去的特殊武器——瓦由之箭和漩渦刃富威塔在哪裡？或許兩者都無法承受火焰之旅，而且他要把它們留下來對付特別的目標——我猜是奧丁，也可能是弗雷雅。

歐拉解決掉另兩個諾茲尼茲厄，成爲史上第一頭拯救過兩名雷神的獵狼犬。我在他們爬起身來時說：「注意天上，兩位。那是洛基。」

他們抬頭看見火球，然後大吼大叫。他們一前一後地朝天舉起武器，天氣突然開始轉壞。我想洛基能承受他們的雷擊——第一次在旗杆市遭遇他時，佩倫就沒辦法傷害他。但是阿斯加德神決定不要戀戰，朝北飛去。兩個雷神沒有追擊，他們的任務是保護白馬，而不是追殺洛基，但他們一直罵他是懦夫。我不同意這個評價：他在時機來臨時表現得非常勇敢。他只是在衡量勝算。如果我們單獨遇上他，他八成會直衝下來，但是面對兩名雷神，外加有辦法隱形起來用棒子打他的德魯伊，則不是什麼完美戰局。或許他背上的斧傷尚未痊癒：我當然希望如此。等他離開視線範圍後，我承諾歐拉會帶她去獵鹿，然後過去安撫密瓦許。尚戈請佩倫解釋那些怪物是什麼玩意兒，我也好想知道，於是凝神傾聽。

「諾茲尼茲厄是惡夢。」他以英文說道，「是趁人熟睡時把人掐死，不留任何痕跡的墮落靈魂。它們鮮少正面攻擊。」

「爲什麼我們碰不到它們？」尚戈問。

佩倫聳肩。「惡夢就是這樣，對吧？它們把你玩弄在股掌間，偏偏你完全無力反抗，只能醒來。只不過我們已經醒著，所以無路可逃。」

「那歐拉爲什麼能解決它們？」我問。

「只要是狗，就算是小狗，都能這樣對付諾茲尼茲厄。他們是對抗很多惡靈的守護者。他們有時候晚上會叫，你就會想：『你是在叫什麼啦？住口。』有時候狗能聽見，或看見我們聽不見、看不見的東西，他們會嚇跑它們，保護我們。公雞也有這種能力，但是除了母雞，沒人喜歡公雞。幸好妳喜歡狗。」

「歐拉，有這種事嗎？妳有時候會對著惡靈叫嗎？」

「或許。我之前都沒見過這種東西。但有時候我會有不好的預感，就會一直叫到那種感覺消失爲止。歐伯隆也會做這種事。」

「好，謝謝妳。」

「我沒想到會遇上這種情況。」尚戈說。

「洛基總是不按牌理出牌。」我回道，「你要找點讓他意想不到的方法。」

我們繼續前進，比之前更加小心謹慎，不過在前往華沙的路上沒有碰到其他埋伏。我領著密瓦許和我們的護衛，抵達波雷莫可士夫斯基那棵黑楊羈絆樹，滿心以爲整個女巫團都會在那裡等我們，結果只有瑪李娜。

「黎明前一個小時是最不適合凱旋歸來的時刻，關妮兒。」她在寒風中發抖道，「看到占卜結果時，我眞不敢相信。但既然是凱旋歸來，我就原諒妳了。」她讚嘆地看著密瓦許笑。「哇。許文妥威特的白馬。妳有遇上麻煩嗎？喔！」她注意到我沾染血跡的上衣，「看來是有。」

「對，很多麻煩。但是我遲早會痊癒的。」被諾茲尼茲厄摔到地上，對我的傷勢沒有任何幫助，要不是透過蓋亞持續療傷，我八成連站都站不起來。

「這兩位男士是？」瑪李娜看著尙戈和佩倫問。我不確定我該介紹他們的眞實身分。

「僱來的幫手。」我說，希望不會一眼就被看出是在說謊。我想就尙戈而言，這樣講基本上沒錯，他說過奧丁請他來幫我教訓洛基，或許代價就是奧丁的人情；倒不是說尙戈會在乎奧丁的人情。無論如何，他們此刻都保持距離，表示沒必要介紹他們，而我尊重他們的意思。「他們不愛說話，一旦馬安全了就會離開。」

「好。那我們該走了。我們帶馬去我家，那裡的房子和四周土地都有魔法防禦。」

「我可以請問是怎樣的魔法防禦嗎？我是說，可以抵抗什麼攻擊？」

「這個，當然防火。洛基無法像上次在洋蔥田那樣燒掉附近的東西。」

「惡魔和惡靈呢？」

瑪李娜笑嘻嘻地說：「不是問題。如果他們通過力場，我們可以用地獄鞭對付他們。你們不必擔心。我們的力量來自柔雅三女神，她們是擅長保護的女神。我們知道如何守護家園。」

我想她說得沒錯。如果奧丁認爲密瓦許跟女巫待在一起不是問題，那她家肯定跟阿斯加德上的任何地點一樣安全。瑪李娜當然預見我們是徒步跑來的，所以她騎腳踏車前來公園。「我們要渡河，還有幾公里路。我想你們這麼早到也有好處——街上基本上不會有人。」

她在前頭領路，一頭金髮披散在紅外套上，我們跟著走過這座再過幾分鐘就要開始甦醒的城市。前進的速度比較慢，因爲大部分街道都有鋪路，我得在缺乏大地魔力的情況下奔跑。太陽還沒探出地平線，不過渡過維斯瓦河時，東方天際已經浮現魚肚白。轉向華沙拉杜許其區的利普高克沙街時，第一道黎明的曙光已經灑落。這是個詩情畫意的地方——有許多用籬笆圍起的一、兩畝大牧地，還有一些樹林。這裡有松樹，由於這一邊河岸的土壤含沙豐富，松樹會把樹根札得很深。進入樹林後，城市的聲響消失，你絕不會察覺五分鐘外就是座有兩百萬人在準備耶誕節或各式各樣異教節日的大城市。

佩倫和尚戈在瑪李娜家門口和我們道別。他們召喚強風，騰空而起，離開林頂後，尚戈向南飛，佩倫則向北飛。這下等於是徹底洩露了他們的身分。

「僱來的幫手，呃？」瑪李娜說，語氣比放了一個禮拜的貝果還乾【註】。

編註：英文的乾（dry）也可以用來形容不帶感情或一本正經。

「對呀！不過剛好也是雷神。忘了提這點，抱歉。我以爲妳早就知道了。」

「我只預見妳會帶馬過來。」她說著，打開大門的鎖。看起來是把很普通的鎖，不過我切換到魔法光譜，立刻肯定鎖上加持了各種魔法。籬笆和房屋外圍也有層層防禦力場，呈現從淡紫色到深紫色的各種色澤紫色。我很肯定當年和女巫團在坦佩住同一棟大樓時，她們那層樓就像現在一樣充滿各色的警告。

瑪李娜．索可瓦斯基的白色怪屋，座落在一道圍著半畝地的棕色板條木籬笆後，建築風格很傳統——這點可以從二樓有三角屋頂的外凸窗戶，一樓的豎窗裝有大型鉸鏈上看出。我猜這棟房子建於一九三〇年代。主屋前的寬敞台階上長有青苔，通往僕役或賓客間的小台階上也是。大部分女巫團成員都在屋外的台階上等我們，身體包在外套和紫色圍巾下，戴著手套的手裡拿著保溫杯，正喝著茶或咖啡。看見歐拉和我時，她們紛紛露出眞誠的笑容。波塔跳起身來，熱情地擁抱我，問我要不要吃蛋糕。「我知道妳要來，」她說，「所以幫妳烤了一個。」

「太棒了，」我告訴她，「但我想先確認許文妥威特的馬可以開開心心地待在這裡。」我對其他女巫大聲說道：「他名叫密瓦許。」

又有兩個女巫走出屋外，然後所有女巫團成員迎向前來，面露微笑向馬介紹自己。面對這麼多人，他表現得有點害羞，不過我傳送安撫的想法給他，解釋接下來這些女人將會照顧他，在烙印他的神之前保護他。從現在起，他會有很多蘋果和燕麥可吃，也可以在樹林裡散步，享受寬敞的天空。

他已經認識瑪李娜，介紹另外四個我認識的女巫的過程也很順利。我指向羅克莎娜、波塔、克勞蒂雅和卡西米拉，她們都對密瓦許打招呼。

接下來我就必須慢慢介紹，把腦袋切換到記錄模式。等我和阿提克斯碰頭之後，我得向他仔細描述其他女巫團成員。他剛收我爲徒時，曾跟女巫團原始的五名團員簽署互不侵犯條約，技術上而言，這些新成員都不受條約限制；他會想知道這些是什麼人。我也得提醒自己不受條約限制——而所有女巫團成員都沒和我簽署任何條約。當她們帶著這種笑容歡迎我們時，要謹記我們不算是眞正朋友很難。不過或許她們會想當朋友。我認爲瑪李娜和她們前任領袖拉杜米娃大不相同。新進成員全都擁有二十幾歲的外表，不過外表沒有多大意義；我今年三十四歲，但看起來還像二十出頭。

瑪蒂娜一頭黑髮、剪了劉海，剩下的頭髮全部綁成一束大馬尾。她的藍眼目光銳利，睫毛塗了厚厚的睫毛膏，將薄薄的嘴唇塗成血紅色。「如果妳不想吃那塊大蛋糕，」她對我說，「我也做了些美味的餅乾。」她目光飄向波塔，嘴角微微上揚。波塔瞇起雙眼，顯然兩人在進行著友善的競爭，看看誰能先哄德魯伊吃她們的烘焙食品。

「嗨，」下一個女巫說，點了點頭，對著我笑，「我是伊芙艾里娜。」她熱情的態度和外套下那件瑞典死亡金屬樂團上衣形成強烈對比。她一頭黑髮中有些豔粉紅色的挑染、眉毛上有數個眉環，鼻子上有鼻環，下唇上還有個不鏽鋼飾釘。和其他人不同的是，她沒有圍紫圍巾，不過塗了深紫色眼影。她伸手指比了個牛角手勢【註一】，彷彿身處迪奧演唱【註二】會般，朝我點一點頭。「繼續搖滾。」我想她大概只會這句英文，不過這樣就夠了——她靠微笑就能表達很多意思，而且她會的英文已經比我的波蘭文要多了。

艾格妮伊許卡看起來比其他人都冷淡和緊張。她的紫圍巾幾乎把嘴巴完全遮住，我只看到圍巾上方挺立的鼻子和眼睛，像是二次世界大戰時的基爾羅伊塗鴉【註三】。我在她伸手和我握手時注意到，她手上帶著紫手套。「我不太擅長烘焙──或是任何正常的東西，眞的。」她以微帶抱歉的語氣說，「但是我很擅長防禦力場，如果妳需要那類東西的話。」

「妳眞好心。謝謝。」

接下來，一個常曬太陽的金髮女巫自我介紹說她叫多明妮卡。她剃光了右耳以下的半邊頭髮，頭頂和左半邊的頭髮留長，藉以向一九八〇年代的新浪潮音樂致敬。她裸露在外、形狀完美的右耳上有八個洞，戴著美麗的耳環和飾釘，當我開始凝神細看時，發現那是她用來魅惑他人的部位。哇，耳朵女巫。我奮力眨眼，轉而看向她的雙眼，只見其中充滿興奮的光芒。

「我愛馬，」她說，「妳可以告訴密瓦許說我很高興他搬來和我們住嗎？他實在太美了！」

我把她的話傳給密瓦許，他嘶鳴了幾聲以表達喜悅之情。多明妮卡從外套口袋裡拿出一顆蘋果，問我：「可以給他吃嗎？」

「當然。」她把蘋果拿到他鼻子下，用掌心捧著獻給他。他用嘴唇夾住，然後神色滿足地享用起來。

瑪格達蘭娜有一頭濃密的黑髮包著頭頂，連脖子都被包了起來，導致她整張臉彷彿漂在一灘黑水上。她的五官加上那頭頭髮，令我不由自主地聯想到莫利根。不過她不是用頭髮魅惑他人：她是用線條優雅的眉毛，而且還有能個別挑動，或讓眉毛一起擺動的不可思議能力。

她斜眼看了波塔和瑪蒂娜一眼，接著對我說：「妳不該吃蛋糕或餅乾。最好吃的是司康餅。」

「喔。妳做了司康餅？」

她右眉挑得老高。「不。就像你們美國人說的，我什麼狗屎都不會做。我只是對早餐很有意見。我們不該在太陽出來時請妳吃蛋糕或餅乾。妳需要肉類和乳酪，如果一定要吃麵包，那就吃司康餅。」

「喔，我喜歡這個女巫。」歐拉說。

柔菲雅是身材嬌小的代表：我不確定她有沒有五呎高。她拉上兜帽，整個帽緣毛毛的，兩旁冒出兩條赤褐色辮子垂在胸前。她點頭，只說了句：「很高興認識妳。」口音很重。我想她和伊芙艾里娜一樣，不多話是因爲語言問題，而不是無話可說。

帕崔絲雅可能是外來移民的後裔，也可能是父母之一並非波蘭裔。她的皮膚呈黃褐色，我敢說常會有人問她是哪裡人，所以我沒問——反正也無所謂。她一身冬季慢跑打扮，腳上穿著那種色彩鮮艷

編註一：牛角手勢（Sign of the horns），也作惡魔之角（the devil horns），是種豎起食指與小指，大拇指、中指、無名指則握拳的手勢，有「繼續搖滾」（keep rocking）之意，但視文化不同，也有不雅或邪惡的意味。

編註二：這裡的迪奧（Dio）是指Ronnie James Dio（1942-2010），他是一位對美國重金屬搖滾影響深遠的重要樂手，也是掀起搖滾牛角手勢風潮的人物。

編註三：基爾羅伊塗鴉（Kilroy graffiti）是在二次大戰時期的美國隨處可見的塗鴉，塗鴉的主角是一個從牆面另一頭攀牆探過來的光頭大鼻子，畫上會寫Kilroy was Here，因而得名，但起源與意義眾說紛紜，難以確定。

到不像話的慢跑鞋，所以我猜她很喜歡運動。

「妳眞的從德國跑步到這裡？」她問。

「是呀。不過不完全靠自己。蓋亞提供了大部分的速度和能量。」

最後一名女巫眼眶很深、鼻子很窄，有頭齊肩棕髮，拿著一個包好的四方形禮物盒過來。「我是安娜。」她說，「這是送妳的。」

「喔！謝謝，安娜。」我說著，接下禮物，打開包裝。裡面是維斯瓦華．辛波絲卡的詩集，波蘭文和英文的對照版。「太棒了！謝謝妳！」

「我們想這樣應該可以推波助瀾。」她說，「我們會盡力幫妳學波蘭文的，妳知道。」

「我眞心期待。」

介紹完畢，密瓦許又多吃了幾顆蘋果之後，我們走一條寬敞到能讓車輛行走的步道，帶牠繞到房屋側面——我發現原始設計就是如此，因爲屋後有間車庫，蓋在馬路看不到的地方。房屋後面有很大的空間可供密瓦許活動，除去房屋不算，起碼有一整畝地，不過我注意到籬笆外還有雪松和長青樹林提供屏障。

瑪李娜順著我的目光看去，說：「對，我們家外圍都很清淨，再過去一點，妳會發現那棵橡樹和柳樹樹頂也可以遮蔽上空監視。我們就是在那裡舉行所有的戶外儀式。」

我看到一座火堆，其上掛了個貨眞價實的大鍋，樹下還有座臨時祭壇。「什麼樣的儀式？」

「比方說妳的占卜屏障。等妳準備好，我們就開始。妳顯然已經履行妳那部分的合約內容。」

「喔，我準備好了。來吧。但是先讓我問問密瓦許有沒有什麼需求。」

我一邊對牠說話，一邊傳送影像：「你需要水或食物嗎？」

我收到的訊息是他不介意都來點，於是我轉向多明妮卡。「他想要食物和水。」

「沒問題！請他跟我來，我帶他去看看他的新家。」

「跟多明妮卡去。古銅色皮膚、金頭髮的那個。」我指著她說。牠很溫馴地跟著她走，她輕笑幾聲。「妳能和他交談眞是太酷了。德魯伊超厲害的。」

「謝謝。女巫也是。」

「幫我留個位置，各位姊妹，」多明妮卡說，「我安置好這位俊俏的客人後立刻就來。」

艾格妮伊許卡帶我走向火堆，裡面有幾塊之前燒過、尚有餘溫的木炭。她指示我坐在火堆和祭壇中間一個面對北方的特定位置。確認我的位置之後，她指引我稍微挪一下，然後說一旦儀式開始就不要亂動。「妳越少晃動，屏障就會吸附得越牢。」

帕崔絲雅在木炭上丟了些引柴，再度點燃火堆。波塔和瑪蒂娜站在祭壇旁，開始切早已準備好的藥草。

伊芙艾里娜提來了一桶水，小心翼翼地倒入大鍋中。倒完後，她抬起頭來，發現我在看她。她對我露齒而笑，比出牛角手勢。「繼續搖滾。」

剩下的女巫在我身邊站成一圈，留下幾個空位給待會兒加入的人。瑪李娜跪在我身旁，解釋接下來的情況。

「我們的占卜屏障，本質上是來自柔雅三女神的賜福。在她們的幫助下，我們可以阻止第二視覺、第三隻眼、第四騎士、第五元素、第六感、第七子【編註】，以及所有其他先知、神祇、超能感應等偵測到妳。」

聽過這份清單之後，我心裡浮現出好多問題，但其中我最想問的是第五元素。不過我沒有開口，因爲我不想被扣掉任何德魯伊睿智點數，而目前聽來已經很像她們發了張多功能通行證【譯註】給我。

「賜福成功之後，」瑪李娜繼續，「還是可以移除，就像是妳的印度朋友移除了歐蘇利文先生劍上的屏障一樣。不過要是精通魔法藝術和儀式的專家，這可不是能輕易取消的加持法術。」

「我懂。但是寒鐵會有影響嗎？」

「歐蘇利文先生的寒鐵靈氣沒有影響那把劍的屏障，而他經常使用那把劍。妳有那個護身符，」她說著，指向我的護身符，「事後妳怎麼戴都沒關係，但現在我要妳把它拿下來，這樣我們的儀式才能針對妳施展。」

「喔。好。」我取下項鍊放在歐拉頭上，請她幫我看好。

「還有，妳的獵狼犬得待在施術圈外。」

我請歐拉帶著我的護身符和史卡維德傑在施術圈外等候。她一走開，我立刻覺得缺乏防護，因爲曙光三女神女巫團有可能對我施加其他法術，這一切都可能是場針對容易受騙的年輕德魯伊設下的騙局。我不知道是該爲偏執妄想感到驕傲，還是對我如此懷疑這些一直對我很好的女人感到悲哀。我是說，除了克勞蒂雅用她的魅惑嘴唇誘惑我的那次之外。

我想問題在於占卜屏障值不值得我用喪命的可能去換。從我當眞遇上的阻礙來看——被一個蛇神咬了一口——我想我得回答值得。我絕不能繼續淪爲阿提克斯的敵人追查他下落的方法。取得這個屏障前，我甚至無法擺脫他所惹上的眾多麻煩。除非我想辦法解決這種情況，不然這個神、那個妖精怪物，或是其他邪惡巫師都會繼續利用我來獵殺他。去他媽的，我才不要當他們的跳板，或人質，或其他東西。我要讓自己脫離這個處境。說現實一點，不取得占卜屏障要面對的危險，可能與把自己的性命交給女巫團不相上下。

「儀式會進行約莫一個小時，從現在開始，妳只會聽見波蘭語。」瑪李娜說著，站起身來，走到屬於她的位置。

「喔，還有一件事。」波塔說。當我轉頭過去時，她揮手比了比祭壇上切好的藥草。「我們要把一些藥草丟進鍋裡，味道可能很難聞。我們還得把一些藥草撒在妳身上。」

「不過妳不會臭！」瑪蒂娜立刻保證，「只有煮過的才會臭。我們要在妳身上撒點原生藥材，藉以將法術集中在妳身上施展。」

編註：第二視覺（the second sight）指看見不存在於五感中的事物；第三隻眼（the third eye）則是所謂的天眼，與看見異象、透視、預知、出體體驗有關；第四騎士（the fourth horseman）爲《聖經》天啓四騎士中的死亡；第五元素（the fifth element）即以太（Aether），古希臘人認爲是構成天體的物質；第六感（the sixth sense），超感官知覺的俗稱；民間傳承中認爲第七子（the seventh son）會有強大的力量。

譯註：電影《第五元素》（*The Fifth Element*, 1997）中女主角拿多功能通行證通關。

「喔……好。」我說，「富拉蓋拉也經歷過這麼多道手續？」

「當然，」瑪李娜回答，「也不過就一個小時工夫。歐蘇利文先生當初付出的心血遠遠超過一小時，而妳也幫我們出了不少力。」

她說得一點也沒錯，但是當瑪蒂娜把一堆蓍草和其他我一時認不出來的藥草撒上我的頭髮和肩膀時，我還是問：「不，我是說這個。」我伸出大拇指比向我的頭髮，「妳們有在劍鞘上撒藥草，還有煮大鍋那些的？在坦佩？」

「對呀。我們在沙漠裡有個專門舉行戶外儀式的偏僻場所。」

我咳嗽一聲，然後被花粉弄得打了個噴嚏。「或許我能在儀式結束後使用妳們的浴室。」

「當然。」

她們再度提醒我不可亂動，然後開始專心施術，我心平氣和地聽著她們的波蘭咒語，習慣這種語言的節奏。隨著儀式進行，我越來越放鬆，因爲創造所需的時間永遠比毀滅長——如果她們打算傷害我，我早該感覺到了。歐拉被她們的聲音弄到睡著。天上偶爾會有飛機飛過，還能聽到一些鳥叫，不過除此之外，就只剩下十三名女巫唸誦波蘭咒語的聲音，以及煮沸大鍋裡冒出的惡臭。快要結束時，我全身都浮現出一股細微的壓力，鼓膜內縮，隨即再度外擴。所有女巫都在那一刻高舉手臂、仰天微笑，臉上浮現一種熟悉的喜悅之情：女神透過她們影響人間。蓋亞透過我發聲時，我就是那種感覺。

「好了，」瑪李娜說，「女神賜福於妳，或是妳得到屏障了，看妳喜歡怎麼說。」

我切換到魔法光譜，看我的手，也不太確定自己要找什麼。我沒見過富拉蓋拉上的屏障。

「歡迎去找先知或神祇測試看看，」瑪李娜繼續說，「我們敢掛保證。」

看到了，飄在我的靈氣之上，一層淡紫色魔光顯示柔雅三女神確實賜福於我，或者在尚未確認的情況下，我該說：「原先沒有那層魔光，她們確實在我身上加持了魔法。」

我絕對會想辦法測試效果，不過我已經敢肯定她們沒有耍我。但還是用寒鐵測試看看比較好。

「恭喜。」兩個女巫說，我微笑回應，不過還不打算多說什麼。

「歐拉，可以請妳把我的護身符拿來嗎，拜託？」我一邊傳達訊息，一邊站起身來，拍開肩膀上的花和花粉，把頭髮甩乾淨。她醒來，搖擺著尾巴慢慢晃過來。

「早餐時間到了嗎？」

「我想是該到了。謝謝妳。」我對她說，取回項鍊，把護身符掛回喉嚨前的老位置。我觀察我的靈氣，仔細檢視一條手臂上的淡紫色魔光，然後又看另一隻手。魔光十分穩定，絲毫不受影響。

「感謝柔雅三女神，」我終於放鬆緊繃的雙肩，對瑪李娜說道，「也謝謝各位！」

「我們的榮幸。完成約定的感覺向來很棒。」

「早餐後要幹什麼？」歐拉問，我懷疑她對這個問題的答案根本不感興趣，只是想要延續早餐話題。

「我們要去執行一個祕密任務，因爲現在我們可以隱藏行蹤了。」我對她說。

第十七章

布拉格是世界上最美麗的城市之一——我敢打賭在前五名內。這裡的建築哥德風到了極點，尖頂下是石雕，廣場上擺滿銅像，紀念的是信念而非軍事成就。這種場景會讓人不由自主地聯想到魔法、神祕感和血腥危機。一千年前，李夫．海加森就是在這裡被轉化爲吸血鬼。

歐伯隆和我是在入夜——也是在我花了點時間補眠與治療——之後，透過位於弗爾塔瓦河西岸的佩特斯林丘的傳送樹抵達該處。當時烏雲密布，樹林裡還起了點霧，我們兩個都花了點時間享受那股氣味。

「我們之前來過這裡嗎？」歐伯隆問。

「我來過很多次，但你是第一次來。」

「那我就得問你每次去到沒去過的地方都會問的問題：這裡有什麼我會喜歡的食物？」

「我想你會喜歡菜燉牛肉【註】。小火慢烤的嫩牛肉搭配濃郁的辣肉醬。」我開始下山前往查理大橋，歐伯隆快步跟上。

編註：菜燉牛肉（beef goulash）是中歐、斯堪的納維亞與南歐國家的代表性料理，起源自中世紀的匈牙利民族，也常被稱作匈牙利牛肉湯或燉牛肉。是一種以紅椒粉調味的牛肉蔬菜（馬鈴薯等根莖類蔬菜爲主）湯或濃湯，也可將汁收乾拿來配飯或麵。

「聽起來很棒！菜燉牛肉我，阿提克斯！呃，是不是這麼說的？菜燉牛肉是動詞嗎？」

「正常來講不是，但聽你這麼用，我覺得當動詞也不錯。」

「沒錯！我很期待要菜燉牛肉到我撐不下去爲止。」

「看看有沒有機會安排。我們得先當吸血鬼獵人。」

我們走查理大橋渡河，這座美麗的橋兩側布滿巴洛克風格雕像，和方便夜間散步的路燈，我在涅普穆的聖約翰【註】雕像前停步，指給歐伯隆看。

「看到雕像底座上的牌子了嗎？」我對著記載聖約翰之死的淺浮雕銅板說，「注意到其中有些地方很光亮嗎？」

「有！爲什麼那些地方特別乾淨？」

「因爲遊客一直摸，他們的手把那些部位擦到金光閃閃。傳說如果你觸摸右側的畫像——描繪神父被丟到河裡去的那幅——就會好運當頭，很快就能回歸布拉格。」

「喔！那左邊的畫像——嘿！左邊光亮的地方是頭獵狼犬！」

「沒錯！人們摸右邊的畫是爲了好運，而他們會拍左邊的獵狼犬，純粹是因爲獵狼犬太酷了。幾個世紀下來，已經有好幾百萬人拍過那隻獵狼犬。這就是他如此光亮的原因。」

「哇！眞是頭幸運的獵狼犬。現在這是我最愛的雕像了。」

我湊上前去，在雕像上的獵狼犬耳朵後面輕搔了幾下。接著我摸摸右邊的神父。我不是天主教徒，但我需要各式各樣的好運，而至少理論上天上那位大人物站在我這邊，還有好幾個來自其他萬神殿的神，感謝蕾貝卡・丹恩。我最少也該禮貌性地和他打個招呼。

「好了，我們走吧。撐大鼻孔去聞死人的味道，別老想著菜燉牛肉。我必須靠你警告他們的突擊。」

抵達東岸之後，我們沿著查理街跋涉前進，經過無數間販賣昂貴水晶、琥珀項鍊或廉價紀念品的店家，還有想拉我們進餐廳去吃飯或去戲院看戲的拉客店員。我欣賞著燈火通明的老城廣場上的天文鐘。所到之處，路人不是欣賞就是閃躲歐伯隆。遊客坐在室外座椅區享受著啤酒或晚餐，本地人則享受著遊客花的錢。

穿越廣場之後，我們繼續沿著徹瑟爾艾特納街走，抵達璀璨大咖啡廳，接著轉向克拉洛德沃斯卡街，可以通往波希米亞大飯店後門。飯店在狹窄的街道中聳立在我們面前，是座六層樓高的奶黃色建築，正面正對著街角。

我們在轉過街角抵達路口前停步。

「好了，歐伯隆，《星際大戰》機智問答：電影裡最常用的句子是？」

「喔！我知道！『我有不好的預感』，或是差不多意思的台詞。」

編註：涅普穆的聖約翰（St. John of Nepomuk, 1345-1393）是捷克的民族聖人，天主教漢譯作皋玻穆的聖若望。他因為波西米亞王后的告解內容保密，而遭波西米亞國王瓦茨拉四世拷問，並被丟入弗爾瓦塔河殉教。因爲死因，被認爲是波西米亞的主保聖人，也是聖職者、水災與船、橋梁等的主保聖人。

「答對了！我現在就是這個感覺。我不信任李夫。事實上，我不信任任何吸血鬼。所以我要你當我在飯店裡的王牌，以免事情出了差錯。」

「是唷，你是該要有不好的預感，我現在就聞到死人的味道了。」

「這算是好消息。如果有吸血鬼在這裡，或許其中之一就是希歐菲勒斯。我可以學茱莉．達比尼的做法，徹底了結這一切。」

「這就對了！學茱莉！」

「但是爲了避免出錯，我要對你施展僞裝羈絆，然後把你留在這裡。如果撤退，我就會往這裡來，你就絆倒第一個跟蹤我來的傢伙。不要咬他們、不要接戰，只要絆倒他們，然後跟我走。」

「收到。我沒問題！之後你可得菜燉牛肉我。」

確保歐伯隆安全之後——這才是我要把他留在這裡的目的，而非要他掩護撤退——我走向波希米亞大飯店的雙扇門，施展僞裝羈絆，以爭取時間暗中偵查目標。

進入外門，是一條不常見的玻璃前廊，共有五面壁板，其中兩面是通往中央壁板左右的門。飯店櫃台和階梯位於瓷磚地板對面，兩側大廳裡都是鋪著地毯、放有矮茶几的座位休息區。家具上都有鮮紅和金色的摺邊圖案，大型拱窗上也有相同色調的厚重簾幔。一幅查理四世的畫像——十四世紀從波希米亞統治神聖羅馬帝國的國王——和善地看著旅館賓客，提醒他們布拉格曾是西方世界的首都。在大廳後方，櫃台和台階的左側有扇上方標示「咖啡廳／酒吧」的門，告知住客這裡有飲料喝，我看到酒閥後有個看起來很無聊的酒保。

大廳兩側的休息區各有六個人，我將視覺切換到魔法光譜，立刻發現他們全是吸血鬼。我拿出木樁，考慮該從哪裡下手。而如果希歐菲勒斯在其中的話，究竟哪個是他？

我沒機會弄清楚這點。右邊有個吸血鬼戴著一副有點奇怪的眼鏡，本來我以爲是裝飾用途，後來發現那是現代紅外線眼鏡。他沒辦法看穿我的僞裝羈絆，但肯定能看見我的熱源影像站在門口，又不進入大廳。他肯定也能聞到我的氣味。我發現這一點時，他正拿出電話，按下快速撥號，然後以德文說：「Er ist am Eingang. Ja. Machen wir.」他掛斷，朝右手邊其他吸血鬼點頭，他們同時起身。我往大廳左側看了一眼，那邊的吸血鬼也是同樣反應，我那不好的預感當場變成糟透了的預感。德國紅外線眼鏡吸血鬼叫道：「Schießt auf die Tür!」自外套中拔出手槍。我及時矮身避過大多數子彈。他們擊中彼此的子彈遠比我多，不過我的左腳腳筋還是在撞開大門、爬出人行道時中了一槍。逃到室外後，我發現我站不起來——不光是因爲腳上的槍傷，同時也因爲一旦站起，戴紅外線眼鏡的傢伙就會看見我的熱影像，在我通過正面窗戶跑向歐伯隆時開槍射我。他也可以靠我的氣味追蹤我的位置，所以最好的方法就是，在甩掉他們之前，先不要當人類。我啓動變形爲海獺的護身符，靠三條腿擠出我的衣服，把衣服留在人行道上給吸血鬼聞，然後以最快的速度匆忙離開，把木樁叼在嘴裡、一拐一拐地沿著飯店牆底前進，不讓對方透過窗戶看見我的熱影像。我希望受傷的只有吸血鬼。抵達街角時，幾名吸血鬼衝出旅館大門，旁邊還跟著個人類——我很熟悉此人的聲音。

「歐蘇利文！」他大叫，我探頭到轉角外偷看，確認就是他。威納・卓斯切站在他的吸血鬼隨從之間，四下打量路口，顯然已經擺脫多倫多警方的拘留。儘管已經不是魔法生命吸食者，他依然是我屁股上的大刺，以計取勝的天賦強大得可怕。他肯定是躲在暗處等我，或許是在酒吧裡面，戴紅外線眼鏡的吸血鬼發現我時就是打電話給他。我眞的該趁有機會時殺掉他。

好吧，這一回合就算卓斯切贏了；雙方火力差距太大，沒必要試圖扭轉毫無勝算的戰局。我應該把躲過埋伏當成小勝利。

「歐伯隆，我們走。」我透過心靈連結說道，「不要等著絆倒任何人。我要飛離現場，你在下面的街道上跟著，好嗎？小心別撞翻遊客。」

「好。」

我直接從海獺變形成貓頭鷹，由於手臂沒受傷，所以不用仰賴受傷的左腳，可以晚點再去擔心治療腳傷的事。當我朝著弗爾塔瓦河方向飛走時，聽見卓斯切開始高聲叫罵。

「這場仗你打不贏的，歐蘇利文！無論如何，我們都會幹掉你！」

他說得有道理：我的目標依然是個好目標，只是不可能仰賴當前的手段達成，卓斯切的私人奧地利不死打手正帶著槍枝和紅外線、在波希米亞大飯店裡等我，所以我得換個方式來對付希歐菲勒斯。這表示李夫又背叛我了。

第十八章

獨處的時候可以感受到一種特別的自由——心知沒人在看的滿足和輕鬆感，而這就是我們喜歡在洗澡時唱歌的原因。當然，在這個隨時都會遭受各式監視的現代世界裡，我想也可以說所謂的隱私和自由都是假象。阿提克斯和我不太在意傳統監視機制，只要不上網、使用拋棄式手機、盡可能用現金付帳，至少別人要花點心思才能找出你的下落。使用假身分也加分不少。但我還是沒有眞正的隱私——眞正的自由——一直到現在才終於因得到能躲過諸神和各式先知目光的占卜屏障，而有了些許自由，而我很清楚要如何慶祝這份自由。

我想要拔出多年來一直插在心頭的隱喻芒刺，看看我能不能找回過去的快樂境地。拉克莎問我的「此刻身處心靈旅程哪個階段」問題，在我腦海中揮之不去，不住在思考這個問題——其中隱含著教訓，一個我罪有應得的教訓。它讓我想起惠特曼在《歌頌帶電的肉體》（*I sing the Body Electric*）裡針對批判所提出的諷刺問題：你對自己的了解可有深到敢說卑微之人都很無知？

沒。我肯定沒有。最主要的問題在於我根本不了解自己。我心裡有著從未癒合的舊傷，得先治好舊傷才能去幫助別人。事實上，除了自己的身心平衡，我根本不可能達到任何程度的平衡。

因爲一直在處理更迫切的問題，我拖著不去尋找身心平衡已經太久了，但我認爲現在終於到了了結的時刻。我當初之所以想要成爲德魯伊，最主要的理由之一，就是爲了取得能夠了結此事的能力，但是打從與蓋亞羈絆以來，我就一直刻意拖延，確保自己不會衝動行事。我冷靜計劃了一連串行動，一方面能夠服侍蓋亞，另一方面又能滿足我對繼父比中指的需求。

孩提時代，當我搬去他在堪薩斯的住所——比較小一點的房子，不是他在我高年級時購買的大豪宅——住時，我很快就發現我母親在他眼中並不是人，而是獎品，至於我，則是想要獲得獎品就必須容忍的負擔。他從沒碰過我——我比不少類似情況的孩子幸運——但是我能在他臉上看到的最大關愛，就是比較不厭惡的表情。他從未和顏悅色地對我說話。或許是因為我不斷讓他想到並非從一開始就擁有我媽。他放在我身上的心思都是裝出來的，只有在別人面前才會做做樣子。我知道我媽絕對有在他身上看見善良的一面，而非只在乎他的銀行帳戶；至少她對他的關懷不是假裝的。我想她欣賞他那種專心一意的決心，我的生父也擁有這種特質，而畢烏也有——我想我自己也是這種人。

我想我唯一一次看到他對我發自內心地微笑，就是在我準備離開堪薩斯前往亞利桑納州，他和我揮手道別時。

所以，沒錯：我心靈受創，或許我早該處理此事。他那種傷害性的鄙夷，加上我親生父親專心工作的忽視、遺棄，對我的心理狀態都沒有任何幫助。這就是我會盡可能一個人在外面玩的原因，享受沒有完全被畢烏控制的環境。後來獨自玩耍變成跑去我媽找人搭建的樹屋——畢烏當然不肯幫我搭——裡看書。我會在外面待在晚上，耗盡一大堆手電筒電池。樹屋比他容許我睡覺的那間臥室更像我的家。

但是，畢烏·拉結再一次地想出了傷害我的辦法。長久以來，他一直將全世界——包括世界上的人——當成供他與朋友剝奪的資源，讓他們可以購買寬敞的豪宅、奢華的汽車，還有國會議員。他的道德羅盤總是指向自己，他是他自己眞正的北方。他資助三、四個腐敗的科學家，以否定氣候變遷的事實，爲他的公司提供一層薄薄的科學保護傘，保護他的短期利益。

現今世界遭受到詭異的風暴襲擊，同時面對乾旱和洪水，還有海平面上升等問題，海洋生物大量死亡、陸上生物持續滅絕，而他還是拒絕承擔責任，而他的財富讓他得以不在乎大多數人要面對的問題。這個世界永遠不會逼他爲石油外洩和碳污染付出代價，美國法律就是爲了保護他那種人而定的。但是德魯伊法律容許德魯伊懲罰掠奪者，而我是德魯伊，可以決定是否行使那些法律。

阿提克斯認爲懲罰地球掠奪者毫無意義，因爲對方人數太多，德魯伊人數太少，而當我看著報紙上的冰冷數據時，我知道他說的沒錯。但我的內心絕不會把犯罪性污染當作無法避免的事，那就等於承認畢烏．拉結是自然界的災害，而不是卑鄙無恥的小人。我想這就是阿提克斯和我的不同。

「準備要來大跑一場了嗎，歐拉？」我問我的獵狼犬。

「當然！跑去哪裡？樹林嗎？」

「可能沒有太多樹。大部分都是有草原犬鼠的曠野。」

「那些傢伙的名字好奇怪。牠們又不是狗。」

「人類的語言就是這麼奇怪。我們該帶哪種肉乾？」我問。我需要很多蛋白質來癒合傷口。「妳最喜歡哪種口味？」

「任何牛肉口味都好。除了辣根和芥末。」

「很好。牛肉乾歸妳，火雞肉乾歸我。」我在便利商店裡將背包裝滿水和肉乾，然後依照安排好的行動流程，轉移到堪薩斯州。

我記下了所有拉結石油及天然氣公司的油井和精煉廠位置。我聯絡琥珀——北美大平原的元素，讓她知道我的計畫。我要破壞所有鑽油機的內部零件，然後在琥珀的幫助下，用堅硬的石頭覆蓋油井。如果他們還想繼續鑽，就會弄壞幾根鑽頭，然後琥珀就會通知我。我還會破壞精煉廠和重裝器材，讓他們的所有機械都變成廢鐵。到他們完全更換基礎建設前，產油將會停擺。沒有人會受傷，只會一切停擺，導致公司得花費大筆資金重新開始。那些器材是拉結石油與天然氣公司多年來持續添購的，而非一次買齊，我希望對這個夕陽工業僅存的幾家公司之一而言，汰換新裝備會貴到不合成本。就算他們眞的出得起錢，我也會再度弄壞所有裝備，一直弄到他們破產關門，或是認爲投資太陽能或風力發電才是明智之舉。

一開始關閉油井的時候，感覺很刺激，但是幾個小時後就開始覺得單調乏味。抽油磊都無人看守；它們只是在平原上重複單調的工作，大部分時候我們根本不必偷偷摸摸。我完全無法重塑鐵的形狀，只能解除鋼鐵中碳的羈絆，形成融化的泥漿，讓機器內部變成一團冰冷無用的爐渣。這樣毫無挑戰性可言，也完全不能彌補該公司已經造成的傷害，只是很耗時間。但持續轉移世界、奔跑、解除羈絆會導致心靈疲憊，唯一幫我撐下去的，就是期待看到我父親在得知一切是我幹的之後臉上的表情。

然而，我可以了解阿提克斯爲什麼從不費心去幹這種事。清理別人的爛攤子可以立刻看到成果，卻無法預防相同的事再度發生。破壞裝備可以阻止地球遭受虐待，但是除了我在一段數百萬步的旅程中踏出一小步的些微滿足感，無法提供情緒上的回報。

結束這漫長的一天之後，歐拉不知道爲什麼突然想看大羊駝，所以我們在厄瓜多的安地斯山丘下一片草地過夜，當地正處夏季，夜晚溫暖宜人。歐拉和我一起在草地上躺著，看著一群野生大羊駝在地下水形成的小湖旁喝水。

「牠們看起來有點像綿羊，但是被人拉長了脖子和腳。」

「也可能是有人把大羊駝擠成綿羊。」

「喔，對唷！先有大羊駝還是先有綿羊？」

「超棒的問題。或許我改天可以問問蓋亞。」

這是個讓人放鬆的地方，我生好火堆之後就花了點時間靜坐冥想。明天對我來說是個大日子，我希望一切進行順利。我直接用說的告訴歐拉我的計畫，因爲大聲說出口會好過一點。

「我要拉結石油與天然氣公司關門大吉，不過去找我繼父對我來說很不容易，我不想情緒失控，訴諸暴力。」

「好！但是再說一次這爲什麼那麼重要？有時候想吃東西就得扭斷某個脖子。」

「之所以重要，是因爲訴諸暴力——或是威脅——是男人處理問題的手段。就像現在阿提克斯因爲被吸血鬼希歐菲勒斯逼急了，所以決定以同樣強硬，搞不好更強硬的手段反擊。我不確定有沒有其他方法處理那件事，但我不認爲他有認眞考慮過其他方法。我承認有時候暴力就是唯一選項，基於這個理由，我很慶幸我很擅長暴力，但不希望凡事都預設以暴力解決。有機會的話，我希望以德魯伊之道取勝，而不是踢人屁股。」

「我懂妳說暴力有時候是唯一選項的意思。妳就是沒辦法和松鼠講道理，妳知道嗎？」

「我可能可以。我得謹記這一點。我有很多選項。暴力是條常走的道路，而我寧願選擇一條比較少人走的路。」

歐拉沒讀過太多羅伯特・佛洛斯特【註】的詩，所以沒聽出這話的典故。「不過我比較喜歡多人走的路，有很多味道可以聞。」

「那種道路確實有它們吸引人的地方。我們去夢夢它們吧。」

我們一起窩在草地上，我一邊繼續治療在德國受的傷，一邊試著數大羊駝以幫助入睡，而不是數羊。天亮之後，我變形成美洲豹，和歐拉一起追逐大羊駝，活動、活動筋骨。接著變回人形，穿上衣服，然後穿越提爾・納・諾格，前往堪薩斯的威奇托，我繼父畢烏・拉結的辦公室所在地。

我充滿史卡維德傑銀質部的魔力，依照富麗迪許的指示，用刻在魔杖上的羈絆繩紋將歐拉和我隱形。接著，我們進入拉結石油與天然氣公司的鋼鐵玻璃大樓，爬上十樓，直接走過他祕書的辦公桌。

打開他辦公室的門時，我看見他正氣急敗壞地講電話，基本上是對著話筒大吼大叫。他聽說了公司整個石油生產完全停擺，而且無法修復。如果他們無法履行訂單，客戶就會轉向其他公司購買石油。很好，他今天已經很不順了。

我已經超過二十年沒見過他，而歲月已在他身上留下痕跡。從前他的五官十分搶眼——明顯的臉頰、挺拔的鼻梁——但現在臉部線條已不再銳利，略顯腫大，眼睛下方出現肥大的眼袋，頭髮宛如池塘青苔般稀稀疏疏地貼附在頭皮上，像淡灰色的青苔。不過他的嘴角依然帶有殘酷的線條，在我們進門關門時皺起眉頭。發現門口沒有異狀後，他偏開目光，繼續對著電話破口大罵。

「我現在根本不在乎是怎麼發生的，我只在乎怎麼解決。媽的！解決之後再和我說！」他停嘴聽了幾句，然後插嘴。「嘿，你他媽的到底是不是工程師？你應該知道那些東西是怎麼運作的。你不能告訴我說你不知道怎麼修，然後期待我不會懷疑你能力不足，你懂嗎？現在，你最好知道該怎麼修，在時限前告訴我什麼時候能修好！到時候再打給我！」

他甩下電話，沮喪吼道：「狗屎！」昨天辛苦了一天都值得了，我微笑。

我撤除了我和歐拉身上的隱形法術，說：「哈囉，畢烏。」

他嚇了一大跳，瞪大雙眼，問：「妳他媽是什麼人？」

「我是關妮兒。你不記得了？很久以前被你送去亞利桑納唸大學的繼女？」

「狗屎。她死了。告訴我妳究竟是誰，怎麼帶那條可惡的大狗進來的。」

我走向前，坐在他紅木辦公桌對面的豪華皮椅上。歐拉坐在我的左邊。

「好啦，畢烏。相信你的眼睛。我是關妮兒，我沒死。還有，不，媽不知道。我希望你不要告訴她。」

編註：關妮兒講的「我寧願選擇一條比較少人走的路」（I'd rather take the one less traveled.），引自羅伯特・佛洛斯特（Robert Frost, 1874-1963）的詩作*The Road Not Taken*最後一段：I took the one less traveled by, And that has made all the difference.

他仔細打量我，然後搖頭。「我不相信。妳他媽的去哪兒了？爲什麼要讓我們以爲妳死了？」

「這都是祕密，是如果告訴你，我就得殺了你的那種祕密。」

「隨便。」他說著，揮了揮手。接著他把手移動到辦公桌下，我差點就要發表意見，但他繼續說：「反正我也不在乎。」

「喔，我知道。你從來沒有在乎過。」他絕對不會說「歡迎回家，關妮兒，我很高興妳沒死」。他皺眉看我。「妳想怎樣？我很忙。」

「不，你不忙。你的石油帝國現在沒在產油，所以你一點也不忙。而那可是拜我所賜。」

「什麼？」

「拉結石油與天然氣的所有油井和精煉廠，昨天都停止運作了，是不是？」

「妳怎麼知道？」

「因爲是我幹的。」

「妳怎麼幹的？」

「怎麼幹的不是你該問的問題，你該問我爲什麼要這麼幹。這是因爲夠了就是夠了，因爲因果報應，或是隨便你愛怎麼稱呼它。我要你停止鑽油，看是重新投資太陽能及風力發電，或是開連鎖五金行，這我都不在乎，反正不要繼續當地球的毒瘤就好。」

他不屑地嘲弄道，「喔，妳是天殺的嬉皮，是不是？」

「我是德魯伊。」

「妳是個滿口鬼話的渾蛋，而且很快就會被逮捕了。」他說。

我身後的辦公室門突然被人撞開，四個安全人員闖進來，大概是因為他觸發了辦公桌後的無聲警報。他們是身強體壯的高薪專家，不是動作緩慢、笨手笨腳的那種警衛。歐拉轉身對他們吼叫，導致他們停了一下。當他們看見我手裡拿著史卡維德傑，還有腰上掛的戰斧之後，立刻拔出硬塑膠警棍。最接近歐拉的那個警衛，一副要拿警棍對付歐拉的模樣，於是我迎上前去，輕輕戳了他肚子一棍，逼他後退兩步。「請善待動物，先生。」

他們開始大聲命令我放下武器，歐拉朝他們大叫，畢烏則是叫他們別再胡搞瞎搞，趕快制服我。我忍不住面露微笑。他們的制服都是討厭的聚酯纖維混紡材質，沒有我能下手的地方，但鞋子都是皮鞋；即使加工過，依然是天然材質。幾乎和我剛剛坐過的皮椅一模一樣。我把最接近我的警衛右腳與椅背羈絆在一起，導致警衛抬起右腳，椅背則向下翻倒，然後兩者一起摔倒在地，於地板上拖行，朝向對方前進，有效阻擋了其他警衛對我出手。我對其他人重複了同樣的羈絆術，他們很快就動彈不得，破口大罵，狂踢皮椅。他們不會一直待在地上——遲早會有人脫掉鞋子，但我不打算待到那個時候。我轉身對畢烏做了個嘲弄式的道別手勢，我已經傳達了我的信息；結果卻發現他從辦公桌裡拔出一把槍指著我。使得我玩弄警衛的樂趣蕩然無存。

「啊哈！現在沒那麼有趣了，是不是？」他說，「妳應該繼續裝死下去的，關妮兒。像妳這麼漂亮的女孩，絕對不會喜歡下半輩子都在牢裡度過。現在，慢慢放下那把天殺的木杖，不然我就開槍打妳的膝蓋。我的手下會為我的別無選擇作證。還有那把斧頭也放下；我們來談談妳對我的油井做了什麼。」

他那種屈尊俯就的笑容——我小時候最討厭的畫面——點燃了我體內的怒火，昨晚對自己的諄諄告誡當場飄入遺忘河。

「好啦、好啦。」我說，然後假裝順從地開始慢慢下跪。接著我唸誦咒語，啓動隱形法術。身形消失後，我立刻躲到辦公桌後，滾出手槍射界，移動到他的左邊，遠離我的獵狼犬。

「嘿，好了。」他說著，站起身來，四下揮槍尋找我的蹤跡。歐拉對他吼叫，我透過心靈連結叫她別動。

「不要惹我。我可不保證誰會受傷。」他說著，將槍口指向歐拉。

這不算很直接的威脅，不過也夠明白了。如果我之前算是發火，現在就是要爆發了。我從他的左側逼近，舉起史卡維德傑對準他伸長的右手腕狠狠揮下。這一杖隔著身體打向另一側的手，長杖就是有這種好處。他一槍打中桌面，隨即脫手放開槍，同時發出痛楚的尖叫聲，因爲我打碎了他手腕上的骨頭。他握住手腕，後退一步，我則放開史卡維德傑，出拳毆打他。這麼做讓我脫離了隱形狀態，不過他只能眼睜睜地看我出手，來不及做任何反應。我一拳打在他臉上，他慘叫一聲，摔倒在地。我跟著撲下，一邊打他一邊大叫。

「別！」碰。「告訴我！」咚。「誰！」刷。「會！」噹。「受傷！」噗。

「關妮兒！」歐拉的聲音傳入腦中。我抬頭看她。「妳說妳不想訴諸暴力！」

「喔。」我小聲說，挺直了身子，發現畢烏縮成防禦性的胎兒姿勢。我把一個老頭痛扁了一頓。

邪惡的老頭，沒錯，但是我在占據道德制高點這方面算是徹底失敗了。如今整場衝突焦點變成了我的暴行，不再是他爲了利益摧殘地球數十年。我很糾結，因爲實現一直以來的夢想、把他痛扁一頓的感覺很好，但我還是希望比那樣的自己更好。

「還有，小心其他人。」

我抬頭，看見有兩個警衛已經脫掉鞋子，其中一個繞過辦公桌想要從後面偷襲，另外一個則往門口跑去。他拉開一條門縫，叫祕書加派人手，然後關上門。剩下兩個警衛要不了多久就會脫身。我得走了。

想從後面偷襲的警衛動作太慢，肢體動作顯示鞋子那招已嚇到他。他沒辦法用科學解釋剛剛的情況，於是咬牙切齒、滿臉憤怒，鼻孔宛如公牛般開開闔闔。儘管如此，當我站起身來去撿史卡維德傑時，他還是鼓起勇氣，舉起警棍敲我的腦袋。我架開警棍，然後趁他反手揮棒前，一杖擊中他毫無防備的胯下。他哀嚎一聲，摔倒在地，憤怒之情消失，他整個存在現在都聚焦在腫大的睪丸傳來的抽痛上。

眼角的動靜讓我察覺其中一名警衛爬過椅子，撲向辦公桌。我搶先一步趕到，搶走畢烏放掉的手槍。

「嗯嗯。」我說著，把槍口指向他，「後退。放下警棍。所有人，離門遠一點。動作快，不然我就對你們的膝蓋開槍。」

我比了個開槍手勢，他們立刻照做，我透過心聲告訴歐拉朝門口前進。她一邊低吼一邊路過他們，和警衛交換位置，然後站在門前。三名警衛——最後那個終於擺脫椅子——高舉雙手，盯著我看。畢烏依然躺在地上呻吟。這下警衛都已經繳械，歐拉也脫離險境，我終於將目光自三名警衛身上移開，小心跨過被我擊中要害的警衛。我可不能被他絆倒。

抵達門口時，爲防畢烏沒有從今天的事情裡得到適當的教訓，我說：「你說得對，畢烏，」我大聲說道，「關妮兒死了。我不是她。我是你無法控制的人。」惠特曼的詩句浮出我的意識，我立刻引述：「我自行取用物質與非物質的一切，沒有守衛能阻攔我，沒有法律能制止我【註】。再見了，畢烏。關掉拉結石油與天然氣公司，重新開始。」

「門一開就出去，歐拉。」我告訴她。我小心地關上保險栓，把槍插入腰間，然後開門。歐拉矯健地閃了出去。

祕書正在打電話求援，在我們出門時抬起頭來。

「喔，喔，天呀。她出來了。」話筒自她的指間掉落，她揚起雙手。「請不要殺我。」

「又沒人死。別動就好。」我說著關上門，將注意力集中在木頭上——我發現那是合板門，而非期待中的實心硬木。我還是不擅長羈絆看不見的東西，所以不管門鎖，施展了另一種羈絆法術，把門上的木頭與門框融合在一起。他們得砍爛這扇門，才能救出畢烏和他的手下。我的手還握著門把時，門後已經有人試圖開門。我會握著門把直到完成羈絆，之後他愛怎麼轉動門把都無所謂。

「報警！」警衛在門後大叫。「我們需要救護車！」羈絆完畢，我放開門，轉身面對祕書。

「聽見了嗎？」

她向我點頭，雙眼睜得和白煮蛋一樣大。

「那最好快報警，叫他們帶破門工具來。」

我排除了電梯那個死亡陷阱，走向樓梯間。祕書眼睜睜看著我走過她的辦公桌，然後伸手去抓電話。

「用最快的速度下樓，歐拉，」我打開樓梯間門時說道，「但是和我的手掌保持接觸。」門一關上，我立刻唸誦能讓我們隱形的咒語，吸收逐漸減少的儲備魔力。儘管花了不少時間療傷，維勒斯之戰的傷依然令我肢體僵硬，所以動作快不到哪裡去。走下幾級樓梯之後，我們聽見上方的門被人撞開，有人追趕而來。八成是支援的警衛搭電梯上去，然後祕書告訴他們我們走樓梯下樓。在三樓的轉角平台上，我聽見樓下有人開門，於是停止前進，也叫歐拉停步。

「貼在牆上，遠離欄杆。」我對她說。傳來更多上樓腳步聲，沒多久就有三個黑衣警衛轉過轉角，沿著欄杆通過我們身邊，隨即與下樓的人會合。我等他們轉過下一個轉角之後才和歐拉說安全了。

「繼續下樓，聲音放輕。」

「我的指甲會喀喀響。」歐拉說。

編註：引自惠特曼的《自我之歌》（*Song of Myself*）：I help myself to material and immaterial, No guard can shut me off, no law prevent me.

「我想應該沒關係。他們的靴子很大聲。再說他們都在大聲說話，搞不清楚我們在哪裡。」

之後我們就順利離開，沒有遇上更多阻礙。我把畢烏的槍丟進公共垃圾桶——有蓋子的那種，不會有人看見裡面有什麼——我一手放在歐拉後頸上，領著她走出兩條街口，遠離他們公司和安全攝影機的監視範圍。隱形法術在我撤除前就已耗盡史卡維德傑銀質部裡的魔力，我們於一條巷子裡現身。接著，我在趕去幫助我繼父的警笛聲中、因腎上腺素消退而微微顫抖，不知道自己該做何感想。

我跪倒在地，摟住歐拉的脖子。「感覺好奇怪，」我告訴她，「我覺得很難受，同時又很開心。我敢肯定這樣是不對的。」

「爲什麼？」

「我剛剛表現得就像個十足的壞蛋，我應該要覺得超級難過才對。」

「妳是好人！最棒的好人！」

「但我沒必要訴諸暴力。就算他拔槍了，我還是可以利用德魯伊之道來解決，不必用武器。打他讓我很爽，但是缺乏自制令我害怕。謝謝妳阻止我打下去。」他需要救護車就表示情況不妙。

「不必客氣。或許妳犯了個錯？但大家都會犯錯。上次咬妳的拖鞋就是我的犯錯。雖然咬拖鞋很好玩，但是在知道不該咬之後，我就沒再犯了。」

我忍不住笑出聲來。「妳說得有道理。」我已經不是第一次認爲歐伯隆和歐拉的情緒比人類穩定多了。我們可以從獵狼犬身上學到很多，地球上的所有生物都一樣。我這輩子犯過不少錯，但是感謝諸神，我至今尚未後悔選擇德魯伊之道。我站起身來，拍拍膝蓋。「好了，回公園去，我們轉移離開這裡。」

交通監視器或許有拍到我們，警方晚點可能會追蹤我們的逃亡路線，無可避免，但我已經沒有魔力再繼續隱形穿越城市了。

在跑往公園途中，我依然在開心和罪惡間反反覆覆。關閉拉結石油與天然氣公司的行動顯然是幫蓋亞做了件好事，但是事後看來，我去找畢烏肯定是個錯誤。他完全不後悔自己的所作所爲。他看不出我是對的，只知道我隨時都能在教訓他之後全身而退——還有我能讓皮鞋黏上他的椅墊。或許我沒有解除那道羈絆和封閉他辦公室門這兩個事實，足以提醒他我不受他所熟悉的規則限制。而除非把他的公司搞到破產，不然這或許就是他唯一學到的教訓。我希望他能在不用進一步驅策的情況下離開石油業，不過我很可能得要慢慢搞死他的公司。不必懷疑我會這麼做，我有決心、有毅力，一定要幫蓋亞討回公道。

眞正令我擔心的，是所有元素都習慣叫我「激動德魯伊」並不光是在對我這個狠角色表達敬意。或許這個稱呼是暗示潛伏在我內心的黑暗面，正伺機浮出水面。

如果我非激動不可，正確的做法就是透過正確的管道釋放情緒。我得學波蘭語，背下辛波絲卡的作品，強化我的德魯伊能力，而且要爲蓋亞而戰到我無力再戰爲止。

威奇托的暴行結束後，歐拉和我回到厄瓜多那片草地去尋求心靈慰藉。地下水湖很冷，但是游完泳之後，我覺得乾淨多了。我在樹下冥想消磨白晝時光，於黃昏時睜開雙眼微笑。

和畢烏打交道勾出了我內心的醜陋面，而我肯定可以把自己控制得更好。但是面對他就像是一面非爬不可的高牆，牆後則是一片全新的壯麗景象。我想我該接受歐拉睿智的建議，不要受困爬牆過程中所犯下的過錯裡。我應該努力不要重複同樣的過錯。

我想大部分人的生活中都有個類似畢烏·拉結的角色——站在從前的你和未來的你之間，守衛著那面高牆，宣稱你永遠都該活在他們的期待和恩惠中。爬到高牆另一邊向來需要奮力掙扎，也很可能會留下傷疤。但是，喔，當你跳過高牆或是撞爛它、拋下從前的重擔時，所獲得的獎勵，可是輕鬆自在，彷彿前方的道路寬敞平順，充滿無窮希望。

第十九章

有時候你會突然出現個超簡單的想法，簡單到你都不懂爲什麼之前從未想到過。我問自己，如果不請狩獵女神下凡幫忙，那麼崇拜你的狩獵女神又有什麼意義？富麗迪許通常都是跟著自己的感覺走，不太可能受人指使，但既然布莉德公開表達過希望解決吸血鬼威脅，而此事又極富挑戰性，我想請富麗迪許幫忙追查希歐菲勒斯的下落應該不是問題。我依照正常程序，跑去提爾．納．諾格提出問題。不過我沒有請她幫忙，而是對她下戰書。

「我花了好幾個月，還是沒辦法找出一個遠古吸血鬼，」我說，「我在想妳能不能辦到我辦不到的事。」

結果富麗迪許正好想要找點事做。由於過去兩千年已經狩獵過地球上的所有生物，她其實過得有點無聊，而且也需要弄點事情來分散注意力，不要整天想著芳德背叛布莉德的事。她立刻接受我的挑戰，帶著悶悶不樂的佩倫和我一起回到布拉格。

一開始，我還擔心帶佩倫離開提爾．納．諾格會違反布莉德提供庇護的條件——他應該要待在那裡的，離開就等於庇護失效——但是她說不必擔心，所以我就不擔心了。

我帶她前往波希米亞大飯店，告訴她如果她有辦法篩檢出線索的話，我們要找的是這裡最老的吸血鬼。她帶了兩條氣味獵狼犬一起來，在牠們身上施展隱形法術，然後進入旅館，叫我給她幾個小時。她與獵狼犬產生羈絆，引導牠們要搜尋什麼目標。我或許有辦法辦到類似的事，但永遠不可能達到她那種連結程度，能肯定牠們會找到正確的氣味；她的狩獵經驗和與動物相處的技巧，和我完全是不同等級的。我帶佩倫和歐伯隆跑去飯店附近的大東方咖啡廳。咖啡廳打算充分利用冬季晴朗的好天氣，提供了室外座椅。他們在桌上架設大傘，避免顧客被太陽曬傷或突然下雨，不過看著佩倫悶悶不樂的樣子，我認為下雨的可能性比較大。果然，烏雲開始凝聚，在我們正上方翻滾不止。人行道上路過的遊客抬頭看看烏雲，神色微顯不安，然後轉向佩倫，彷彿這個在寒冷的冬季裡穿著無袖藍色T恤的壯漢該為烏雲負責一樣。當然，確實該他負責：通常天氣若出現異狀，把責任怪到將肩膀上的毛露出來的壯漢頭上準沒錯。路人都努力保持冷靜，不去盯著他看，但就是忍不住。他們看著他坐在那張小椅子上，像是你預期中一名雷神坐在室外咖啡廳的畫面那般格格不入，忍不住面露微笑，或是笑出聲來。兩名西班牙遊客以為他是個本地怪人，想要和他合照；他答應了，很高興成為目光焦點。我想那讓他的心情好過了一點。

他們離開後，我們點了兩瓶捷克皮爾森啤酒，佩倫開始述說他的煩惱。他最近見過關妮兒，而她宣稱維勒斯與洛基合作。顯然佩倫的老敵人把他們萬神殿裡另一個神和一匹專門占卜戰役結果的馬給藏了起來。佩倫和關妮兒找到了那匹馬——維勒斯也遇上了他們，後來洛基又曾短暫現身，證實了他們之間的關聯——但是他們沒有找到那個神——許文妥威特。

「我考慮要去找許文妥威特，」佩倫說，「還有我其他的同胞。我本來以為洛基把他們全燒死了，但或許有人活下來。柔雅三女神就活下來了。如果布莉德不需要富麗迪許待在提爾．納．諾格，她或許可以幫我找。」

「祝你好運。但是如果你不介意往回跳一點的話：你知道關妮兒一開始爲什麼會對那匹馬感興趣的嗎？」

「她想要占卜屏障。如果她幫她們找到那匹馬，波蘭女巫會幫她加持。她們是崇拜柔雅三女神的好女巫。」

有趣。她可能已經移除了洛基的烙印，想在把寒鐵羈絆到靈氣裡之前先弄個占卜屏障頂著，不然就是還沒有移除烙印，寄望屏障可以阻隔洛基的視線。想到自己不清楚這些事就讓我有點心痛，因爲我覺得我該待在愛人身邊，而不是到處獵殺吸血鬼。沒有早點想起她，令我產生一股強烈的罪惡感，宛如熱派上的奶油般在我心上融化。我可以聞到她那草莓口味的唇膏——或是唇膏的記憶強烈到彷彿就在我的鼻子前。歐伯隆也在想著差不多的事，大概是因爲提到關妮兒就讓他想起她的獵狼犬。

「我想念歐拉。」他說，然後在我們身旁長嘆了一聲。

「希望我很快就會見到她。」我透過心聲告訴他，而我話裡的「她」，對我而言是關妮兒，對他而言則是歐拉。不過知道她在想辦法保護自己總是好事，而我自己也在做差不多的事，理論上，剷除希歐菲勒斯就等於取消他針對德魯伊下達的格殺令——如果我當初繼續躲藏下去，他根本不會下達這種命令。我不禁搖頭想到自己現今的所作所爲，都是在想盡辦法回歸只有一個愛爾蘭神在追殺我的生活。安格斯．歐格已經死了很久，靈魂受困地獄，但我想監獄裡的芳德也可以當個稱職的愛爾蘭死對頭。

佩倫和我在咖啡廳裡等了好幾個小時，趁歐伯隆打盹的時候喝著一杯又一杯的皮爾森啤酒，講述一個又一個古老的故事，但最後我實在冷到受不了。烏雲隨著佩倫的心情好轉而消失，但是氣溫卻越來越低。「你知道嗎？」我說，「我們去逛街吧。富麗迪許有辦法找到我們，對吧？」

「對。她以前就找到我過。」

「很好。我們走。」

「要買什麼？」

「我需要外套。」我幾乎是邊抖邊說。當有單純的方法可以解決時，我就不想依賴大地的能量提升體溫，「或許我們也該幫你買一件。」

佩倫抬頭看天，扭扭嘴唇。「呃。好吧。或許天氣是有點冷。」

「沒有或許。」我們在街上問了兩個人，隨即往南走出兩條街口，來到一個滿是服飾店和香腸攤販的廣場。歐伯隆一看到攤販棚頂上掛著那麼多香腸，立刻豎起尾巴猛搖。我們停下來給他買了兩條香腸，然後進入一家肯定會有「高檔服飾」的店，這表示我會爲了這個字多付一點錢，不過我還是找到了幾件可以保暖又有內袋能放盧基達木樁的外套。我挑了一件棕色的，希望關妮兒會喜歡。佩倫表現得就像個經驗老到的購物陪客，和我保證我挑的衣服超棒。

「非常英俊。可惜這種外套沒有我的尺寸。富麗迪許會喜歡的。她會非常興奮，然後把它撕爛。呃……這樣想想，或許沒有我的尺寸也是好事。」

「太遲了。」富麗迪許在我們身後說，滿臉笑意地走向佩倫，「這個想法已經在我心裡札根，我一定要讓你換上皮衣、占有你。」

「我不了解人類爲什麼喜歡穿死牛在身上，」歐伯隆在佩倫和富麗迪許發出愉快的重逢聲響時喃喃說道，「牛是用來吃的。」富麗迪許在指出從波希米亞大飯店追蹤我們比追查希歐菲勒斯的下落要簡單許多之後，就告訴我該上哪裡去找我的獵物。

「他在柏林，」她說，「有很多隨行人員。他住在蒙比尤飯店，那附近全都是博物館和精緻餐廳。」

我很清楚那是什麼地方。那些博物館裡有不少傑出的藝術品——大部分都在施普雷河分岔又交會的博物館島上——過去數十年間我曾經造訪過好幾次。「妳追蹤獵物的技巧眞是無人能比。」我向富麗迪許道謝，「我就讓兩位繼續尋找合適的皮衣了。」

我向他們道別，然後轉往佩特斯林，透過提爾．納．諾格轉移到柏林蒂爾加藤，那是一座以舉世聞名的勝利紀念柱爲中心向外擴散的大型森林公園。那裡的羈絆樹是棵枝葉茂密、長滿青苔的懸鈴木，歐伯隆發現樹上有隻神色警覺的紅松鼠，當場撲了上去，差一點就能在牠順著樹幹跑走前抓住牠的尾巴。

「噢！可惡！差點就抓到了！要不是牠這麼狡猾的話，我一定可以抓到牠。」

「或許下次吧，歐伯隆。」

「沒錯！」歐伯隆這話比較像是對松鼠說的，不是對我。他的前爪還趴在樹幹上，目光盯著跑掉的那隻松鼠。他叫了一聲，強調決心。「你就等我下次再來吧，朋友！你的末日就要到了！和你的堅果說掰掰！」

附近有條名叫柏林快鐵的鐵道運輸系統，只要四站就能帶我們抵達哈克市場，但由於當時是傍晚的尖峰時刻，所有人都在下班回家，所以車廂人潮擁擠，沒辦法夾帶歐伯隆上車。我們得用走的，不過沒關係，反正我們也得等天色完全暗下來。

我們在黯淡的微光中慢跑穿越蒂爾加藤外圍，中間只耽擱片刻讓歐伯隆去追兩隻兔子，然後跑過幾條建有公寓和商業大樓的街道，隨處可見缺乏想像力的塗鴉。半路上開始下雨，看不出會否會轉爲降雪。那感覺算不上清爽宜人，已經堪稱冰寒刺骨，我很慶幸自己有買外套。爲了讓歐伯隆別去想天冷，我告訴他附近有條路叫作Große Hamburger Straße——翻成英文就是大漢堡街。

「*眞的？有什麼典故嗎？*」

「我不知道有沒有典故。」我說。最可能就是那是一條通往漢堡的大路，但是歐伯隆不會對這種典故感興趣。「如果沒有典故，我們就該自己編一個。」

「*那裡至少有大漢堡賣吧？*」

「我想應該有。如果沒有，就白白浪費了這大好的宣傳機會。」

抵達蒙比尤飯店時，空氣很悶、氣溫很低、天色很暗。這是一棟乳白色建築，旋轉玻璃門上有個很酷的灰色招牌。我從外面偷看門內：大門正對面是座電梯，是歐洲常見的那種狹長型電梯。左邊是由一本正經的飯店員工打理的接待區。右邊則有座火爐正在引誘客人前去附近的小圓桌坐；那是個休息區，酒吧肯定就位在某個從街上看不見的地方，有好幾個人正忙著在那裡慵懶地休息，事實上他們幾乎是用炫耀賣弄的姿態在那裡休息，彷彿是在對像我這種路人說：「看看我休息的地方有多華麗，愚蠢的凡人，爲你們永遠沒機會嘗試這種世界級享受悲哀吧。」我切換到魔法光譜，發現四個人裡有三個不是人。他們的靈氣是灰色的，頭部和心臟有類似火光般的紅點，表示他們是吸血鬼。他們都沒戴紅外線眼鏡，這點讓我躍躍欲試。在場唯一的人類看起來緊張兮兮，這點完全可以理解。我本來打算施展僞裝羈絆，直接進去開工，但那樣有點不智，因爲他們看見大門自行轉動就會提高警覺。

結果我只對歐伯隆施展僞裝羈絆，叫他跟我進去。抵達大廳後，我轉向左邊，前往接待櫃台，以免引人注目。他們有可能會聞到我體內古老血液的氣味，不過只要不給他們理由進一步調查，或許就能多爭取幾秒的突襲時間。

「歐伯隆，我要你待在這裡晾乾。」我說著，指向接待區的沙發。這一區除了待在半圓形接待櫃檯後的飯店人員，沒有其他人。一個昂貴的黑皮軟墊凳上擺著沒人動過的德國報紙和雜誌，等著供人閱讀。「保持安靜，別跟我來。我要去找人打架，不希望你陷入險境。這些都是力量強大的吸血鬼。」

「但是我能幫忙！還記得那次我幫你打贏那個吸血鬼嗎？」

「沒錯，你有幫上忙，但是你也受了傷。這次情況不同。上回那次是吸血鬼偷襲我，所以我需要你幫忙。這次是我偷襲他們。只要我不必擔心你的安危，你就算是幫了大忙。」

「好吧。反正我也想打個盹兒。這樣我等於是幫了我們兩個。」

「我認爲這個計畫很棒。」我說，雖然不認爲開打之後他還睡得著。「你先藏在這張家具後面，別讓接待櫃檯的人看到。這樣我就可以取消你的僞裝羈絆，把魔力拿去教訓他們。」

「聽起來很棒！」

我趁歐伯隆跑去看不到的地方趴著時，朝接待人員揮了揮手，假裝對一份報紙感興趣。等接待人員失去對我的興趣、偏開目光之後，我取消了歐伯隆身上的羈絆法術，轉而施展到自己身上。

「好好睡，」我對他說，「不過看好我的外套。」我喜歡這件外套，而待會兒很可能會弄髒。我脫下外套，將它放在軟墊凳上。它一離開我的手，我就立刻取消它的僞裝羈絆，接待人員並沒有注意到它突然出現。我從外套內袋中取出盧基達的木樁。

「我可以同時打盹兒兼守衛。如果有人繞到這裡，他們就會看見我，然後決定別招惹在睡覺的大狗和你的外套。」

我切換回魔法光譜，穿越大廳，來到另一側的休息廳。進門後，我發現休息廳很深，對面有座吧台，再過去是飯店供應早餐的餐廳座位區。休息廳的牆壁旁固定了沙發座，前面擺有圓桌，圓桌對面則是來自哥本哈根設計屋的現代無臂椅。十張桌子，每張都有三到四張椅子，全部坐滿。三十個吸血鬼，還有一個非常緊張的人在幫他們端出根本不喝的飲料——不過我想她不知道這些客人的眞實身分。她只知道這些客人怪怪的。

在此之前，我親手除掉的吸血鬼寥寥可數；這場戰爭大多是紫杉人或上帝之鎚代勞的。除非這群吸血鬼全都很古老，不然不會知道古代吸血鬼爲什麼要怕德魯伊。或許只有希歐菲勒斯除外。我很希望他在場；我不知道他長什麼樣子，而他們的靈氣在我眼中完全一樣——我無從判斷哪一個比較古老或強大。

我換了個握木樁的位置，樁身上刻有摧毀吸血鬼的魔法，是強行分解身體組成元素的羈絆繩紋。因爲在布拉格沒機會測試，我迫不及待地想要試試它的威力。我之前研究過上面的羈絆繩紋，刻得非常好。如果沒有可供解除羈絆的吸血鬼魔法，它就不會對正常人產生任何效果，不過刺中身體還是一樣痛。但是對於吸血鬼而言，被這把木樁刺中任何部位，都會結束他不死的存在。

我喃喃唸誦強化力量和速度的羈絆，利用熊符咒裡儲存的魔力加持身體，希望能夠迅速殺光他們，或是把他們引到室外可以吸收更多大地魔力的地方。不過我掌握了還算有效的解除羈絆符咒、直接唸誦咒語解除羈絆的能力、木樁，而且至少暫時還有視覺上的僞裝優勢。

眞希望我知道如何分辨哪個吸血鬼比較老，哪個比較年輕。從外表看來，他們全都和當年死亡時的年紀一模一樣，而服飾也沒有透露出任何線索：全都穿著訂做的義大利西裝和昂貴皮鞋。如果說這裡每個吸血鬼身上的行頭都要花上普通人一整年的薪水，我也不覺得有什麼好驚訝的。而且「比較年輕」是相對形容。我所謂的年輕，是「比希歐菲勒斯和我年輕」，而我敢肯定這裡的每個吸血鬼都已經好幾百歲了。在吸血鬼的世界裡，年齡就等於身分地位，眞正年輕的吸血鬼沒有資格陪在希歐菲勒斯身邊。

他們用義大利文交談——顯然這群吸血鬼都至少在吸血鬼權力中心羅馬待過一段日子，兩千年前剷除德魯伊的行動就是從那裡開始的。所以當其中一個靠牆而坐、面對門口的吸血鬼揚起鼻頭說：「Sentite l'odore di quel sangue? E veramente strano.」時，我當場就決定展開屠殺，因爲他們已經聞到我的氣味。

我瞄準那個吸血鬼，衝向前去，從他後方出手。木樁刺穿了椅背，插入他的右肩，刺破西裝和皮膚。他的喉嚨汩汩作響，身體開始液化，朝褲管、衣袖和領口五個方向噴濺而出。我對他身旁的吸血鬼重複同樣動作，然後唸完對付第三個吸血鬼的解除羈絆咒語，三秒內解決掉三個吸血鬼。

接著，趁著廳內其他吸血鬼心想「嘿，情況好像有點不對勁」時，我又插死了另外兩隻，並利用巨集羈絆、直接轉移目標，以咒語除掉三隻吸血鬼。一直到了六、七秒後，休息廳後方的吸血鬼才搞清楚有夥伴慘遭分屍，頂級的慵懶休息時間已經結束。他們全部跳起身，有些吸血鬼撞倒了桌椅，其中之一則朝我的方向丟來了一張椅子。椅子速度飛快、出奇不意地將我擊倒在地，不過沒有造成什麼傷害，只幫他們爭取到更多採取防備的時間。我一點也不在乎：吸血鬼在德魯伊面前毫無招架之力，而我打算把在場的吸血鬼統統殺光。

我不斷地瞄準目標，解除附近吸血鬼的羈絆。兩個吸血鬼朝我的方向撲來，身體崩壞，灑得我渾身是血。因爲身體被血勾勒出紅色的輪廓，僞裝羈絆沒用了，於是我解除僞裝，一邊起身，一邊繼續唸咒。我在十五秒內除掉了十個吸血鬼；或許我可以在一分鐘內把剩下的殺光。

一大堆家具朝我的腦袋飛來。吸血鬼認爲既然剛剛丟家具有效，或許再來一次還會有效。結果確實有效，因爲我根本不可能閃開那麼多椅子和桌子。

我倒在桌椅底下，緊緊握著木樁，剩下的二十隻吸血鬼開始衝向出口。大多繞過我，不過有兩個傢伙跳到椅子上企圖壓制我，給其他吸血鬼爭取時間逃跑；或至少原定計畫是如此。我逐一瞄準他們，解除羈絆；重量消失了，黏乎乎的內臟撒落地板。我推開椅子，發現休息廳內只剩下大概五個吸血鬼，其他吸血鬼都在逃跑。不過有隻吸血鬼用膝蓋頂中我的肚子，一手扣住我的喉嚨，另一手則壓制住我拿木樁的手。他力氣很大，如果任由他施力，我的喉嚨會被掐爛；他的指甲已經把我掐出血來了。我啓動項鍊裡不完美的解除羈絆符咒，任由它發揮效用。吸血鬼彷彿太陽神經叢突然挨了一拳，當場低呼一聲，四肢痠軟無力。我掙脫拿木樁的手，在他夥伴爬過的同時一樁插入他身側肋骨下方的位置。他在我身上化爲融化的覆盆子冰淇淋，我很慶幸把外套留給歐伯隆。

我喘咳了幾聲，調整呼吸，然後翻身而起；雖然缺氧時，肌肉感覺很像果凍。吸血鬼趁我癱在地上期間，撞爛飯店正面的落地玻璃窗逃了出去——他們沒有浪費時間去走旋轉門——這表示有將近半數吸血鬼逃掉了。

我聽見吧台後方有人小聲說了聲「Scheiße」，這表示剛剛那個人類服務生還活著。

「阿提克斯？你沒事吧？」歐伯隆的聲音在我腦中響起。

「沒事！我待會兒回來。繼續睡。」

我跳過碎玻璃窗口，發現吸血鬼分成兩組逃命。其中一組斜向逃往哈克市場的柏林快鐵站，另一組往右跑向施普雷河的蒙比尤公園。

由於魔力所剩不多，我決定去追往右跑的那組，在公園裡追逐他們可以和蓋亞取得聯繫，重新補充魔力。那裡有座在冬天看起來可憐兮兮的花床，圍著一座石台，台上有某人的半身銅像瞪大銅眼瞪著我。最後面的吸血鬼正要跑到銅像旁時，被我解除了羈絆。他粉身碎骨，血肉撒滿那座銅像。

半身像下面寫著「沙米索」，我路過時認出那是誰的銅像。「嘿！阿戴爾伯特．凡．沙米索【註二】！近來可好，伯特？」我在他那個年代曾經幫他「發現」並歸類過幾種新花。他是個好人；我不知道他在柏林如此受人景仰，很少會有人幫植物學家豎立雕像。「很抱歉把吸血鬼內臟撒在你身上，大個子。」

我在蓋亞的協助下跑得比他們快，接著又趕上了五個。其中四個是在公園裡追上的，最後一個在施普雷河。他情急跳入河中，消失在水面下，由於不用呼吸，他在準備好前都沒必要浮出水面。但是缺乏浮力導致吸血鬼都不擅長游泳，他們會沉入河底，然後用走的，速度比河底的一切都慢。他沒辦法浮起來，得慢慢爬出來，如果我讓他爬出那麼遠的話。我跟著他跳入水中，變形成水獺，直接游出衣服，用前爪夾住木樁，拉近我們的距離。接著我變回人形，木樁插入吸血鬼小腿。他在博德博物館下的河水中融化，然後順著水流被沖刷殆盡。

我赤身裸體地漂在史普雷河裡，不害羞地說一句，水溫眞是冷到讓我身體某個部位都縮了起來。不過，我一共除掉了十九個非常古老的吸血鬼，代價就只有赤身裸體和一點瘀傷。表現不錯。事實上，表現得很好。如果被解除羈絆的吸血鬼裡有希歐菲勒斯，那就算是完美的伏擊了。但是有十一個吸血鬼毫髮無傷地逃入柏林快鐵，天知道他們躲去哪裡了。

我回到蒙比尤飯店，微微顫抖地施展僞裝羈絆，避免驚動本地居民。我覺得這種內心輕重緩急的決定有點可笑，不禁對著黑暗嗤之以鼻。我可以在眾目睽睽下分解吸血鬼，卻不想讓我的裸體嚇壞任何人。來到飯店外面後，我叫歐伯隆出來和我會合。

「記得帶我的外套出來，好嗎，拜託？」我說。

「好。哈！櫃台後面的老兄看到我起來，嚇了一大跳。我不知道他在說什麼，但是他的眼睛睜得和『陰陽魔界』【註二】裡的演員一樣大。」

遠方開始傳來逐漸逼近的警笛聲。「對，這反應和我想像得差不多。他剛剛目睹了很多人破窗而出，如果他走到休息廳去，就會看到很多、很多血。這種情況下突然看到一頭大型獵狼犬，搞不好會把他嚇到失禁。」

我們快步繞過街角，來到哈克市場上一間耐吉專賣店，輕手輕腳地偷了一件運動褲和上衣。我沒費心偷鞋，皮外套也跟這套衣服不搭，但總比在這種天氣下赤身裸體強。我暗自提醒自己之後要回來付帳。

「我們回公園，歐伯隆。你和松鼠有個命運約會。」

「對！沒錯！」

我很好奇飯店員工要怎麼向警方解釋剛剛發生的事。我不知道監視器有沒有拍到我在解除吸血鬼的羈絆——很有可能，但我並不像往常那麼擔心。如果當時的情況被錄下來了，雖然會有點麻煩，但我懷疑影片會上新聞。因為此事有太多警方難以解釋的問題：我是不是有把恐怖的新武器，能將人

編註一：阿戴爾伯特・凡・沙米索（Adelbert von Chamisso, 1781-1838）是德國浪漫派詩人與植物學家。

編註二：陰陽魔界（*Twilight Zone*, 1959-1964）是經典科幻恐怖影集，以驚悚怪誕故事為主，故多角色受驚嚇的場景。

液化或導致爆炸，還是說被害人其實不是人？或兩者皆是？他們在找出答案之前絕不能讓影片曝光。數百年來，各國政府一直有「爲了保護人民」而封鎖新聞的習慣；這就是諸神和怪物得以行走人間，而世人還是把他們當作茶餘飯後的故事、逃避帳單人生的手段的原因。或許他們會找現實世界中的福克斯．穆德【註】來調查此事。搞不好執法單位會爲了抓我而不惜在德國所有的電視上播放我的長相截圖。

無論如何，逃掉的吸血鬼都不會繼續在德國待太久，我想我也一樣。我現在需要的就是洗個熱水澡、眞的換套衣服，然後在遠離警笛聲的地方舒舒服服地睡上一覺。要是能跟關妮兒重逢就太完美了。但是在奧勒岡的新家完工之前，我們都沒有一個會面基地，而如果她像佩倫所說的那樣，從波蘭女巫團那裡取得占卜屏障，我就沒辦法占卜她的位置。反正我也沒把占卜魔杖帶在身上。

「我想找個溫暖的地方睡覺，」我在雨中跟歐伯隆一起跑回蒂爾加藤時說，「我們得去南半球走走。」

「我無所謂。去澳洲找個乾燥的地方如何？愛麗絲泉？」

「聽起來很不錯。」

譯註：福克斯．穆德（Fox Mulder），《X檔案》男主角，專門調查難以解釋的事件。

第二十章

心知有事要辦但是不能去辦，感覺有點像是屁眼超癢卻因爲身處宮廷而不能亂搔，那種行爲會引人側目。我該去幫助布莉德獵殺芳德和馬拿朗・麥克・李爾，但我得保護和教導我的學徒。我想把這當作我能做到，也該要做的事，可以讓我好過一點。我應該要樂在其中才對。我想之後我會樂在其中，只是現在我心癢難耐。

我想要通知布莉德，但她那群宮務官員不肯驚動她。他們說她從斯瓦塔爾夫海姆之旅歸來之後非常疲憊，明確交代他們除非有人攻打到家，不然絕對不許打擾她，而我有事想和她談並不合乎這個條件。於是我留了張字條。

我沒有去找富麗迪許討論這個問題，因爲萬一我找到的不是富麗迪許，而是芳德假扮的怎麼辦？最好還是讓布莉德決定該怎麼處理、何時處理，然後努力忍住不去搔癢。

占卜毫無幫助。我擲過魔杖，也留意了鳥群的飛行軌跡，唯一得到的結論就是他們藏身在某座沼澤裡。不過沒有提示該沼澤位於何處，甚至連是在地球上，還是愛爾蘭神界，還是什麼其他地方也都看不出來。

所以我現在只能工作，以免一直擔心。

我從拉丁文和英文開始教起。大地、天空、太陽等名詞，還有形容它們的形容詞之類的。能在室外做的事的動詞，然後我們也做了那些動作，像是跑步、吃午餐、聞松針等等。我也教他們用拉丁文跟科羅拉多交談——讓他們逐字覆誦一些句子，然後輔以想法和影像，開始練習分隔思考模式。過兩年我會開始教他們愛爾蘭語。

我們的屋子有座尚未完工的地下室，部族成員會在白天建造，我則在每天晚餐過後幾小時動工，架設我所知的一切魔法力場。提爾·納·諾格所承諾的幫手還沒來，希望他們快點到。地下室會在滿月期間，還有其他緊急狀況，比如聞起來像是壞掉乳酪的食人妖大軍入侵家園之類時，當作小孩的庇護所。食人妖事件過後，我們已經教過他們滿月時的應變程序。

霍爾·浩克於晚餐時分帶著威士忌和敘亞漢要求的新證件跑來。泰與山姆也和他一起，一來是要盡地主之誼，二來也是想要染指霍爾帶來的那瓶美酒。葛雷塔幫每個人都拿了酒杯，讓霍爾倒酒。那是米德勒頓威士忌，聽說是很好的酒；我們全都在霍爾舉杯敬酒時舉起酒杯。

「敬史恩·富蘭納根，在多倫多掛掉的假身分，同時歡迎新的敘亞漢，從今以後他將以康納·莫洛伊的名字行走天下。等他付錢給我之後就開始。」眾人嘲諷地笑了笑，我也跟著陪笑。「但是眞正的重點在於杯子裡是少見的好酒，屋裡又是少見的好朋友。我很榮幸能夠如此稱呼各位。」

我說：「是呀，小夥子。」但是其他人都說：「聽呀、聽呀（Hear, hear.）。」也可能是「這裡、這裡。（Here, here.）」【註】不管是哪一個，我都不懂爲什麼要這麼說。英文有太多天殺的同音異義字，而當你把這種字用在可能是俚語或禮貌性的專門用語中時，對我這種還在努力學該語言的人來說，實在是很不公平。雖然我已經越來熟練，但是這種小細節可能還是會在未來幾年內持續困擾我。

米德勒頓果然名不虛傳，接著我端出燉羊肉和蘇打麵包請大家吃。幸好我做了一大鍋，本來以爲會吃不完，結果多出來的客人剛好修正了我沒拿捏好菜量的錯誤。我想葛雷塔找的房子比我原先以爲需要的空間更大，也是件好事。餐廳超大，廚房裡還有額外座位，讓這裡成爲朋友們喜歡造訪的地方。

所有人都在一起——學徒、家長、翻譯、部族領袖——哈哈大笑、開開心心，接著所有狼人突然僵住，或是放下湯匙，側頭傾聽。有些人則轉頭看向通往後院的大壁窗。

「不——」山姆才剛開口，窗戶已經粉碎，子彈竄入屋內。所有父母都本能地擋在火線上保護小孩，承受了好幾發子彈。中彈肯定會誘發他們變形，我和幾個人同聲大叫：「滿月程序！走！」

在場只有我和少數幾名父母不是狼人，所以我們得負責確保小孩安全地前往地下室。小孩們動作迅速，壓低身子；他們已經知道當父母的骨頭嘎嘎作響、牙齒開始突起時，不要待在附近。不過我們還沒離開餐廳，身後已經傳來骨骼折斷聲和痛苦吼叫。所有狼人，包括葛雷塔在內，都在變形。對方持續開火，加速狼人變形過程，導致他們沒有時間先脫衣服。他們將會在變形過程中撐破衣服，那將會增加痛苦。部族成員將會大發雷霆，而我幾乎有點憐憫起導致這一切的傢伙。

我把孩子們留在地下室，交給圖雅的母親梅格照顧；她鎖上了我們安裝在樓梯底部的鑲銀柵門。地下室裡有食物、飲水，還有大小便桶；必要時他們可以在裡面撐好幾天，到時候危機應該早已解

編註：英文中「Hear, hear.」除了「聽呀、聽呀」，也可表達「乾杯」或「說得好」。

除。接著，我戴上手指虎，施展僞裝羈絆，在後院傳來各式騷亂聲的情況下走出前門。

幸虧我有僞裝羈絆，因爲門一打開，我的腦袋就差點被某個天殺的渾蛋開槍打爛。我矮身撲倒，爬向旁邊，尋找開槍者。約莫四十碼外有個拿手槍的高個子，而且聽覺肯定很好，因爲他又朝離我很近的位置開了兩槍——其中一顆子彈在我奔跑時擊中我的後腿。眞是夠了：我得改變遊戲規則。我滾到前院草坪上，脫掉上衣變形成紅鳶，跳出褲子。另一顆子彈擊中我剛剛所在位置的草地，我盡量不發出聲音地跳離那裡。肩膀上的傷導致我暫時無法飛行，但是在所有形態裡，鳥形同時也是在地面上行走最安靜的形態。我朝他的方向小步、小步地跳去，而他連如此細微的腳步聲都能聽見。但由於他不知道是什麼發出這個聲音，所以瞄得太高了。因爲他的整條手臂都平舉在那裡讓我抓，所以我往左一閃，接著奮力跳起，伸出爪子抓住他的右手腕，不過這次降落並不平順。我使盡吃奶的力氣狠狠抓下，當場抓斷他的手掌，和手槍一起摔到地上。我以爲在隨著手掌墜落，會聽見慘叫或咒罵聲，但結果那個詭異的傢伙發出一陣嘶嘶聲，而斷口處噴出的血是黑色的，就像缺乏氧氣的血液一樣。因爲他射不到我，我不在乎發出聲音地跳開，然後看見他彎下腰去，伸出左手撿起右手。他已經不在乎那把手槍了：他只是把手掌塞回到手腕上，好像那樣會有用一樣，然後轉身奔向通往鎭上的道路；速度很快。

這下我知道他不是人了。那是隻天殺的吸血鬼。我們被吸血鬼攻擊了。天殺的敘亞漢！

我變回人形，追趕而去，然後在他逃出施法範圍前唸誦解除羈絆咒語。組成身體的元素強行分離，吸血鬼在一陣液體灑落的聲音中倒地，我立刻回頭去幫在屋後奮戰的狼人。

敘亞漢說吸血鬼或許會爲了他的所作所爲而找上門，但我沒想過會是這種情況。我是說用槍。我還沒研究出如何防禦那些東西，也無法對付有戰術基本認識的人。在有辦法從屋外射擊、把所有人引到外面的情況下，敵人根本沒必要通過我的力場、跑進屋子來攻擊我們。狼人的天性本就不是會躲在牆壁後面：挑釁，他們就會反擊。對他們開槍，他們就會在把你的內臟咬到嘴裡前都不休息。當我轉過屋角時，大部分槍聲已經停止：雙方正展開近身肉搏，因爲部族成員已全部擁出屋子，把打擾他們晚餐的傢伙當作晚餐。魔法視覺讓我知道此刻共有六個吸血鬼和一個人類在對抗十四個狼人，我們總共有狼人父母、翻譯，以及剛好來訪的部族領袖。我不認爲他們有料到會是以一敵二的局面；只有笨蛋才會以爲這樣能有任何勝算。我想他們以爲這裡只有我和葛雷塔，或許外加一、兩個狼人。

狼人全部都在流血，陷入狂暴狀態。吸血鬼沒有使用銀子彈，所以造成的傷害只有讓狼人更加瘋狂。唯一打倒他們的方法就是透過銀，或是直接把他們撕成碎片。撕碎狼人是辦得到的，而且已經有人被撕碎了：有匹狼動也不動地躺在地上，兩條腿完全被人扯下，下巴也不見了。他正在進行最後一次變形，葛雷塔稱之爲狼人的「終止條款」——不管活著的時候要承受多少狗屎，至少你能在死前變回人類。躺在那裡的是內古，圖雅的父親。可惡。

兩個吸血鬼已死，剩下的則被狼人團團包圍。我認得山姆、泰和葛雷塔的狼形，剩下的都認不出來，我沒和他們切磋或一起奔跑過。我只有在圍攻食人妖時短暫見過他們的狼形，當時也沒空分辨誰是誰。山姆、泰、葛雷塔和第四個狼人組成了獵殺團，可能是霍爾．浩克——他是所有大狗裡最大的一隻。他們合作無間，圍困對手，迅速走位，算準時間撲向吸血鬼，讓他在身上的肉離體而去的同時幾乎沒機會反擊。倒地後，他就再也沒起來過；狼人的牙齒緊扣住他的喉嚨，狠狠扯下；接著又去找下一個目標。圍攻其他三個吸血鬼的狼人比較缺乏經驗；他們或許會打得比較久，不過結局已註定。那個人類開始後退，以某種像在吐口水的語言對著吸血鬼大叫，狼人領袖接下來的目標就是他。

那傢伙看起來十分狡猾。他表現得像是這群吸血鬼的老大，但是我沒辦法從魔法光譜裡看出爲什麼那六個吸血鬼要聽命於他。我走近後撤銷魔法視覺，發現他的穿著打扮也很奇怪。不是突擊隊員的裝扮，也沒有任何現代戰士的裝備；他身穿西裝，脖子上圍著一條色彩鮮艷的領巾。

在發現有四匹狼朝他逼近、心知自己毫無生機時，我在他眼中看出打定主意要拉個墊背一起下地獄的決心。我距離太遠，幫不上忙，唯一能做的就是祈禱他不會得手。第一匹大狼朝他撲上；他揚起手槍，大聲叫囂，然後近距離擊中狼人喉嚨。子彈爆出後腦，大狼當場倒地，就此不再動彈。接著葛雷塔撲倒對方，在他再度開槍前了結了他的性命。山姆和泰隨即趕到，即使對方已經死亡，而旁邊還有三隻吸血鬼還在垂死掙扎，他們依然撲上去撕裂那具屍體。

吸血鬼的問題我幫得上忙，於是我就動手了，我不希望其他狼人受傷。一個接著一個，我解除了附近吸血鬼的羈絆，然後除掉已經倒地的吸血鬼。他們都不會再爬起來。但是這麼做並沒有如我預期般地讓新進狼人冷靜下來。他們依然狼性大發，而在看到我赤身裸體地站在一旁、心臟跳動、骨頭上還附有血肉時，開始朝我奔來。

「見鬼了。」我說。我或許有辦法對付幾隻狼人，但是不可能不重創他們，也不可能一次對付九個。肩膀受傷，我沒辦法飛走避戰，但是熊爬樹的本領比狼高強，或許我可以爬到他們咬不到的地方。我變形成熊，以最快的速度奔向附近的黃松。熊掌上的銅套應該能夠幫我在只有三條腿能用的情況下爬樹。跑到樹前，情況好轉了兩秒鐘。我爬了約莫五呎高，但是屁股依然像水果一樣垂在樹下。爪子和牙齒插入屁股；我甩開了兩匹狼，但還有一匹說什麼都不肯放口，我得帶著他或她一起爬樹。要不是銅掌幫我固定在樹幹上，我根本不可能爬上去，於是我提醒自己日後要請葛雷恩亞喝啤酒。

當我的雙臂和胸口抱住一根高到夠安全的樹枝後，就開始思考該怎麼擺脫屁股上的那匹狼。最簡單，也是我採用的辦法，就是變回人類。背部延伸出來的那兩塊肉當場縮小，脫離了那口利齒，供他固定身形的肉突然變得不夠咬。狼摔回地上，不過也把我背後的肉咬下了一大塊。一群新進狼人包圍住樹底。他們跳起來咬我，但是咬不到。

如果不算我被咬爛的屁股的話，暫時算安全了，我對狼人大叫。

「葛雷塔！山姆！泰！我是歐文！你們可以安撫其他人，讓我們好好談談嗎？」

即使他們聽懂了任何話，我也不確定他們聽懂了多少。葛雷塔說變成狼形時很難辨識語言——部族習慣透過部族連結溝通。當他們徹底擁抱動物面時，像是月圓之夜或是怒氣沖天的時候，人性基本上就蕩然無存。今晚是半圓月，照理說應該沒事，只不過狼人的怒氣就像在傷口上撒鹽和檸檬汁一樣。看向大狼倒地的位置，我終於知道了原因。最終變形結束了，失去後腦躺在地上的屍體確實就是霍爾．浩克。或許那個人發射的是銀子彈，或許不是。然而不管是不是，想在那種爆頭傷下活下來都很不容易。

剩下的狼人全部衝到樹下，包圍樹幹，對我又吼又咬。我只是繼續對葛雷塔、山姆和泰大叫，希望有人聽懂我的話。這是很糟糕、很絕望的做法，對他們大叫，卻只能得到狼嚎回應，但是把他們的注意力集中在這裡，總比讓他們在如此接近城市的地方散入樹林中好。他們可能會殺害趁夜出門散步的人——更糟糕的情況是回到屋裡，看看能不能染指地下室的孩子。當我想到葛雷塔對此事的反應時，心情當場沉入谷底：霍爾會是她第二個因為敘亞漢所做的事而死亡的部族領袖。剛納．麥格努生是當年轉化她的狼人，但是霍爾當時也在場，她從還住在冰島的時候就已經認識他了。我絕不懷疑如果此刻敘亞漢在場，她肯定會動手殺他。而我擔心從今以後都會是這種情況，沒人可以改變。

首先恢復自制的是山姆。他的狼形開始抖動，皮膚下的骨頭嘎嘎作響，大部分毛髮脫落，嚎叫聲在發音組織重組時變成嘶啞的尖叫。接著是泰，然後兩人開始影響剩下的部族成員，安撫他們。但是葛雷塔絲毫不受影響。她離開大樹，回到霍爾的屍體旁，哽咽幾聲，然後仰天長嘯。如果是普通的狼在嚎叫，我完全不會放在心上，但於心知在叫的狼是誰，以及她嚎叫的原因時，我覺得這個叫聲是我這輩子聽過最淒慘、最孤獨的叫聲。我有點想要和她一起叫，因為不到十分鐘前我們還在一起哈哈大笑。誰知道才一轉眼工夫就搞成這樣。

山姆和泰任由她去，兩人忙著讓其他狼人變回人形——這並不容易，因為他們全都情緒激動，但不是所有人剛剛都有發洩到，不過領袖的命令能對他們造成強大的影響。接著他們把心思集中在葛雷塔身上，大聲呼喚她的名字，肯定也在嘗試以部族連結接觸她。但她搖頭，無力地叫了幾聲，然後往山上跑，消失在樹林中。

我可以去追她，但我看不出這麼做有何意義。她要發洩滿腔怒火，而她跑走的方向沒錯，不會傷害到任何人。讓自己成爲發洩怒火的對象不但危險，還很蠢。她發洩完了就會回來——而我知道可能要好幾天。

此時此刻，我們得要處理善後。我跳下大樹，朝山姆和泰點頭示意，他們臉上都有血跡。我們一起走到慘遭肢解的人類屍體旁。如果山姆和泰有對造成這種慘狀和嘴裡的鮮血——他們嘴裡的鮮血——感到噁心，也完全沒有表現出來。

泰問：「地下室的孩子沒事吧？」

「沒事。沒人受傷。」

「很好。」山姆說，「這傢伙是什麼玩意兒？」

「我有些眉目，」我回答，「但是不能肯定。他看起來像是敘亞漢提過的一個人，可能就是讓他被送進多倫多醫院裡的那個傢伙。」

我蹲下，在破破爛爛的外套下摸索，最後翻出一本奧地利護照。「威納·卓斯切。」我大聲唸道，「對，就是他。他是遠古吸血鬼希歐菲勒斯的愛人。」

「他來這裡幹嘛？」

「我不認爲他會他媽的告訴我們。」

「他開槍之後就已失去說話的權利。」山姆彎腰撿起卓斯切的槍，檢查子彈，「可惡。」他好像被刺到一樣地丟下槍，「他有銀子彈。其他人沒有。」

我想這點他很清楚。山姆的身側有個彈孔，如果是銀子彈，他就會處於垂死邊緣，不像現在還能四下走動。傷口癒合前得有人挖出他體內的子彈；加速治療能力在面對這些現代武器時還是有些缺點的。

「只帶一排銀子彈就跑來這裡，實在不合理。」泰說。

「如果匆忙趕來，又以爲只會遇上一個狼人而不是十四個的時候，就算合理。」我告訴他，「我不認爲你們是目標。我認爲他們要殺的是我，而他們知道葛雷塔和我在一起。」

「喔。你認爲這是吸血鬼與德魯伊的戰爭？」

「對，我是這麼猜的。敘亞漢說過他會四下獵殺吸血鬼，所以有可能會發生這種事。我有在屋外架設防禦力場，但是他們沒有接近到會觸發力場的距離。我沒想到他們會用槍。我很抱歉。」

「幹。」山姆罵道，「我要打幾通電話，安排悼念儀式。這件事可還沒完。膽敢殺害受人愛戴的領袖，就要有本事承擔後果。」

「等等，」我說，「至少讓我幫你解決那顆子彈。還有所有中槍的人。我應該不用挖太久就能取出子彈。」

子彈裡的鐵質導致我在把它們羈絆到我手掌上時遭遇到一些困難，不過還沒到無法克服的地步，而這樣做遠比拿鑷子進去挖要快、要好。對方開火時沒人直接面對窗口，所以傷口大多在身側、手臂和腳上，有些則擦過肋骨。

他們過幾天就都會痊癒，不過沒人擔心傷勢問題。我們得換好衣服、打理乾淨，然後才能讓小孩離開地下室。而告訴梅格和圖雅——透過翻譯——內古死訊的責任，就落到泰和我頭上。其實應該是我的責任，但是泰也覺得需要負責。他說告知死訊時部族應該有人在場，並對他們保證部族依然會接納、照顧他們。

我想圖雅大概不會繼續當我的學徒了；就算她還有意願，我也不確定梅格希望如此。人類主動避開傷痛是可以理解的反應，而我認爲這間屋子——特別是地下室——永遠都會是她們最深的傷痛。她們或許會決定要遠離狼人和德魯伊，而我不會責怪她們。至於葛雷塔，等她回來之後，或許也不會太喜歡德魯伊了。我讓他們大失所望，就連我都不想繼續和自己扯上關係。

第二十一章

我追蹤獵物的能力不及富麗迪許的四分之一，也不想再度請她幫忙找出希歐菲勒斯，但我沒有其他選擇。不過她直接拒絕幫忙，理由強而有力，因爲之前幫忙後不久，她就聽說芳德已經越獄，而且很可能是馬拿朗・麥克・李爾把她救走的。

「喔，」我說，「那實在是太糟了。」

「是很糟。現在我最關心的，就是把她找出來。」這肯定也是布莉德最關心的事，八成也是歐文的，既然他也有負責囚禁她。如果我對他有絲毫了解，那他現在肯定處於非常自責的狀態。既然自己都捅了這麼大的樓子，他就沒立場到處去說別人搞砸了。

或許再過不久，芳德逃獄、馬拿朗失蹤也會變成我最關心的問題，但當務之急是要解決吸血鬼的威脅。不管我們占了多少優勢，三個德魯伊對抗數萬個吸血鬼，勝算實在不大。我又得要孤軍奮戰，除了一段私人恩怨之外，已經無從著手了。

李夫・海加森把我引去布拉格送死。這不是他第一次要我，而我很懷疑會是最後一次，因爲面對他的時候我總是會心軟——或許只是固執地拒絕相信他當了我律師和朋友那麼多年，完全只是在逢場作戲。冷酷理性的做法是把他找出來解除羈絆，不讓他有機會繼續惡搞我的生活，但結果我只想要把他找出來扁得屁滾尿流。如果他體內眞的扁得出那種東西的話。

我依然不清楚吸血鬼的眞實本質，不過強烈懷疑他們會是上帝之鎚和一般大眾認定的那種地獄產物。據我所知，十字架和聖水並不能對他們造成多大影響。想要眞的傷害他們，要攻擊他們的力量中樞——心臟和頭附近，不然就是用火攻。最好是眞正的火，太陽的效果也不錯。用傳統手法教訓他？李夫只要過一天就會沒事了，而我也會覺得好過很多。

但是要怎麼找他？他說他在諾曼第，可能是眞的也可能不是，但就算是眞的，諾曼第也算不上什麼可以找到他的地址。我沒辦法透過占卜找他，但如果他在諾曼第，或許我可以找到他的下一頓大餐：深夜喝多黑皮諾紅酒的獨行醉漢。或許我可以請梅克拉幫忙——她比我擅長占卜多了——她還可以順便找出馬拿朗和芳德。

轉移前往多倫多前，我把世界上最偉大的乳酪占卜師兼惡名昭彰的隱士——梅克拉留在蘋果島伊凡·阿布拉奇。之前就是她幫我找到吸血鬼名冊，代價是把她安置到一個沒人可以打擾的安全地點。我承諾過會告訴馬拿朗她在那裡，請他照顧她，但我發現我一直沒空這麼做，而現在他失蹤了。這就讓我有藉口去打擾她的隱居生活。她或許會需要些生活用品。馬拿朗也有可能在那裡。

轉移到伊凡·阿布拉奇，就等於是提醒歐伯隆他曾經下定決心要用那裡各式各樣的稀有蘋果，和傳說中布里斯托的惡毒雞【註】來做雞肉蘋果香腸。當我出聲叫喚梅克拉時，他正在逼問我哪裡才能買到撰寫《五肉書》所需的上好茴香和其他香料，而我們繞了半座島才終於獲得回應。

「哈囉，敘亞漢。」她走出樹林說道，「又來問乳酪了？」

「對。妳有預見我會來嗎？」

「沒。我搬來之後一直沒辦法做乳酪，所以不能占卜。我也沒遇上你之前說會來打招呼的神。」

「喔。我本來正想問呢。」

「你來幹嘛？」

「我想知道那個神現在在哪裡？今晚某個吸血鬼會在諾曼第的何處用餐？還有如何找出逃走的女神？」

「地點、地點、地點。三個問題，三塊乳酪。好吧。去幫我買東西，那就算是酬勞了。」

「妳需要什麼？」

「統統都要。我離開衣索比亞時有帶一些植物性凝乳酵素，不過這裡沒有乳製品，也沒有其他材料。我開張清單給你。」

「好。」

「我是說等你幫我弄到紙筆之後就開。除了蘋果，我這邊眞的極度缺乏資源。現在回我家安全嗎？」

「還不行。告訴我妳需要什麼，我背得下來。」

購物清單超長的。「這可得順手牽羊不少東西。」我喃喃說道，結果被她聽見了。

編註：布里斯托的惡毒雞（The vicious Chicken of Bristol）出自喜劇團體蒙提・派森的《聖杯傳奇》（*Monty Python and the Holy Grail*）中介紹羅賓爵士（Sir Robin）的旁白。

「你身上沒錢？」梅克拉問，「我覺得不太可能。」

「如果妳和我一起去的話，我之後會還妳錢。」

她兩眼一翻。「你就是打定主意要我回歸世界就對了。」

「不，不是那樣。我想幫忙，但是不到必要時，我不想偷東西。」

「那就走吧。我再去和我的銀行打打交道。」

接下來我們就去逛了幾個小時的街，但梅克拉動作很快，也很清楚要買什麼、該上哪裡去買。除了製作乳酪所需的東西之外，她還買了幾套衣服和很多不是蘋果的食物。終於開始進行乳酪占卜時，太陽已經快要下山了。

她透過乳酪凝結時形成的圖案占卜未來，複雜的圖案對她揭示的眞相遠比我的魔杖清晰。

她先從芳德開始：「她不在地球上。其他神界。位於沼澤中的城堡。很多紫杉樹。毛骨悚然。」

她躲在莫利根的沼澤裡？一開始我很震驚，難以想像住在那裡的妖精會允許這種事。效忠莫利根的妖精習慣先動手，後問問題。接著我想到一個他們讓她留下的理由，我敢說馬拿朗也和她一起待在那裡。梅克拉用下一塊乳酪確認了這一點。

「他在同一個地方。」這很合理；莫利根死了，馬拿朗接手她靈魂引渡人的角色，護送死者前往他們應該前往的死後世界。沼澤的妖精會接納他成爲該神界的繼承人，並且保護他——還有芳德，而我很肯定她本來就有此打算。

最後一塊乳酪占卜占得比較久，因爲我們不知道李夫獵物的姓名。結果我們得在諾曼第找尋即將有人死於喉嚨瞬間大量失血的地方。那表示我們可能會找錯地方——可能有人慘遭割喉——但我希望諾曼第不常發生割喉案，也希望諾曼第的吸血鬼沒有那麼多。

「在勒阿弗爾，」梅克拉研究凝乳圖案後說，「我能取得地址：布列塔尼街七號。那不是住家——是在做生意的。但是我不知道店名。」

「什麼時候？」

「很快。一個小時內。」

「被害人的資料？男性還是女性？」

「男性。中年人。」

「謝謝！妳太厲害了，梅克拉。我得走了。我會保持聯絡。希望。」

「什麼？」

「妳不會有事的。我會還妳錢。」

我告辭得有點急，但我不想錯過李夫。我顯然必須先轉移到城外，然後跑步進城。我查看了附近的羈絆樹，發現最近的一棵位於城北數哩外。

「我們得盡快趕路，歐伯隆。」我一傳送過去就說，「跟緊我，過馬路要小心車。」

「你打算怎麼做？」他問，「你要和他決鬥嗎？」

「我還不知道，」我回答，「或許。我要好好教訓他。」

我們跑了二十分鐘抵達目的地，中途停下來問了兩次路。結果那個地址是間不迎合觀光客的餐廳；在那裡用餐要嘛就得說法語，不然就用手指比菜單。

我和歐伯隆一起走進餐廳，嚇壞了一堆正在用餐巾擦嘴的客人。「Mon Dieu !」一個男人說。他讓我的獵狼犬嚇到把叉子掉到湯裡，濺出不少湯汁到他腿上。「Qu'est-ce que ce foutu gros chien faiticí?」

「嘿，那傢伙說我很噁心（gross）嗎？」歐伯隆問。

「對呀，不過那個字在法文中是『大』的意思，德文裡也一樣。」

李夫不在餐廳裡——這是間高級餐廳，有二十張桌子——不過有好幾個中年男子在品嚐紅酒。我推開服務生，不理會對方的驚呼，進入廚房。煮餐區沒有吸血鬼；也沒有躲在冰庫裡。廚師對我大發雷霆，要求我離開廚房，我告訴他我立刻離開，所以他沒有進一步發飆。我在脾氣暴躁的廚師拿著廚房用具尾隨而來時走向後門，來到一條潮濕的巷子，旁邊放著噁心的垃圾桶，還停了幾輛摩托車。一個重物落地的聲響將我的目光引向右側，只見金髮的李夫．海加森口操法語，說起被人發現時的標準說詞。「喔，幸好你來了，這個人需要幫忙！他剛剛——」他住口，換成用英文說：「喔。哈囉，阿提克斯。」

「他還活著嗎？」

「暫時還沒死。」

我的目光瞄向那個垃圾桶。這種餐廳後面的垃圾桶經常會清理，而大家也都習慣會聞到惡臭。棄屍的絕佳地點。

「容易處理的速食？」

他忽略我的問題，問道：「你怎麼找到我的？」

我也忽略他的問題。「來談談我爲什麼要費心找你。」

一名廚師跑出來確認我離開沒有。我一把把他推回廚房，用力甩上後門。「不過換個地方談。我吸引了一些注意，那對我們兩個都不是好事。」

「同意。貝辛都商業中心附近有座碼頭。那裡人不多。」

「好。」我切換到心靈連結，說道：「讓我待在你和李夫中間，歐伯隆。我不要他突然對你出手。」

「哇。你認爲他會這麼做嗎？」

「我不知道。小心爲上。」

我們一聲不吭地離開該區，前往蘭布拉迪碼頭，只要避開商業中心外側的橋梁，那裡就沒有多少行人。警笛聲顯示已經有人發現李夫的獵物——八成是那個廚房員工。既然他們沒看到李夫，多半會把此案算在我頭上，除非那個醉漢能告訴他們李夫的事。但我懷疑他會這麼做；李夫八成有魅惑他。

我們沿著碼頭走，勒阿弗爾的天空萬里無雲，老實說是個十分美麗的夜晚。貝辛都商業中心是一整條狹長形的建築，專門設計在河面上提供引人入勝的夜景倒影，提升周邊的房地產價格，或許也爲在附近散步的情侶憑添了浪漫氣息。李夫和我不是那種關係。我很想朝他的嘴巴捶上一拳，而他也察覺到這點。

「你心跳加速，還透露出許多攻擊性徵兆，阿提克斯。我該擔心嗎？」

「不用太擔心。至少我沒打算解除你的羈絆。不要給我這麼做的理由。」

「不用怕。延續我的存在是我最主要的目標。」

「你還有什麼其他目標？害死我嗎？」

「當然不想。就像那個知名的瓦肯人不只一次說過的，我希望你長命百歲、家財萬貫【編註一】。」

「什麼？這和他說的相差十萬八千里。」

「喔，我可能有稍微更動了一點原文。有關係嗎？」

「看在地下諸神的份上，當然有。你不能這項亂改史巴克的話。」

「可惜。我還以爲我終於弄懂了一些『酷』東西，就像『酷豆【譯註】』裡的『酷』一樣酷。」

「天呀，別再說了。」

「總之我的意思沒錯。我只希望你能快樂。」

「我強烈懷疑這一點。那只是你從馬基維利【編註二】權謀書裡剽竊出來的句子。」

「這點我眞的難以認同，老朋友，我不認爲你有權批評我。你難道都沒有自己的訴求嗎？你難道沒有利用其他人去達到自己的目的嗎？」

「我和你差太多了。我不會像你對待我那樣背叛朋友。」

「我眞想不到你會對這種必要手段懷恨在心。我得除掉斯丹尼克才能爬到今日的地位，而你是唯一能夠除掉他的方法。」

「什麼？你今日是什麼地位？在勒阿弗爾獵食酒鬼——這對你而言就算地位提升了？」

「我不是指飲食習慣。我是說我現在可以把希歐菲勒斯拉下台。」

「喔，所以你所做的一切就是爲了這個？你可以說得好像你在幫全世界一個大忙一樣，但是少鬼扯了：一切都是爲了你自己。」

「這樣說也沒錯，但是話說回來，我還是要問：你又有什麼不同？你所做的一切難道不是爲了自己的利益嗎？你自稱是爲了蓋亞剷除吸血鬼，但是面對現實吧：一切都是爲了你自己。蓋亞才不在乎我們有沒有獵食人類。我們對她的存在不構成威脅。所以你獵殺希歐菲勒斯只是爲了了結私怨。我以爲當年一起去阿斯加德的時候，你就已經學到復仇的教訓。」

我終於一拳給他捶了下去，打得他跌下蘭布拉迪碼頭、摔入河中，不在乎有沒有人看到，會不會報警說我公然毆鬥或是意圖謀殺。當李夫奮力浮出水面，爬回人工港灣的磚牆上時，我整個人失去控制，對他大叫。

「你這個高傲的渾蛋！我會跑去那裡都是因爲你！我現在要幫北歐那些傢伙處理的那堆狗屎，

編註一：「星際爭霸戰」（*Star Trek*）系列中，瓦肯人的祝福語是Live long and prosper（生生不息，繁榮昌盛），而李夫把它變成 to enjoy extreme old age and economic bounty（長命百歲、家財萬貫）。

譯註：酷豆（Cool beans）就是很棒的意思。

編註二：馬基維利（Machiavelli，1469-1527）是文藝復興時期的哲學、歷史學、政治學家與外交官，主要理論是政治無道德的政治權術主義，他的思想被稱爲馬基維利主義（Machiavellianism）。

都是那次去阿斯加德惹出來的，而我去那裡的唯一原因，就是爲了不要失信於你！看在地下諸神的份上，索爾把你的腦袋打成肉醬，還是我把你黏回去的！而你竟然出賣我，把我扯入吸血鬼這樁鬼事！」

「你可別裝出一副沒有把事情鬧大的樣子。」李夫一邊爬牆一邊說。

「那跟你出賣我有什麼關係？有人打我的時候，我就會還手。」

「我也會。」他身體一縮，奮力躍起，越過我的頭上，凌空翻身，落在攻擊距離內。我沒有強化力量或速度，所以沒辦法閃躲或是擋下他對我肚子揮來的一拳。空氣離體而去，我向後跌開，奮力喘息。他沒有繼續追擊，只是一臉厭惡地脫下外套，把濕透的衣服甩在地上。

「這套西裝就這麼被你毀了。被機油和不幸的魚污染的鹹水。噁心。你當然不在乎。」

「對，我不在乎。」我趁喘氣的空檔說。呼吸順暢後，我立刻唸誦強化力量和速度的咒語。藉由這些羈絆加持，我就能在生理上與他抗衡——至少能維持到熊符咒裡的魔力耗盡。李夫藉由過往的經驗知道我在幹嘛，微微一笑，擺出防守架式。

「希歐菲勒斯在柏林，不在布拉格。」我說著，也擺出一套功夫的起手勢。

「對，我聽說了。」

「我有除掉他嗎？」

「沒。他還活著。但是你除掉了幾個非常老的吸血鬼，有些比我還老。幹得好。」他禮貌性地拍了拍手，斜嘴一笑。接著我們就開打了。迅速、殘暴、技巧高超，就像我們在亞利桑納切磋時一樣，只不過我現在當眞動怒，而且魔力有限。我不能慢慢游鬥，也不能採用在心知可以迅速治療時的犧牲打法。

根據之前與李夫切磋的經驗，面對不需要依靠氣氣提供能量的對手，攻擊身體是沒用的。他不會像人類一樣喘不過氣或耗盡耐力，所以這樣做是浪費時間。不過攻擊腦袋可以讓他頭昏，劃破他眼睛上方可以影響視力，讓他露出破綻。儘管我的大部分攻擊都被擋下或是架開，我還是正面擊中了他的鼻子，並以肘擊打碎他的臉頰。

但他也清楚我的弱點。攻擊身體會消耗我的體力，減緩速度，然後這場架就算結束了。我被他的重擊打斷了兩根肋骨，接著又被他的膝蓋頂中肚子，再度喘不過氣來。

一記上鉤拳幸運地擊中他，打得他騰空而起，重重落地，用力搖頭以釐清思緒。我的魔力即將耗盡，所以我癱倒在他對面，撤銷羈絆法術，結束這場架。

我大口喘氣，癱在碼頭上流血，李夫坐在原地，除了臉以外一動也不動，而他的臉正在吵吵鬧鬧地重組骨骼。由於剛剛才進食過，他有很多能量可以做這種事。他伸手擦拭鼻孔，驚訝地發現袖子上竟有那麼多血，然後盤腿而坐。他目光低垂，緩緩搖頭，說：「我知道你不會相信我，但我還是要說：希歐菲勒斯的事，我沒有出賣你。」

「狗屎。」

「卓斯切在監視我。我以爲我的手機線路安全，但顯然是太過自信了。希歐菲勒斯當時眞的在布拉格，但是卓斯切得知你會出現後，就把他的愛人送去柏林，然後在波希米亞大飯店布置埋伏。」

「你怎麼可能知道這些事？」

「因爲我的消息來源還沒有完全斷絕。雖然現在已不會有人主動爲我提供消息，但我確實也有在監視幾個人，其中之一剛好在幫卓斯切做事。我的人攔截到一通卓斯切打給此人的電話，叫他帶著他的不死屁股趕去旅館，你就快到了。不幸的是，我收到消息時已經太遲，來不及警告你。」

「那現在呢？希歐菲勒斯在哪裡，李夫？」

「此時此刻，我沒辦法告訴你。但我知道他之後會出現在哪裡。」

「哪裡？」

「那句話是怎麼說的？我相信是『條條大路通羅馬』？」

「他會去羅馬，我剷除所有其他古老吸血鬼的地方？你之前一再騙我，這次我有什麼理由要相信你？」

「布拉格不是騙你的。我只是猜測他在那裡——這點我很明白地告訴過你，而結果也證明我猜得沒錯——這次我也沒騙你。他得去羅馬重新掌權，不然就無法名正言順地繼續控制世界上其他的吸血鬼。他把地球視爲他的帝國，你知道。但你的游擊戰術把我們全部趕出巢穴，像老鼠一樣地躲到下水道去。他不能不處理這種事。」

「這我不敢說。他在柏林的時候咻一下就閃了，你怎麼會認爲他會想要再度和我衝突？」

李夫輕笑。「我很肯定逃跑傷了他的自尊，如今他在準備和你正面衝突。他好日子過得太久了，是不是？所有吸血鬼都一樣。記得《辛白林》【註】嗎？富足和平養成怯懦——」

「困苦爲堅忍之母。我當然記得《辛白林》，但那並不表示他會跑去羅馬。」

「我認爲會。我認爲他考慮過各種在羅馬擊敗你的策略，要讓不死生物完全脫離德魯伊的威脅。你知道，他一定要成爲全吸血鬼的英雄。他的自尊心要他非當英雄不可。而我的消息來源說你的紫杉人殺手已經兩天沒有動手殺害任何吸血鬼了，是不是？」

「對。金流問題。卓斯切的計畫成功了。」

「那他就可以開始進行下一步了。他將會奪回羅馬，還會帶一支部隊同行。他會等你主動上門，而這一次，他會做好對付紫杉人的準備。他會擬定計畫。」

「好吧，李夫，」我說，「我們來談個條件。」

編註：莎士比亞的劇作《辛白林》（*Cymbeline*），內容在描述古代凱爾特族不列顛國王庫諾貝里努斯（Cunobelinus）的傳說。而李夫和阿提克斯是在引用其中國王女兒伊慕琴（Imogen）的經典台詞：Plenty and peace breeds cowards: hardness ever of hardiness is mother.

第二十二章

我在平靜勝利的情緒中睡了一覺。儘管醒來時還殘留著一點罪惡感，不過大多隨著夜晚消失了。僅存的罪惡感將會提醒我差點犯下的錯誤，希望也能防止我日後採取太過激烈的手段。我想我不太可能再度氣成那樣；世界上沒有人能像畢烏．拉結那麼能激怒我。現在事情過去了，或許我能讓它留在過去，享受內心的滿足感；我希望我是在讓我的繼父得到因果報應，而不是為自己增添不好的因果。或許我該去找拉克莎討論；如今她對行為與後果間的關係似乎看得比較透徹了。

儘管如此，無可否認地，我覺得很爽。我已經劃掉人生待辦事項清單中的最主要項目，很想和別人分享喜悅。但我已經好一陣子沒有阿提克斯的消息。我傳簡訊給他和霍爾．浩克，不過沒人回訊。如果阿提克斯過去兩週內惹上了任何麻煩——幾乎肯定有——他很可能會換新手機，那我就得等他傳簡訊給我。而他只會在真的非常擔心時才會這麼做；他很看重我的個人空間。但現在我不必再擔心會讓洛基知道該上哪裡去找他和歐伯隆了，所以我真的很想和他會合。問題在於我沒辦法打手機找他，而拜寒鐵所賜，我也無法占卜他的下落，這表示要找他非常困難。或許曙光三女神女巫團的成員會知道該怎麼做。如果問她們世界上哪裡發生了瘋狂魔法事件，她們或許能夠占卜出來，而我就有可能在那裡找到阿提克斯。就算找不到，也可能有德魯伊幫得上忙的地方。

我還有另一個前往華沙的理由：我已經讀過幾首維斯瓦華．辛波絲卡的詩了。〈不要重蹈覆轍〉

（*Nothing Twice*）寫得很棒，〈劇場印象〉（*Theatre Impressions*）也不遜色。她肯定是我會喜歡的詩人，我想學習波蘭文的時候到了。我敢說女巫團會很高興得知此事，就算她們在其他方面幫不上忙，這也值得我跑這一趟。如果女巫不介意的話，我近期內很可能會在她們那裡待上一段時間。

抵達提爾·納·諾格搜尋傳送點之後，我發現瑪李娜·索可瓦斯基家附近沒有羈絆樹，最近一棵就是波雷莫可土夫斯基的黑楊樹。如果要經常拜訪她們，我或許就得解決這個問題。她們家附近有適合羈絆的松樹。

不過我很享受跑步前往拉杜許其的旅程。我們於午後時分抵達華沙，午餐和下班尖峰時刻之間的交通不算非常擁擠。瑪李娜家的大門沒關，伊芙艾里娜盤腿坐在門外的地上抽菸。看到我時，她把菸彈熄在馬路上，然後笑著起身。「哈囉，關妮兒。」她比了個惡魔角手勢。「繼續搖滾。」她把大門推得更開，邀請歐拉和我進去。多明妮卡立刻跳出屋外，在伊芙艾里娜關上大門時差點絆倒在長滿青苔的台階上。

「唉呀！關妮兒！妳來了！和我去找密瓦許聊天！」她抓起我的手臂，拉著我繞過屋子。

「喔……好。急什麼？出了什麼事嗎？」

「我想他有點難過。妳可以幫我和他談談嗎？」

「當然。」我在多明妮卡身後微笑。儘管我希望沒有什麼問題，但還是不認爲這是出於她的幻想；我也很高興看到有人關心密瓦許。她們會寵他、慣他，不會疏於照顧他。轉過屋角時，我看到他正把鼻子埋在一袋燕麥裡。

我切換魔法視覺，覊絆彼此的心靈，然後向他打招呼，問他過得如何。他抬起頭，在認出我時嘶鳴了一聲。他回答說大部分都很滿意。

「有什麼不好的地方嗎？」

他回答說他想出去散步，而不是整天待在同一個地方——這個要求聽起來很單純、很合理，但由於洛基想奪回他，這麼做其實很危險。他身上的烙印並沒有被燒掉，我也不認為我忍心用灰燼符石去燒他。再說，我認為女巫團幾乎是在期待洛基採取行動——但我認為她們希望他跑來這裡，所有防禦力場都很齊全的地方。

我對密瓦許說我會想想辦法，然後把牠的要求告訴多明妮卡。「他只想要出門走走。」

「喔！」她輕咬嘴唇，「我們沒辦法好好保護他。」

「要是妳們全部一起陪他出去呢？整個女巫團，而不是只有妳？每次都改變路線，不讓對方預先得知，但還是隨時提高警覺？」

「好。告訴他說我們會想辦法。」

暫時解決多明妮卡和密瓦許的問題之後，我接受了她們的烘焙食品，進入瑪李娜家。屋裡沒有庸俗的仿古家具；裝潢很樸素、現代、極簡主義，主要是幾張大油畫，還有凸顯女性特質的小型銅像。

女巫們請我喝茶、吃蛋糕，還陪我聊天。只有一半女巫在家。她們都很高興得知我想要鑽研辛波絲卡的詩作並且學習波蘭文，接著我認為是時候請她們幫個對女巫團有好處的小忙了。我對著團長說。

「聽我說，瑪李娜，我想要找阿提克斯問問看吸血鬼的情況，還有別的事。但是我一直聯絡不到他，也不知道該上哪裡去找他。妳們有辦法找到他嗎？」

她眨了眨眼，說：「他的寒鐵靈氣遮蔽了我們的視線。他和妳一樣完全無法追蹤。」

「喔，我知道。但我想我們可以換個方法，從他引起的騷亂下手。」

「妳是說……有什麼特定事件嗎？如果有，或許我們能找出來。妳可以形容一下是什麼樣的騷亂嗎？」

「不，沒有什麼特定事件。我只是想請妳們找出和吸血鬼有關的事件。」

「我們也不擅長占卜不死生物。」

「沒錯，不過我認爲到了這個地步，他們應該會和某些魔法界人物結盟。阿提克斯有付錢請一些妖精去暗殺他們，行動很有效率。我認爲吸血鬼也會開始付錢請魔法使用者保護他們。所以我想我要說的就是，最近如果有偵測到大量使用魔法的情況，阿提克斯很可能就在附近。就算不是，好吧，或許我也該去調查一下大量使用魔法的事件。」

「嗯。」瑪李娜在花崗岩廚房料理台上敲了幾下食指，思考我的說法。她的目光掃過廚房，看向所有在場的女巫。一共有六個女巫，她點頭。「好，只要能趕走波蘭境內的吸血鬼，這樣就值得一試。華沙有幾個吸血鬼，還有一些在波茲南獵食學生，讓我們特別困擾。安娜，可以請妳待在這裡，幫關妮兒上第一堂波蘭文課嗎？其他人會想辦法搜尋魔法所引發的騷亂。」

其他女巫走向後院，安娜則爲了要上波蘭文課而興奮地比了幾下瘋狂搖晃玩偶的手勢【註二】。她拿起紙筆，開始教我字母和發音。我向來都很鍾愛z這個字母，所以在發現波蘭文裡有三個版本的z——z、ź、ż——時，證明了我的選擇沒錯。直到瑪李娜和其他女巫回來為止，時間就在語文課和熱茶中度過。我注意到她們的頭髮上有些小小的月光蓍草花。

「羅馬，」瑪李娜直指重點，「妳得前往羅馬。」

「為什麼？那裡會出什麼事？」

「西班牙廣場上出現非常奇怪的現象。我覺得很像薔薇十字會【註二】幹的，但是有點不對勁。」

「我不懂妳在說什麼。」

「簡單來說，廣場附近有些建築物四周有很強大的力場，但是架構方式很不尋常。可能是陷阱。我不會大搖大擺走進去。」

「這是最近才有的嗎？」

「對。我們從未感應過類似的東西。」

「好。」我說著，起身。歐拉搖著尾巴和我一起站起。「我去處理。」

編註一：瘋狂搖晃布偶的手勢（the Muppet flail），是《布偶歷險記》（*The Muppets*）中布偶（特別是青蛙科米特，Kermit the frog）表達驚喜或崩潰時，高舉雙手瘋狂搖晃的表現。

編註二：薔薇十字會（Rosicrucian）是一個祕密結社，何時成立不明，但據傳發端自十六至十七世紀的德國，十七至十八世紀因為他們於歐洲刊行的出版品，而廣為大眾所知。傳說其創始人為真實身分不明的德國神祕學家克里斯汀·羅桑庫魯斯（Christian Rosenkreuz）。

「要極度謹慎，關妮兒。近距離觀察之後，如果想要諮詢意見，就打電話給我們。」

「好，我會。」我感謝安娜幫我上課，然後離開，和歐拉一起跑回波雷莫可土夫斯基。我在路上教了她幾個義大利熟食店的店名，結果就是她迫不及待地想要嚐嚐風乾生火腿、煙燻火腿，和費拉拉豬肉香腸【註】。

「我們到羅馬後就看看先找到哪樣：熟食店還是阿提克斯和歐伯隆。」

編註：費拉拉豬肉香腸（Salama da sugo ferrarese）是義大利小城費拉拉的著名料理，至少有五百年以上的歷史。內餡是豬脖肉、豬腹肉、脖子的肥肉和豬頭皮，再用鹽、胡椒、紅酒等調味，填入腸衣後放上六至九個月。大多在水煮後佐以馬鈴薯泥等上桌。

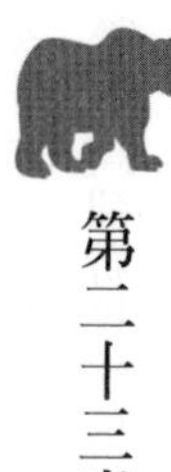

第二十三章

我注意到這年頭的葬禮比以前隆重一點，因爲所有人都換上他們最好的黑衣服。在我那個年代，大家都只有一套衣服，過得好一點的人有兩套，而洗衣服是因爲你受夠了睪丸上的污垢和蝨子，不是因爲有人死亡。但是葛雷塔幫我弄了套適合參加葬禮的服裝，因爲那樣代表尊重，她說，於是我就照她的意思去做，霍爾値得我爲他表達所有敬意——當然，內古也一樣，他把家人託付給我。

其實這比較像是匆忙安排的悼念儀式，算不上是葬禮。霍爾交代死後要把自己葬在冰島，內古則要回歸蒙古利亞。但是兩者的意義是差不多的：緬懷逝者，分享他們對你的影響，盡量安慰家屬，就算這麼做一點用處也沒有，不管你怎麼說都不可能彌補他們世界的大洞，塡滿心愛之人缺席的未來裡的內心深淵。他們還是需要知道你會盡可能地彌補一切。

葛雷塔回來後就只有說「我們之後再談」，或是隨口出聲回應。我不用擲魔杖就看得出來這段談話不會有什麼好結果，而我承認自己的內心非常糾結。打從回歸到這個年代以來，唯一讓我不去招惹別人的人就是葛雷塔。我知道說起愛情，就該一邊聯想到接吻的面孔和香噴噴的肥皂，一邊哼著開心歌曲，但是愛情還有另一個人們鮮少會對自己承認的重要功能——我們想要找個能夠在其他人面前拯救自己的人。讓我們不用去跟別人交談，我是說，或是不用在乎他們說些什麼。在這種時候，我們不會想要彬彬有禮，忍住屁不放，是不是？我們想要放個響屁，還想和不在乎我們放屁的人在一起，願意繼續深愛我們，並與我們並肩放屁的人。我認爲或許葛雷塔對我來說就是這種人。或她本來可以是，直到那些天殺的吸血鬼出現。

整個坦佩部族統統跑來葛雷塔家參加悼念儀式，我想他們是打算晚上去山裡狂奔，藉以紀念霍爾，而旗杆市部族的成員大多也會爲了紀念內古而加入他們，下次滿月同樣也會獻給他們。我聽見有人咬牙切齒地說要吸血鬼付出代價。

梅格和圖雅會留下來，這讓我有點驚訝。內古和梅格都希望女兒成爲德魯伊，而梅格並沒有改變心意。她們會去蒙古利亞處理一些事情，然後再回來。

我安安靜靜地參加悼念儀式；我與霍爾和內古都不像其他人那麼熟，而這算是部族本身的儀式。狼人的悼念儀式會聽到一些有趣的聲音：壓抑的低吠、尖叫與嚎叫，還有他們在努力壓抑激動情緒並維持人類形態時，顏面骨骼滑動的聲響。不過沒有人完全失去控制。儀式結束後，葛雷塔朝我勾勾手，我們走到一段距離外的樹林中，然後她才開口。她的眼前蓋了一層黑紗，但是冰藍色雙眸還是擄獲我的目光。她的聲音緊繃、自制、疏遠。她身穿男性西裝，打著銀色領帶。這裝扮在部族中具有某種象徵意義。她從外套內袋裡拿出一個塑膠袋，裡面放著霍爾幫敘亞漢準備的新證件。她把袋子丟給我，然後朝旁邊吐口水。

「我要你去找他，告訴他這裡再也不歡迎他。坦佩或旗杆市部族的成員都不歡迎他。對，我能代表山姆和泰說話。」

她等著我說話，但如果她以爲我會和她爭論，那她就要失望了。「好。」我說。

「我不會叫你永遠不要和他說話，但是我們眞的已非常厭倦他的狗屎了。不，不——不是厭倦，火大、震怒、隨時準備幹掉他——這樣講比較接近。我們不想讓我們部族淪爲他永無止盡危機中的附加傷害。所以從今以後，我們都不要和他有任何瓜葛。」

我不知道附加傷害是什麼意思，於是我點了點頭，打算晚點再查。葛雷塔見我點頭就繼續說下去。「如果你要和他見面，請選擇離這裡遠一點的地方。他得採取世俗的方法聯絡你，不能派遣妖精信差。他得使用郵件或是社群媒體。有需要的話，我會幫你設定帳號。」

「好。」我很慶幸她沒有因爲我什麼都做不好而把我也趕走。

「我們不會再幫他做事。不再提供任何證件。他和麥格努生與浩克事務所的法律關係徹底結束，他們會準備相關文件。我們不會幫他照顧狗或保管劍——說到這個，山姆和泰把劍帶來了，你要負責把劍帶走。劍在屋裡餐廳的桌上。從現在開始統統結束了。只要他不踏入我們的地盤，我們就不會招惹他，但如果他蠢到再跑來，我們會不擇手段結束他漫長的一生。這樣夠清楚了嗎？」

「非常清楚。」

她緊繃的肩膀鬆懈下來，緩緩吐氣，閉上雙眼。她已經把要說的話說完了。

「很好。你有什麼問題嗎？」

「我想法律事務所並不清楚他在哪裡？或許我可以盡快處理此事。」

她搖頭。「我猜他在羅馬，不過我不確定。妖精找不到他嗎？」

「沒辦法，他很久以前就不讓妖精找到他了。爲什麼猜羅馬？」

「如果他真的打算消滅吸血鬼，那他就會去那裡。搞不好他已經在那裡興風作浪，所以才導致我們遇襲。」

「好吧，那就去羅馬吧。值得調查看看。知道是羅馬的什麼地方嗎？」

「有錢人住的地方。名望、財富、權力——老派吸血鬼都喜歡讓大家知道他們擁有那些東西。」

「好。我去收拾一下，立刻出發。」我想和她吻別，但不確定她是否願意讓我親。結果我僵硬地點了點頭，然後轉身往屋子走去。走出幾步之後，我聽見她移動，而且很快。我還沒機會轉身，她已經從後方環抱住我。我僵立不動，她把頭靠上我的肩胛骨。

「謝謝你，歐文。」她說。

「不用謝我，」我回答，「我想要保護新教團就像妳想要保護部族一樣。而這兩件事的解決方法都一樣——讓敘亞漢遠離此地。」

她沒有說話，只是抱得更緊一點。

「這件事可能很快就能辦成，也可能要好幾天或幾週才能找到他。而我很肯定如果他想出方法，我就得幫他一起解決吸血鬼。所以請向孩子和他們父母解釋，好嗎？告訴他們我離開的原因，以及事情一辦完我就會回來。我不希望再發生這種事。」

「不。我們絕對不想再發生這種事。」她放手，把我轉過去面對她，然後雙掌捧起我的臉，目光透過黑紗直視我的雙眼。「放手去做，徹底解決，不要擔心我們。我們就在這裡。」

「好。」我點頭，她放開手，我回屋裡。葛雷塔一直待在樹林中，而我則是拿起手指虎和餐桌上的富拉蓋拉，還帶走盧基達做的木樁——一根給我，一根給關妮兒，以免她和敘亞漢在一起。我不知道部族對她採取什麼立場，不過若沒必要我不想主動提起，最好還是讓她自己決定要不要跟敘亞漢共進退。

我知道我想要什麼：讓葛雷塔和歐文的德魯伊教團安安穩穩地成長茁壯。爲了幫教團找到寧靜和諧，我絕對會奮戰到底，管它什麼爲了和平而戰是否自相矛盾的問題。

第二十四章

轉移到羅馬，感覺有點像是空降到敵軍陣線後方。就是在這裡，希歐菲勒斯和他那群遠古吸血鬼一起操弄朱利烏斯．凱薩和其他追隨他的人，攻擊大陸德魯伊；而他們的行動，加上基督教擴張，有效地消滅了我們。他以爲他贏了。我想他確實贏了：當你等了兩千年才展開反擊，你眞的不能說還算是同一場戰爭。

幾個世紀以來，我每次造訪羅馬，都是爲了藝術欣賞，沒有久待，而且是趁白天吸血鬼都在睡覺的時候。但我一直都有留意羈絆樹的狀況。羈絆樹位於羅馬北境的博爾蓋塞別墅，那是一個古老家族的大宅院，與好幾任教宗關係密切。時至今日，它已經有一部分成爲公共場所，建有動物園和公園。未來很長的一段時間裡，這裡都會是前往羅馬的可靠傳送點，而且它剛好鄰近西班牙廣場，也就是李夫認爲我能找到希歐菲勒斯的地方。

「他在廣場上有間公寓，好幾個領導階層的吸血鬼也都有。是幾個世紀前以低價購買的，之後每隔一個世代都立遺囑把財產交接給他們的新身分；你肯定也是這樣處理你的資產。現在因爲這個地點已經變得熱門，每棟公寓的價值都超過百萬歐元。」

「之前不熱門嗎？」我問。

「在濟慈和雪萊住在那裡時，本地人戲稱那裡是『英國貧民區』——價格低到連貧窮的外國詩人都租得起。我知道你的妖精殺手有在那裡除掉兩個吸血鬼領袖。希歐菲勒斯會為了象徵意義取回那些公寓。」

「你是說他會去買?」

「最後會用買的。他和他的手下會用魅惑的方式處理所有法律程序。如果他們想要的公寓有人住了,也可以殺害對方,把公寓空出來。」

「他付得起這些?」

「喔,肯定付得起。記住,除了他本身的巨額財富之外,拜威納·卓斯切所賜,他現在手上還握有你所有的錢。他會為了激怒你,盡快把錢花光。」

當我抵達西班牙廣場——該廣場是因為鄰近西班牙大使館而得名,不是因為西班牙人有幫忙建造或設計——時,廣場上並沒有觀光季節那麼擁擠。不尋常的寒冷天氣導致遊客都把時間花在博物館或教堂等室內景點。我和歐伯隆一起走到西班牙台階下由貝尼尼設計的船型噴泉【註】,欣賞片刻,然後認真考慮要不要去台階左側的巴賓頓茶室喝點貴得不像話,但至少能提供一些暖意的熱茶。不過現在手邊缺乏歐元,我得等一等再說。

首先,我想要確認李夫說希歐菲勒斯及其同夥住在廣場四周公寓的情報是否正確。只要從那些公寓外面有沒有佩戴肩式槍套和對講耳機的奴僕負責守衛就知道了,但是我不希望過早暴露行蹤。我開始用魔法光譜觀察那些建築,看看有沒有不尋常的跡象。我本來沒想過真的會看見什麼,但確實有東西吸引了我的注意。

巴賓頓茶室對面的三棟樓上，都架設有某種力場。吸血鬼辦不到這種事，所以他們必定雇用了魔法承包商幫忙，而承包商多半還待在附近。

那些建築物都是五或六層樓高，最底下兩層樓是高檔店面。從左到右依序是璞琪服飾、卡薩迪鞋店、積家鐘錶行，以及杜嘉班納服裝設計，還有一座大門通往室內的樓梯和電梯。要進去就得跨越那些力場的門檻，而我還不打算那麼做。時裝店上方有成排格子狀的窗戶，大多關著，不過還是有幾扇窗開著，迎入微弱的冬陽。開啓的窗戶明白表示屋內沒有吸血鬼。再往上看，可以看到盆栽樹和屋頂花園——讓超級有錢人高高在上俯視平民百姓的高台。

我維持魔法視覺，請歐伯隆跟我沿著街區繞一圈。我要知道魔法力場的守護範圍有沒有涵蓋整棟建築。儘管這些建築都連在一起，中間沒有巷道隔開，還是可以輕易透過油漆分辨它們。璞琪那棟是褪色的淡紫色，卡薩迪那棟是赤褐色的，最大的第三棟則是乳黃色。沿著狹窄的石板街道繞了一圈後，我確定這些建築物的力場涵蓋四面八方。我一直小心沒跨入力場範圍內，也沒讓歐伯隆離得太近。看不出這些力場是哪種魔法，也不確定有何功用。我不該爲了急著殺死希歐菲勒斯而犯下愚蠢錯誤。

在那幾棟房子背面，一條充滿手套店、皮包小販和珠寶店的小巷裡，我遇上蠢到對我下手的兩個

編註：西班牙台階（Spanish Steps），也常作西班牙階梯，連接了羅馬西班牙廣場與在階梯頂端的聖三一大教堂（Trinità dei Monti），於十八世紀完工，共有一百三十五階。階梯下方的船型噴泉（Fontana della Barcaccia），也稱破船噴泉（Fountain of the Ugly Boat），是建築師貝尼尼父子於十七世紀建造的。

扒手。首先，我身上沒有皮包。他們看起來像是一對姊弟。女孩發出欣賞歐伯隆的聲音，試圖靠在他身上，利用垂下的寬鬆上衣來擄獲我的視線。她絕對不可能沒意識到這點——因爲這種打扮對這個天氣來說實在是太單薄了，所以她明顯是在轉移我的注意。同時她的夥伴或兄弟繼續從我經過，然後繞回來。當我感覺到他的手指伸入我後面的口袋時，我矮身掃倒了他的腳。他重重摔倒在石板地上，我則轉身壓住他，從他口袋裡抽出幾張鈔票。女孩對我大叫，想靠大聲呼救來嚇我。我放開男孩，微笑地看著他們。

「你們挑錯對象了，」我用義大利語說，「現在就離開。我知道你們不是眞的想要警方調查此事。」歐伯隆不等我提示，自動縮起耳朵朝他們低吼。他們拔腿就跑，不過也大聲咒罵我。我感謝他們提供了午餐錢。目睹事發經過的路人，都沒對我提供任何意見，顯然此地扒手橫行；他們還爲我鼓掌叫好。

我們繞完一圈，回到廣場上，我走進巴賓頓茶室，買了些野餐食物帶走——因爲正常日子的氣溫比今天要暖和許多，所以他們在冬天也會販賣這種食物。

我們坐在西班牙台階上，離擠在貝尼尼噴泉四周的遊客一段距離。歐伯隆對著持續路過而想要拍他的路人搖著尾巴。

「人類都無法抗拒我的魅力，阿提克斯。你看到了嗎？我是全世界最有趣的獵狼犬。」

「這點無庸置疑，老兄。」

「嘿，那邊也有隻獵狼犬嗎？」他站起身來，凝視廣場北側。「是耶！我想那是歐拉！對了！聽明女孩也在！」我順著他的目光，看見了熟悉的紅髮和魔杖。我微笑，起身，出聲吸引她的注意。她對我揮手，兩頭獵狼犬則跑到中間相會。

「阿提克斯，我把吃的都吃光了，沒有東西可以給歐拉！我該怎麼辦？」

「別擔心，我們再幫她買。」

「嘿，這外套不錯。」關妮兒說，一邊微笑一邊爬上台階，但接著她停下腳步，側頭看我，笑容消失。她伸起手來，搖晃手指。「哇，怎麼回事？你的迷你酷伯小鬍子呢？」

我伸手摸下巴。「喔！我得在多倫多扮演奈吉爾。別擔心，我會留回來的。」

「你真的跑去多倫多？聽起來是個好故事。我想我們有很多時間可以聊聊最近的事。」她又笑了笑，攤開雙手走上台階。「過來。」

天呀，見到她感覺真好。再度把她摟在懷裡真是美麗愉快的重逢。打從霍爾．浩克告訴我科迪亞克．布萊克的死訊後，我就沒再見過她了，而我們確實有很多事得聊。我看著台階上的獵狼犬，她則跑去巴賓頓茶室幫自己和歐拉買了些點心。歐拉抵達羅馬之後就一直想找熟食店，但既然有歐伯隆可以一起玩，我又保證之後一定會帶她去吃好料的，她就不再對先吃野餐用的薩拉米香腸和起司發表太多意見了。

關妮兒和我分開之後一直在忙。弗加拉移除了——或是燒掉了洛基的烙印，然後她又透過從維勒斯手中搶走許文妥威特的馬，與曙光三女神女巫團交換占卜屏障。

「我會在女巫團那邊多花一點時間，」她說，「我要學波蘭文、背誦辛波絲卡的詩作來增加思考模式。」

我感到有點驚訝。「哇。我羨慕妳，因爲我沒學過波蘭文，但如果妳想要增加轉移世界用的思考模式……」

「爲什麼不背拉丁文或俄文的作品？」關妮兒接著說。

「對呀。」

「因爲我想背誦美麗的作品。如果我把至今讀過的俄國作品永遠記在腦海裡，可能會影響我樂天的性格。」

「有道理。」我說，「但我要告訴妳一個可能影響心情的消息，弗加拉死了。」

「什麼？怎麼死的？」

「布莉德殺的。他率領大軍攻擊黑暗精靈，不肯和我們談判。奧丁命令他直接進攻斯瓦塔爾夫海姆，於是他奉命行事，布莉德就拿他殺雞儆猴。」

「可惡。原來他們就是在說那個。我在阿斯加德的時候就聽出他們要去斯瓦塔爾夫的意圖。」

「現在雙方達成了歡樂的協議。但我認爲迫使黑暗精靈上談判桌，根本就是奧丁一手策劃的，而且我越想越覺得布莉德也有參與其中。整個行動冷血殘酷、不擇手段，但事後想來似乎又有其必要。他們一開始並不願意談判。莫利根說我們要拉攏他們，而如今他們和我們站在同一陣線。額外的好處在於，黑暗精靈承諾不會繼續承接暗殺我們的合約。」

「嘿，那是好消息！」

「尤其現在芳德又跑掉了。妳聽說了嗎？」

「沒有！什麼時候的事？」

「幾天前。不過她應該可以交給別人去解決。我們兩個已都能防禦她的占卜，而且我知道她在哪裡。我要告訴布莉德，讓她去解決此事。我手頭上的事已經夠多了。」

我告訴她和威納・卓斯切數度遭遇的情況，以及在柏林刺殺希歐菲勒斯卻失敗的事。還有黛安娜離開她的監牢，不過還是看我超不爽。

「她發誓會饒過我們，然後立刻破誓。朱比特說他會阻止她來獵殺我們，但這點有待觀察。」

「那你來這裡做什麼？」關妮兒問，「我剛好遇上你的休息時間，還是你已經開始興風作浪？」

「我在查探地形，」我解釋，然後指向有力場守護的房子，「用魔法光譜看看那些房子。架設了奇怪的力場。」

她照做，然後轉向我。「對。瑪李娜說廣場上有怪事。她說那些力場不光具有保護作用，而且還是陷阱。」

「啊，我就在想妳是怎麼找到我的。」

「是呀，我問她們世界上有什麼地方發生怪事，她就叫我來這裡。看吧，你就在怪事旁邊！」

「非常聰明。她對這些力場有什麼看法？」

「有。她說看起來有點像是薔薇十字會，不過有點不同。」

「薔薇十字會？狗屎。」

「什麼？爲什麼是狗屎？」

「嘿，哇！不是我拉的！」歐伯隆說，語氣很緊張。

「也不是我！」歐拉也說。獵狼犬向來不喜歡別人把狗屎怪在他們頭上。

我們向他們保證只是在比喻，絕對沒有懷疑他們，等他們回去咬耳朵和給路人摸之後，我開始小聲對關妮兒解釋我擔心的理由。

「薔薇十字會源遠流長，偶爾會和壞事扯上關係——妳熟悉他們的歷史嗎？」

「我聽過他們的名字，但是不太熟。」

「他們是十五世紀早期成立的祕密結社，影響了共濟會【註一】和許多其他結社，致力於改善社會，不過從來沒透露過成就那些事的方法。其中有些人——我該說很多人——都眞的想要改善社會，而我認爲他們在某些方面也確實達到了目的。他們擁有一套哲學體系，鄙視腐敗的天主教會，而他們自認玩弄宇宙神祕力量的行爲都是爲了榮耀的使命。時至今日，世界各地依然存在著薔薇十字會的派系，或是其他自稱與薔薇十字會毫無瓜葛，卻顯然受其影響的組織。問題在於，有些這種組織——或者說，他們的分支——乃是邪惡的溫床，妳知道嗎？有人自己組織祕密結社，抬出薔薇十字會的名號來獲得旁人敬意，但是檯面下卻壞事做盡，像是感染梅毒的老二暗藏在床單下一樣。他們會說他們致力科學，但實際上只是在研究煉金術，試圖學習黑暗的祕密。妳還記得威納．卓斯切的力量來自於煉金術士，而他後來殺死了創造者嗎？好了，我在多倫多有仔細觀察他的紋身，而他頭頂上的眾多鍊金符號裡就有一個薔薇十字。」

「喔。所以是薔薇十字會裡的敗類創造出魔法生命吸食者？」

「對。而且我敢說這些薔薇十字會的力場威力都很強大。事實上，既然它們多半是為了保護希歐菲勒斯而設，我們又知道他跟威納・卓斯切的關係，所以幾乎可以篤定這一點。讓我再提一個名字——有聽說過金色黎明協會【註二】嗎？」

「金色黎明——有。就是有布蘭・史托克、威廉・巴特勒・葉慈，還有阿萊斯特・克勞利的那個會？」

「對。他們也有受到薔薇十字會影響，非常熱中那個。還有神祕卡巴拉教派【註三】。」

「神祕卡巴拉就是猶太喀巴拉教派的反面？」

「對。兩個體系相去甚遠。他們統合了其他傳統教派，但儀式還是奠基在生命之樹上，所以如果想要施展大型法術——像是守護三棟建築物——可能會需要兩個人以才辦得到。」

編註一：現代的共濟會（Freemasonry）誕生於十八世紀初期，最早起源可追溯自古羅馬與中世紀的職業公會，然後現代則往思想結社方向發展。相信「博愛與宗教的多樣性」，成員包括各種知識份子，後被染上神祕色彩。

編註二：金色黎明協會（Hermetic Order of the Golden Dawn），是十九世紀在英國相當文明的現代魔法結社，據信分支自英國薔薇十字會。關妮兒後續提到的人名是其中有名成員，包括了：吸血鬼經典《德古拉》作者布蘭・史托克（Bram Stoker, 1847-1912）、著名詩人葉慈（William Butler Yeats, 1865–1939）、神祕學者與魔法師阿萊斯特・克勞利（Aleister Crowley, 1875–1947）。

編註三：神祕卡巴拉（Hermetic Qabalah），又作赫密士卡巴拉教派，是源自歐洲的祕教，深受猶太教與基督教的喀巴拉（Kabbalah）思想影響。

「這表示附近可能有很多薔薇十字會的成員。」

「一點也沒錯。我們來仔細觀察那些力場。」

我們走下台階，穿越廣場，檢視那些力場，獵狼犬跟在我們後面。我們在魔法光譜下看見許多看來毫無章法的光點，但是透過剛剛的談話內容，我已經可以看出一點端倪。

「看這裡，關妮兒。」我說著，指向力場離我們最近的邊緣，不過小心不要碰到。我的手指沿著光點畫出閃電的形狀。「看到沒？生命之樹上的十個質點。四面八方都有生命之樹與其交會。這是卡巴拉力場。神祕學的，我猜。」

「對，我看出來了。但是有什麼功用？」

「我不知道。別人進出這些店面都沒有任何異狀。我敢說這個力場是專門對付德魯伊的。我會這麼緊張，是因爲上帝之鎚在坦佩對付我時，曾徹底隔絕了我的羈絆能力，所以我並不特別想要把手指插進去看看。」

「好吧，你說去多倫多之後和上帝之鎚的關係改善了。何不打個電話看看他們能不能移除力場？我是說，我們不是一定要今天對付這些吸血鬼，是不是？我們可以等待援軍？」

「沒錯。很棒的主意。」我拿出新的拋棄式手機，依照記憶輸入尤瑟夫·比亞利克拉比的電話號碼。他的聲音聽起來很睏——多倫多此刻並非下午，比較接近凌晨六點。「哈囉，拉比？我是阿提克斯。你和你朋友多快可以趕到羅馬？」

第二十五章

阿提克斯說服拉比盡快飛來羅馬之後，我們就多了剩下的午後時光和一個晚上要打發。這樣也好：我們兩個的身體都不在最佳狀態，與神和不死生物遭遇過後的傷勢依然在恢復。我們決定在吸血鬼醒來前轉移到別的地方，並且好整以暇地晃回博爾蓋塞別墅。我們利用這個機會約會，找了間熟食店兌現我對歐拉的承諾，同時取悅歐伯隆。羅馬我不太熟，要靠問路才能找到西班牙廣場。所以阿提克斯帶我逛了幾個地方，然後在隨處可見的咖啡吧——就像在西雅圖到處可見星巴克——點了濃縮咖啡。我很喜歡杯盤碰撞聲和牛奶泡沫蒸氣嘶嘶聲搭配義大利背景音樂的感覺。抵達博爾蓋塞別墅時，大概是天黑前一個小時，而當我們走向傳送樹時，看見一條熟悉的身影走向我們。

「喔！好啦，至少找出你們不是我想像中的那場噩夢。」一個有點像在低吼的聲音說，「一步都不用踏入那塊死亡之地。」

「哈囉，歐文，」阿提克斯說，「我們正要離開。你來這裡做什麼？」

「來找你。我有消息，好壞都有，還有一些狗屎要給你。」他把富拉蓋拉丟給阿提克斯，劍鞘上的皮帶在風中甩動。接著他又丟了個塑膠袋過來，阿提克斯接住，然後打開來看。

「喔！我的新證件。謝謝。又能去銀行開戶的感覺眞好。呃——康納．莫洛伊。還不錯。」

大德魯伊臉色一沉，朝旁邊吐了口口水。「好消息是威納．卓斯切終於死了。葛雷塔殺了他。」

「喔，哇。眞是好消息！但是等等——你的意思是威納．卓斯切跑去旗杆市？」

「我他媽的就是在告訴你這件事，小夥子。葛雷塔殺死他之前，霍爾．浩克把你的證件帶過去，爲你天殺的屁股乾杯之後沒多久，威納．卓斯切就帶了七個吸血鬼帶槍攻擊我們家。你覺得他爲什麼要這麼做？」

「喔，不。我猜是爲了報復柏林的事。」

「柏林是什麼東西？」

「德國一座城市。我在那裡解除了十九個希歐菲勒斯朋友的羈絆，但他逃走了。他一定是叫卓斯切不擇手段展開報復。」

「所以他就跳上飛機直接來找我們。」

「我猜是這樣。有人受傷嗎？」

歐文雙拳緊握，大叫道：「有，有人受傷了！霍爾．浩克死了，你這坨天殺的大便。因爲你！他是去送你的新證件，結果因爲你在柏林做的事，腦袋挨了一顆銀子彈！我一個學徒的父親也死了！」

突如其來的壞消息，令阿提克斯畏縮。這是很糟糕、很可怕的消息，看得出來他深受打擊，特別是當歐文還以這種責備的語氣大聲告訴他時。

「喔，天呀，」他說，「我能做什麼？有悼念儀式嗎，還是……？」

「悼念儀式已經舉行過了。我才剛從那裡來。部族要我帶個口信——兩個部族，我是說，坦佩和旗杆市。你被驅逐出境了，小夥子。如果你再踏入他們的領地一步，他們會動手殺你。他們不會主動找你，或動員全世界的部族追殺你，但你不能回去。等麥格努生與浩克事務所完成剩下的手續，他們就不再是你的律師事務所了。找新律師的時候到了。」

「什麼？」我說，「等等，那太──」

「是我罪有應得，」阿提克斯說，「我了解他們的看法。我不怪他們。」

「不，他們根本不該怪你！」我說，「又不是你扣的扳機。」

「不是，但卓斯切是因爲我才跑去那裡的。我完全可以理解他們的反應。」他的聲音轉爲冷酷、死氣沉沉，我知道他在幹嘛：他把痛苦放到不同的思考模式裡。但至少這樣做讓歐文冷靜下來，因爲歐文剛剛一副要動手打他的樣子。他抬頭看著他從前的大德魯伊，說：「謝謝你告訴我。還帶我的劍來。」

歐文嘟噥了一聲，轉頭看我。「說起武器，我也有把武器要給妳，關妮兒。」

我立刻認定這是離別禮物，驚呼道：「什麼？我也被驅逐出境了？」

「我是沒聽說。我想他們不會主動幫妳任何忙，但我不認爲他們會對付妳。不，我要給妳一把盧基達做的木樁。」

他穿牛仔褲，上半身是件有羊毛襯裡的棕色軟皮外套。他拿出一把硬木木樁，雕工細緻，告訴我這把木樁不管刺在哪裡，都能解除吸血鬼的羈絆。

「敘亞漢和我各有一把。」

「有用。」阿提克斯向我保證，「盧基達是個天才。」

「謝謝你。」我說著，從歐文手中接過木樁。木樁的平衡感甚佳，我或許可以拿來投擲，不過得先實驗看看。

「好了，」大德魯伊說著，雙掌一拍，「我要怎麼幫你阻止這場吸血鬼狗屎？」

阿提克斯一開始有點驚訝，不過沒有拒絕他。「我們在明天之前都不能行動。反正我們也得先聊聊這些日子以來的事。我們先轉移到正南方一個我熟悉的地方，那裡很溫暖，而且還在同一個時區裡。跟我來。」

我們轉移到提爾．納．諾格，然後又跑到一座面對海洋，下方還有沙灘的懸崖上。太陽即將沉入地平線，將天邊的雲彩染成橘色和粉紅色。

「好溫暖！」歐拉說，由於有足夠的空間伸展四肢，她和歐伯隆立刻開始追逐嬉戲。

「啊，不錯。這裡是哪裡？」歐文自我身後的傳送樹現身時問道。

阿提克斯微微一笑。「歡迎來到安哥拉本吉拉的考丁哈海灘。這裡不會有人打擾我們。我們應該可以輕鬆休息，恢復元氣。」

我們找路走下懸崖，海灣裡的水呈藍綠色，十分吸引人。一艘漁船停在遠方海面上，看起來像是壓扁的浮標。沙灘感覺溫暖，不灼熱，附近一整片沙灘就只有我們三個人。

我不認爲阿提克斯和歐文會想要繼續談論和霍爾或禁止入境有關的話題，而此刻展開明天的戰鬥計畫或許還太早了點。於是我努力找尋安全的話題。獵狼犬跳入海中追逐海浪，我們則在沙灘上找地方坐下。

「我們先來想想未來的事，阿提克斯。歐文今後會開始訓練學徒。等處理完吸血鬼的問題，我們兩個要做什麼？」

他在陽光下瞇起雙眼看我。「這個，我想我們會住在奧勒岡。」

「我知道。我是問我們要做什麼？因爲我想要捍衛大地。」

他側頭問道：「妳不是已經在捍衛了嗎？」

「我是指主動對抗污染。清理環境。把氣候引向不會害死全人類的方向。在幾世紀以來不顧後果的開發後恢復生態平衡。」

「聽起來是不可能的事。就像接手薛西弗斯【註】的懲罰，然後期待那顆巨石會乖乖留在山頂，而不像薛西弗斯受罰時那樣每天又滾下來。只因爲妳即使有能力做到一件事，也並不表示妳該去做。」

我先是覺得有點吃驚，接著恢復正常。「不，阿提克斯，你這種比喻應該用在吃人腦或幹山羊之類的瘋狂狗屎上——」

歐文插嘴道：「我好多個世紀以前就這麼和他說了，但他不肯聽。」我一點也不想知道他是什麼意思，而且絕不是因爲這樣做會打斷我的論點，於是我就當大德魯伊沒開過口，繼續說下去。

「當你是在討論捍衛蓋亞的德魯伊時，這個比喻就不適用。我們應該要說：『我應該對抗掠奪大

編註：希臘神話中，薛西弗斯（Sisyphus）因爲欺騙了死神與冥王，而被罰不斷將大石頭推向山頂，但快到頂端時，石頭又會滾下來，不斷重複。

地的行爲，因爲我眞的有能力這麼做。』我們應該把碳藏起來，迫使石油和煤礦工業吐出他們最後一口漆黑的氣息。」

我的說法似乎眞的令他費解。「但那並非蓋亞創造德魯伊的理由。不管世界上有沒有人類，蓋亞都會繼續存在下去。她允許人類羈絆大地，是爲了在魔法的力量前保護元素，不是爲了防止世俗環境遭受破壞。」

「海平面提高和大規模絕種等問題，都不能算是世俗環境遭受破壞。五百年前根本沒有工業層級的污染，所以蓋亞當然不會考慮那個。」

阿提克斯聳肩，好像那都不重要。「我認爲那是在浪費時間。」

「好吧，我認爲時間就是該花在這上面。」

「喔，你們兩個要開打了嗎？」歐文問，語氣充滿期待，「我奶頭都變硬了。」

這顯然不是我心目中的安全話題，但既然開了這個話題，我可不能說停就停。「所以你打算住在奧勒岡，什麼都不做？」

「我可不是什麼都不做。兩千多年來我一直在回應世界各地元素的召喚。我有很多羈絆樹要照顧，要建造新的羈絆樹，還要重新累積財富。」

「就這樣？你不打算做任何幫助蓋亞的事？」

「每次回應元素召喚都是在幫助蓋亞。」

「我知道，阿提克斯，但我是指你對大地的愛，和在它們沒有提出要求時幫助它們的慾望。」

「我在此之前其實沒能力做多餘的事。」他說，「只要施展法術，我就等於傳送訊號給安格斯．歐格，告訴他要上哪裡去找我。那個威脅已經解除，但我的處境還是無法認眞考慮此事。我是說，你可以把一整天都耗在這上面，但是晚上回家後要拿什麼買牛排給你的獵狼犬？」

歐文又插嘴了，不過這次不是嘲諷，而是更正他的想法。「這樣想就不對了，小夥子。你該讓你的獵狼犬自行獵食。世界上最擅長仰賴自然生存的人就是德魯伊了，你不需要現代經濟那些狗屎，這個你很清楚。」

「沒錯，阿提克斯。奧勒岡那塊地產完全都是你的，我們花費不大，或許買點啤酒就好了。」

「現在是怎樣，你們兩個聯手對付我？」

「我不知道聯手是什麼意思，但我們不是在對付你，小夥子。和你說點眞心話。你自己也說過：你孤軍奮戰太久了，除了生存，什麼也做不了。但現在情況不同了，你該考慮一下你的職責是不是該隨著時代改變。」

「暫時還沒有那麼不同。」阿提克斯回答，「我還是在忙著求生。」

「我們都是。或許現在考慮未來還言之過早。我不能代表關妮兒發言，所以只能說說自己的建議，就是解決吸血鬼的事情之後，你應該要避開從前的行爲模式，好好想想其他做法。對我來說，我知道我要做什麼：訓練更多德魯伊。」

「我則要盡我所能地確保污染能源昂貴到讓世人大舉投入太陽能和風力發電，但我想我也要在波蘭找個正職工作。」

「眞的？」阿提克斯問，「為什麼在波蘭？」

「讓自己身處學習語言的環境。再說，」這個想法讓我心情變好，「我想要有錢買啤酒。我或許會再當酒保。」

阿提克斯低下頭，縮起膝蓋，雙手環抱小腿。他的聲音很低，很悶。「我記得妳在魯拉布拉工作的時候，我常和霍爾去那裡。他眞的是個好人。天呀，我已經開始想念他了。」

我該承認：我眞的很不會挑選安全話題。

第二十六章

當我在安哥拉海灘上醒來時，歐伯隆縮在我身旁，我覺得身體的傷都痊癒了，但是心情卻悶悶不樂。或是說得具體一點，我心裡爬滿一堆難以忍受的罪惡雪貂。牠們是渾蛋。

猶太傳統中有個贖罪節，當時我覺得這是個好主意。只不過一年贖罪一天對我可能不夠。我可能比較需要贖罪年。我知道霍爾不是我親手殺的——科迪亞克·布萊克也不是，剛納·麥格努生也不是，莫利根也不是，許許多多其他人都不是——但是罪惡感不是這樣運作的。它會指出前因後果的關聯，然後用不該你承擔的責任來套牢你，接著跳到你背上，用馬刺踢你，一直騎到你力竭倒地爲止。除非你能在途中找到救贖之道。

歐文沒有多提，但我肯定芳德和馬拿朗·麥克·李爾的事也讓他內疚。我把梅克拉占卜的結果告訴他，希望這樣對他的旅程有所幫助。

「歐文，聽著：我知道芳德在哪裡。」我說，黎明時用這種話題起頭很奇怪，但我的大德魯伊向來不拘小節，「她與馬拿朗一起躲在莫利根的沼澤裡。要把他們趕出那裡很難，但我想你越快展開行動，事情就會越容易。」

「你怎麼知道？」

「我去找了一個占卜能力比你我都強大很多的先知。她告訴我的。」

「好吧，和我的占卜結果吻合。我看得出來他們在沼澤裡，莫利根的沼澤肯定合乎描述。那是超棒的藏身地，我絕不會想到要去那裡找。謝謝你，小夥子。」

昨晚我看見關妮兒臉上帶有幾絲憂傷之情，但是問她時又說沒什麼。我不知道她是不是也在應付她自己的罪惡雪貂，不過我想下定決心對抗地球的慢性毒素可能也是她自己的贖罪方式。很少有東西能像罪惡感那樣強烈地影響我們的人生。

又或許她是在擔心洛基，而她很有理由擔心。我早已知道洛基在我們科羅拉多的小屋找到過她，但是她在昨晚的營火旁才終於告訴歐文和我當時究竟是什麼情況。她在我們架設的火力場中毆打他，一斧頭砍中他的背，宣稱他的性命掌握在一名德魯伊手中。當然把話反過來說也沒有錯——只要一有機會，他也絕對會格殺勿論。要是我們被他發現，結果大概也一樣。

我很肯定他是她的煩惱之一。當年她要求成為我的學徒時，我費盡心思警告她：魔法使用者有時候能活很久，但常常也會面對淒慘的末路。我還帶她去看東尼小屋大屠殺臭氣沖天的現場，讓她見識壞女巫艾蜜莉的殘破屍體，那一切都比空口警告來得有力多了，而她還是選擇成為德魯伊。但就算見識過殘暴的屠殺現場，還是不能和親身經驗相提並論，而我認為在印度遭遇洛基的事改變了她。她怎麼可能沒有任何改變？我希望之後的反擊加上占卜屏障，能夠提供一點帶有療癒效果的滿足感。但是剛與蓋亞羈絆時所感受到的那股無憂無慮的喜悅——可能都與她的骨頭一樣慘遭壓碎，而她沒辦法將那些情緒羈絆回原位。

「今天開始行動前，」我對她說，「我們或許該想想要讓獵狼犬待在什麼安全的地方。這裡很不錯，但是沒有清水和獵物。這些懸崖上面基本上是一片沙漠。」

「我知道一個好地方，」她說，「位於安地斯山的山丘。那裡氣候溫暖宜人，有清澈的淡水湖。如果餓了，附近還有行動緩慢的胖胖大羊駝。」

「我們應該先餵他們吃點東西，不過這聽起來不錯。」

當我們問獵狼犬想吃什麼時，歐伯隆馬上回答：「普丁！」

我們帶他們兩個前往多倫多，當地才剛過午夜，但是皇后西街上的普丁尼肉汁奶酪薯條店開得很晚，我們買了好幾大包好東西。接著我們帶他們去關妮兒提到的厄瓜多山區。儘管已經在安哥拉睡了一晚，他們還是保證飽餐一頓後可以多睡一會兒。

羅馬的酷寒與南半球的溫暖氣溫形成強烈對比，歐文大聲感謝他的外套。

「要不是有這件外套，我奶頭都要尖叫了。」他說。

離開波爾蓋塞別墅之前，我們充滿身上的備用魔力。羅馬是世界上最早鋪設石板地的城市，而且多年來一直持續鋪設。石板地下還有更多石板地，是建造在古代城市上的城市。一旦與吸血鬼開打，我們不會有無盡的魔力爲後盾。最好的做法就是在黑夜降臨前突破他們的力場，把他們統統除掉。

「這裡對德魯伊來說實在是充滿死亡、酷寒的地獄景象，我可不是隨便說說。」歐文在踏入城內，與蓋亞失去聯繫後評論道。

「不過這裡的氣溫冷成這樣，眞的有點反常。」我說。當時還是早上，羅馬上空籠罩在一層宛如來自魔多的低矮烏雲。「看來可能會下雪，而這裡大概每二十年才會下一次雪。我敢打賭羅馬人會覺得害怕，然後待在家裡。」

「很好，」關妮兒說，「要擔心的人越少越好。」

西班牙廣場附近的觀光客人數趨近於零，就連販賣自拍棒和其他亂七八糟商品的攤販都放假在家。我們約拉比在巴賓頓茶室見面，這個決定至少讓我們可以舒舒服服等人。

他陸續對其他上帝之鎚的成員發布消息，而他們在下午時開始進入茶室。我們沒有打招呼，或叫他們來併桌，而是讓他們自行相認，靜靜等候尤瑟夫拉比。我擔心有人會像年輕時的尤瑟夫一樣抱持極端偏見，所以寧願等他抵達後再與這些虔誠的一神教徒介紹我們這些會用魔法的異教徒。

由於尤瑟夫拉比住得最遠，所以最後一個才到，當時已經是下午過了一半。他先和同志們微笑擁抱，接著看到我們坐在角落，揮手招呼我們過去。他和同志介紹我們，說我們是最近協助上帝之鎚在西半球達成光榮使命的好人，而現在，在上帝的意願下，我們將會幫助他們再度重創世界上最古老的邪惡生物。

其他上帝之鎚成員朝我們點頭示意，卻沒報姓名。他們並不急著想和我們混熟。我們是有用的生物，不是朋友。

「我們該先看看目標嗎？」我問，然後結帳並拉好衣服對抗室外的寒風。幾個不怕冷的觀光客打定主意不要浪費機票錢，努力在陰暗的天色下表現出愉快模樣。我注意到貝尼尼噴泉邊緣已經蒙上一層薄冰。

來到目標建築物前方，尤瑟夫．比亞利克拉比立刻瞇起雙眼打量力場，以希伯來語和同伴低聲交談。他們點頭，討論了幾句，然後對我們說：「你猜得沒錯。這些是重疊在一起的神祕卡巴拉生命之樹。不過具有崩壞觸發機制。」

「什麼意思？」

「當任何一棵生命之樹被寒鐵解除時——或是其他法術——剩下的生命之樹就會各自分離，繼續運作。換句話說，你不可能解除整個力場，只能靠寒鐵解開一部分之後通過。剩下的生命之樹功能就是注意到有樹消失，然後觸發反應機制。」

「什麼樣的反應機制？」關妮兒問。

「我不知道。可能是攻擊，也可能只是警報，讓施術者得知力場遭受突破。」

「所以正常人就能自由進出。」我說。

「很聰明。」

「我是正常人。」歐文說，「身上沒有寒鐵。」

「但是他們和我們一樣，有辦法察覺附近有人施展魔法。」比亞利克說，「只要你使用任何魔法，他們就會發現。」

「我了解。不過我應該可以進去看看，偵察敵情。還是你們隨便哪個都行。」

「你去。」我說，「右手放在口袋裡，別讓人看見你的紋身。」

歐文看看三棟房子，挑選右邊乳黃色、樓下是杜嘉班納服飾店的那棟。

「我喜歡這棟的綠門。」他解釋自己爲什麼要挑這棟。

他輕輕鬆鬆穿越力場，消失在房子裡，五分鐘後回來。

「裡面有條長走廊。沒有地方藏身。後面有電梯和樓梯，有人在那裡問我是不是住戶。電梯和樓梯空間都很狹小，我完全不想走上去。上面只要有人，對方就能掌握所有優勢。」

「問你的人長什麼樣子？」關妮兒問。

「彪形大漢。身穿現代西裝，耳朵裡還塞著一條彎彎曲曲的線。顯然是安全警衛。不過還有另一個人。算不上是警衛，什麼話都沒說，不過有仔細打量我。他坐在樓梯上，身穿寬鬆的白色衣服，繫了條繡有金色符號的橘肩帶，還留了一頭我這輩子見過最怪的頭髮。」

「有多怪？」

「頭頂和耳朵上面剃光，沿著額頭往後面留了一圈油膩膩的頭髮，好像戴髮圈。」

「修士頭？」我問。

「如果我知道修士頭是什麼玩意兒，或許我他媽的就能回答你。」

「所以有個守衛還有個詭異的邪教徒，」關妮兒說，「裡面還有其他力場嗎，歐文？」

「我敢說樓上還有很多，但我沒上去。我不想還沒弄清楚狀況就開打。」

我轉向拉比。「如果你有動能感應力場，我會先從那個著手。如果他們是在等我，很可能就會拿槍出來開火，不然也會採用其他寒鐵無法抵禦的世俗武器。」

「當然。那就施展漠視屏障。讓無辜的民眾不會在乎我們在幹什麼。不是說這種天氣有多少人出門。」

「好。我們先退到隱密的位置，必要時再一擁而上。」拉比對此沒有意見，立刻以希伯來文與其他上帝之鎚成員交談。然而，歐文有意見。

「我們爲什麼要躲起來？我們應該直接踢幾個屁股，然後回家。」

「我們得先引他們出來。」我說，「上帝之鎚可以在死亡之地上施法防禦自己，而且他們的力場會跟著他們移動。我們兩件事都辦不到，也不能浪費魔力。如果開打時我們在開放空間，就很有可能中槍。如果我們硬闖進去，中槍的機率就會更高——耳朵裡塞著捲捲的東西的傢伙，外套裡八成有槍，而樓上毫無疑問還有更多那種人。這可是你教我的，歐文：永遠不要讓敵人稱心如意。他們想要德魯伊步入陷阱，所以我們就讓喀巴拉教徒進去。」

歐文張嘴露齒，沮喪地低吼了一聲。他討厭我說對的時候。

我們靠著虛張聲勢和一點運氣，爬上了巴賓頓茶室頂樓可以看見廣場的房間。這裡有點類似野餐帳篷，牆很矮，窗戶敞開，風景絕佳。西班牙台階位於我們的左下方，往上通往我們後面的教堂。我們面前的廣場上有十個上帝之鎚成員排成生命之樹陣形，尤瑟夫拉比站在最前面，面對杜嘉班納服飾店入口附近的綠門。

「今天可以開開眼界了，」我對關妮兒和歐文說，「你們沒見過這種類型的魔法。他們的鬍鬚待會兒會竄出去。」

「什麼？眞的鬍鬚？」關妮兒問。

「妳會看到的。」

上帝之鎚開始唸咒，以儀式順序移動。我們沒有看得非常清楚，因爲我們在他們左後方上面，但我們能將被力場守護的三棟建築盡收眼底。我比較在意它們，而不是喀巴拉教徒，想看看他們的行動有沒有引發什麼反應。

我有點想透過魔法光譜看，但不想浪費魔力。上帝之鎚唸咒不到一分鐘，房子上就有兩扇窗戶打開，冒出兩個穿白衣、留修士頭的男人打量喀巴拉教徒。他們看了一段時間後，往後退、關上窗戶。

「好了，他們發現上帝之鎚了。很快就會展開行動。」

赤褐色建築的頂樓花園上冒出兩個男人，拿槍指著下面的上帝之鎚成員。槍管前端裝有超大根的滅音器或消音器或天知道是什麼玩意兒。我不是軍火專家。他們開了幾槍，自上帝之鎚的動能感應力場上彈開，其中一顆子彈擊碎了北邊窗戶，不過其他子彈都鑲入廣場四周房屋的古老磚塊和泥灰裡。喀巴拉教徒繼續施法。值得一提的是，廣場四周的觀光客也繼續觀光，似乎完全沒聽見槍聲。頂樓的殺手對看一眼，聳了聳肩，其中一人伸手觸摸耳機說話，顯然是透過藍芽耳機回報手槍沒用。片刻過後，他們自屋頂上消失。

「好了，接下來對方會採取不同的攻擊方式。」我說。這時羅馬開始下雪。超大片的雪花迫不及待地想要覆蓋永恆之城，將其癱瘓。

來自不同背景的修士頭男人，身穿歐文描述過的那種寬鬆白衣，右肩到左腰上斜揹著一條橘肩帶，自三棟建築內魚貫而出。他們走向上帝之鎚對面的位置，應該是想要形成他們自己的生命之樹。看到這種情況，上帝之鎚的陣形化爲兩排，兩兩相間，後排的人可以透過前排人肩膀間的縫隙視物，然後同時從外套裡拔出銀飛刀，朝同一個目標擲出。有幾把飛刀沒中，但大多命中目標。目標身上插著七把、喉嚨上插著一把飛刀地倒地。

「好傢伙！」歐文說，「他們爲什麼瞄準他？」

「在他們眼中，敢和地獄勢力結盟的人，就是格殺勿論。」我說。

「不，我是說，爲什麼挑他？」

我聳肩。「隨機。這樣很聰明，因爲能在對方擺開陣形前打亂他們。上帝之鎚不要他們啓動自己的移動力場，或任何其他法術。想要施展強大的法術，他們需要十個人。」

「好吧，我想他們還是有十個人，」關妮兒說，「又跑出來一個——對。十個。可能還有更多候補。」

「喔，可惡。」上帝之鎚可沒有候補。如果有一個或更多人倒下，他們可以維持已經施展好的法術，但是不能追加其他法術。他們布陣的力量強大，但缺點就是要維持陣形。

他們的漠視屏障——或是其他用以影響路人的東西——效果好得驚人。有個穿高跟鞋的女人叩叩地穿越廣場，路過卡巴拉教徒的屍體旁——顯然是慘遭謀殺的被害人，不可能被誤認爲是在睡覺的流浪漢——走進杜嘉班納，彷彿一切都很正常。

神祕卡巴拉教徒開始唸咒、比劃手勢，但是上帝之鎚打算在他們完成任何法術前打斷他們。於是尤瑟夫．比亞利克拉比的鬍鬚如同遠古諸神的夢魘般疾竄而出，膨脹、伸長，然後交纏成粗粗的觸角，兩側下巴各有三條；鬍鬚觸角衝向隊伍最前方的男人。關妮兒倒抽了一口涼氣，而歐文則是伸出顫抖的手指指著他。

「那是什麼超特別的蝙蝠屎？看在地下諸神的份上，敘亞漢，如果布莉德在這裡，我一定會請她噴火燒了他！」

「哈哈。我就說吧。」

「我會作噩夢。」他伸手掩面，「我要刮鬍子。」

神祕卡巴拉教徒針對直撲而來的鬍鬚觸角做出反應：他的修士頭以類似的方式活了過來，頭頂噴出一圈觸角對上拉比的。

「喔，噁！」關妮兒說。兩組髮繩在中間交會，努力想要通過對方，失敗，然後交纏拉扯，試圖將對方拉出陣形。

「妳在說笑嗎？這超酷的。」我說。

「打從成爲德魯伊以來，我見過一些很詭異的狗屎，阿提克斯，」關妮兒說，「但是眼前這個大鬍子巴金斯雪地大戰烏賊頭麥基肯定是第一名。」

「先等一等，從左邊走出房子的那個傢伙是誰？」歐文指向一個穿著訂製義大利西裝、戴副太陽眼鏡的蒼白瘦子。我在柏林見過他；他是逃掉的吸血鬼之一。

「他是吸血鬼。」

「怎麼可能？現在又還沒有晚上。」關妮兒說。

「差不了多少。雲層那麼厚，能穿透的陽光不多。」

「要確認不難。」歐文說著，開始唸誦解除羈絆咒語。吸血鬼的動作迅速——沒有跑，只是好像開會遲到一樣地快走——前往站在最後面的上帝之鎚成員身後。他移動的速度不快，不會觸發動作感應力場，所以沒有遭遇阻礙。他舉起一手，抓向上帝之鎚成員留鬍鬚的下巴，另外一手放在他的頭頂，用力一扯，扭斷了脖子。上帝之鎚成員的屍體軟癱，跌落到石板地上。歐文在上帝之鎚發現他們的陣形受創、吸血鬼移向下一個目標時，唸完解除羈絆咒語，然後那套上好西裝裡面的東西就像腫大的壁蝨般碰地一聲，化爲廣場上的紅色爛泥。

一名白衣人以義大利語大叫：「有德魯伊！」

赤褐色建築上有扇窗戶打開，一個聲音轟然道：「別讓他跑了。」更多窗戶突然開啓——大概有公寓總數一半——吸血鬼也不管距離地面有多高，跳出窗外。對方人數遠遠不只從柏林逃掉的十一個。我眞的數不清有多少，因爲他們不停冒出來。他們開始散入廣場搜尋我，僞裝羈絆在這種情況下起不了作用。因爲我和歐文的血都是兩千年的陳釀，他們可以透過氣味找到我。

「狗屎。嘿，等等：他們以爲只有一個德魯伊。我下去台階當誘餌，讓他們追殺我。你們兩個待在這裡盡量解決他們。」

我下樓時，身後傳來他們的抗議聲。「如果搞砸了，你就會死！」歐文幫忙指出這一點。

衝出前門後，我立刻在結冰的台階上滑了一跤，屁股著地。這對打架而言實在是不祥之兆。但我爬起身，注意到上帝之鎚和留修士頭的敵人已經展開徒手搏鬥——或是上演鬍鬚大戰頭皮烏賊的戲碼。如今雙方陣形都已經打散，現場陷入如果是其他時候，我會想要好好欣賞的殘暴毛髮近身肉搏戰。但是廣場四周有很多速度很快的吸血鬼，我得趕去引誘他們的位置才行，希望希歐菲勒斯最後也會出來玩。我開始吸取熊符咒裡的儲備魔力，僅僅強化速度，然後拔出木樁，沒動富拉蓋拉。我在跑下西班牙台階時挑選了一個吸血鬼，一邊唸誦解除羈絆咒語一邊盯著他看。他正朝著位於巴賓頓茶室另外一側的濟慈—雪萊紀念館繞去，在我唸完羈絆咒語的同時，他發現我並不是在欣賞貝尼尼噴泉的觀光客，嘴巴則張成驚訝的嘴形，當場化爲一團流動的融雪。

「他在這裡，台階上！」赤褐建築上的宏亮聲音叫道。

吸血鬼開始從四面八方趕來——有些動作快得衝到台階上方，阻斷了蜿蜒通往聖三一教堂的退路。倒不是說我想要逃跑。

我迅速衝向台階一端的大理石柱，站在石柱另一邊面對台階，以免他們決定從那些屋子上開槍狙擊我。我和上帝之鎚不同，沒有動作感應力場。我會處理從上方還有巴賓頓茶室後方來襲的吸血鬼，把廣場方向的敵人交給關妮兒和歐文處理。

這個計畫順利執行了將近九十秒。而九十秒內可以發生很多事。我解除了跟在柏林時一樣多的吸血鬼，可能更多——所有上好的衣服都毀於它們主人慘遭分解的身體元素。我面前到處都是噴流濺灑的液體殘骸，身後更多。台階上染滿血跡，白雪上濺滿黑色液體，如果該吸血鬼最近有進食，就是紅色的。少數幾個吸血鬼通過歐文和關妮兒的攻勢，繞過石柱攻擊我，但我用木樁插死他們，心想不知道希歐菲勒斯帶了多少吸血鬼來。他爲了殺我，犧牲了很多士兵。我懷疑他究竟有沒有膽量親自出手？他已經離開了架設有防禦力場的建築，還是依然待在陰暗的房間中冷酷地下達指令？

吸血鬼發現大部分傷害都是關妮兒和歐文造成的，於是派遣少數人手從屋頂進入巴賓頓茶室去對付他們。並不是說我能在台階下看見他們這麼幹——我是後來推測出來的。

我一開始知道情況不對勁，是聽見關妮兒的驚叫聲。我抬頭看向巴賓頓屋頂，發現她在半空中扭動，雙手吃力地抓著屋緣磁磚。她和歐文一直面對我的方向，身體傾出帳旁的大窗戶，瞄準攻向我的吸血鬼，所以沒看見從後偷襲的吸血鬼，結果關妮兒被抛出窗外。爲了避免墜樓，她得放開始史卡維德傑——她唯一的魔力來源。一隻吸血鬼跳下屋簷，打算解決她，歐文不知道爲什麼決定要變成熊去對抗屋裡的兩個吸血鬼。他在這種形態下沒辦法解除吸血鬼的羈絆，不管是透過咒語還是木樁。我瞄準攻向關妮兒的吸血鬼，才剛唸出兩個古愛爾蘭單字，下巴已經被看不見的拳頭打得碎裂脫臼，還咬掉我的舌尖。我身體旋轉，試圖面對打我的敵人，但是平衡感盡失、耳朵嗡嗡作響、痛覺擠滿所有思考模式，我得把它塞到一個小尖叫箱裡才行。結果我在結冰的台階上摔倒，再度屁股著地。我在一隻靴子的鞋跟踩爛我左手大部分指頭時放開手中血淋淋的木樁。對方踢開木樁，我瘋狂眨眼，啓動治療符咒，努力將注意力集中到足以救命的地步。我看到一個坐在醃黃瓜上的麵糰正大聲嘲笑我，於是再度眨眼。嘲笑我的麵糰變成一張毫無血色的白臉，臉下穿著獵人綠高領毛衣，搭配橄欖色長風衣。他雙眼漆黑，留著大渾蛋的髮型，鬍鬚剃得乾乾淨淨，上唇有條疤痕一路延伸到下唇下方。

「嘶夫。」

他將手掌放在左耳後面，嘲諷我道：「不好意思，你說什麼？希歐菲勒斯？對。我們終於見面了，歐蘇利文先生。只會在你生命結束前匆匆一瞥。至少你比所有德魯伊都強——恭喜你提供了一場眞正的挑戰。我想我該親口與你道別。」

我翻身而起，像螃蟹一樣橫著走，和他拉開了一段距離。其實這樣做沒有意義，他可以瞬間拉近距離。我看了關妮兒一眼。她依然掛在屋頂，有個吸血鬼在踩她的手，想讓她摔下去。這樣摔未必會摔死——三層樓——不過底下除了堅硬的石頭，沒有別的東西。

希歐菲勒斯順著我的目光看去，和我一樣不喜歡眼前看到的景象。「卡爾！」他大叫，「搞快點，去幫漢斯解決另一個！」卡爾轉頭確認，沒錯，漢斯還是沒辦法制服頂樓帳篷裡的歐文。關妮兒趁機躍起，抓住卡爾的小腿，奮力將他的腳扯離地面。他的屁股摔在她手抓的屋緣旁邊，她抓住他的身體，兩個抱在一起，一邊打鬥一邊墜落，在吸血鬼背對我、整個擋住關妮兒的身體，只看得見火焰般的紅髮時，消失在台階旁的石塊後方。希歐菲勒斯在聽見身體墜地聲響和痛苦叫聲時皺臉。

「噢。」他說。我口齒不清地大叫關妮兒的名字，聽起來像是嘴巴被膠帶黏住一樣。我伸手到右肩後，拔出富拉蓋拉，指向希歐菲勒斯。他的雙眼轉回我身上，不屑地哼了一聲。「你以爲拿那玩意兒能幹嘛？鋼鐵除了讓我事後因爲失血而飢腸轆轆之外，根本沒有任何作用。」

他說得對，除非我能砍掉他的腦袋，不然鋼鐵沒有辦法重創他。但富拉蓋拉不是普通鋼鐵，它有辦法砍穿任何護甲、讓人說實話，還能召喚風。台階底下的西面，狹窄的孔多蒂街穿越噴泉和廣場，筆直地通往台伯河，天氣晴朗時就看得到河。但是現在陰暗多雲。這麼做的機會不大，但我非試試看不可。召喚風不用口頭下令，只要憑藉意志和魔力源就好了。我將富拉蓋拉指向孔多蒂街，把熊符咒中剩下的魔力灌注其中，再加上一點我本身的精力。我咬牙切齒、筋疲力竭地摔倒在台階上。

「你幹了什麼？」希歐菲勒斯問。我又繼續吸收我本身的精力，瞄準他啓動解除羈絆符咒。他抓住胸口，說了聲：「呃。」於是我再度出擊。他後退一步，但是我已經耗盡一切。我聽著歐文在樓上看不見的位置吼叫，聽見路人終於對著滿地鮮血尖叫，不知道是因爲上帝之鎚死傷慘重到屏障失效，還是打鬥終於激烈到法術無法屏障的地步。我沒聽見關妮兒發出任何聲音。希歐菲勒斯站穩腳步後終於看起來有點不爽了。就算剛剛沒有傷到他，至少我也擊敗了他那得意洋洋的表情。又或許我的努力終究得到了一些回報。西方骯髒洗碗水色的烏雲，在希歐菲勒斯說「我受夠了」時，開始旋轉分裂，幾道午後陽光透過降雪而來，在他撲上來的同時照得他頭頂冒煙。他感受到陽光的威力，當場停步轉身衝入廣場，躲到房子後面的陰影下。他整張臉都在滋滋作響、噴灑白煙，憤怒猙獰的表情令我非常滿意。

我聽見巴賓頓茶館屋頂傳來驚叫聲，看到一個人渾身冒火，在帳篷裡奔走掙扎。歐文那個棘手的敵人在屋頂上照到了大量陽光。希歐菲勒斯伸手指向我，轉頭對後方叫道：「馬可！射他！」

赤褐建築上的一扇窗內伸出狙擊槍的槍管，我連滾帶爬地躲到石柱後面。一顆子彈擊中台階，打碎數百年前開採出土的大理石。這下我完全被壓制住，沒辦法透過碎掉的下巴唸誦解除羈絆咒語，木樁雖然在附近，卻處於狙擊手的射界內。在缺乏羈絆能力的情況下，我沒辦法把它羈絆到我手裡。至少陽光讓我身處沒有吸血鬼的區域。想要攻擊我的吸血鬼，都得先通過太陽那一關。

我讓自己心裡燃起一點希望：我會在接下來的一分鐘內想出辦法。有時候你需要的就只是沒人打擾的一分鐘。接著，因爲沒有富拉蓋拉持續影響烏雲，台階上的美好陽光就慢慢消失了。

四周逐漸變暗讓我強烈懷疑我們有沒有辦法存活。我的傷勢嚴重，劇痛難耐，魔力耗盡，也沒辦法補充魔力。我沒看到關妮兒從落地處起身，而且陽光才剛消失，就有吸血鬼跳上巴賓頓茶室屋頂去引誘歐文變成的大熊。我偷看了廣場一眼，發現上帝之錨還在和薔薇十字會的邪派成員作戰。如今雙方人數都在消耗戰中持續減少，但是吸血鬼沒有去管他們，而是傾盡全力消滅德魯伊。他們要來了；希歐菲勒斯要來了。我沒有一分鐘可以想辦法。

或許我可以思考簡單的事實：希歐菲勒斯至今只採用兩種攻擊方式，除非我弄錯了，他漫長的一生中鮮少採用其他手段。他要嘛就是伏擊敵人，不然就是採取人海戰術。我不能說這兩種戰術不對，因爲這兩種戰術都有可能打贏，而打贏才是重點。打贏就是老人與死人之間的差別。但當你的對手知道你會伏擊他時，某些優勢就會消失。希歐菲勒斯已經突擊過我一次，如果他的狙擊手有機會幹掉我，他就會把握機會。所以他會叫手下衝向我的位置，把我趕出掩體。不到最後關頭不會親自出手。我敢打賭他不擅打鬥。他的動作很快、很強壯、不怕大部分攻擊，但是沒有受過格鬥訓練。這表示儘管比較年輕，相對而言也比較弱，但李夫可能打得過他。而那表示我也可能打得過他。前提在於我能取用蓋亞的能量。

我利用這些歐洲吸血鬼從未費心吸收的古老知識，於石柱後方伏低身形，右腳在前，依然保持在狙擊手的射界外。接著，我開始拿富拉蓋拉施展一套我在中國學來的劍法；只要速度夠快，這套劍法就會在我的腦袋和上半身組成防禦劍網。我不知道對方會從哪個方向攻擊，所以要讓自己有機會減慢對方速度，因爲他們肯定占有速度上的優勢。

第一個吸血鬼從我右邊的石柱後方來襲，腦袋在前，獠牙大張。以爲會找到站在原地不動的目標，不是一把飛越他沒在呼吸的空氣而來的鋼劍。富拉蓋拉從上往下劃過他左耳前方的腦袋。他的衝勢不止，撞到我身上，把我往左撞開一點，而我已經往那個方向出劍，期待另一個吸血鬼會從那裡來襲，這是很傳統的夾擊戰法。我沒猜錯，有吸血鬼從左邊撲來。他撞上富拉蓋拉的劍尖，劍尖沒刺中心臟，而是貫穿了吸血鬼不用的肺。儘管如此，傷口還是會痛，於是他停步，同時嘶吼了一聲，死屍氣息噴得我滿臉都是。我覺得身體暴露在外，於是扭轉長劍，連富拉蓋拉帶吸血鬼一起閃回石柱後。他代替我的腦袋讓馬可的狙擊槍爆了頭。

我在兩具屍體間重新站穩腳步，恢復防禦架式。在我施法解除羈絆之前，那兩個吸血鬼都不算死透，但暫時爬不起來。現在我必須準備應付下一波攻擊，隨時都會來襲的攻擊——我很肯定在我看見敵人之前就會擊中對方。

但是再也沒有不死生物現身。我只是在精疲力竭、渾身劇痛的情況下持續揮劍。或許這就是他們的計畫：等我無力防禦之後再一擁而上。不過仔細想想，我發現希歐菲勒斯根本沒有餘裕可以那麼做；只要歐文解決了現在在對付他的吸血鬼，他就有辦法解除羈絆任何剩下的吸血鬼，前提是他能說話。我開始懷疑他之所以變形，可能就是因爲受了和我差不多的傷。如果他的下巴也碎了——對吸血鬼而言算是策略性做法——那化身爲熊採取肢體作戰就是很合理的舉動。

或許我們眞的已經殺光了大部分吸血鬼，也可能對方還有什麼陰謀，正在利用時間重新評估，因爲我已經示範過用劍可以除掉吸血鬼，只是效果不是永久性的。

一道殘影竄過我左邊的中央台階，然後停駐在我長劍的攻擊範圍外。是希歐菲勒斯，臉孔焦黑乾皺，之前志得意滿的表情蕩然無存。我目光保持在他身上，沒有停下富拉蓋拉的防禦劍招；他出現在那裡，最有可能的意圖就是讓我分心，然後讓旁邊，甚至上方來襲的吸血鬼有機可趁——我目光上揚，看見一條黑影從石柱頂撲落，我轉向右側，一劍將其砍成兩半。但是誘餌發揮了作用，就在那關鍵的一、兩秒中，希歐菲勒斯以肉眼難察的速度撲了上來，將我壓向廣場石板地，把我持劍的手臂扣在身體上。我們一落地，他立刻挺起上半身，抓住富拉蓋拉的劍刃，把劍奪走，毫不在意這麼做會留下劍傷。他把劍丟到濟慈—雪萊紀念館前的台階上。我手無寸鐵、法力耗盡、不能說話——他贏定了，而他很清楚。他微笑，再度恢復自信，扣住我的手掌比我所見過的任何鐵箍都還要堅硬。

爲了抹除那絲笑意，我很想告訴他威納．卓斯切已經死了，但是我做不到。

「幹得好，先生，幹得好。」他對我低聲說道，「還不夠好，不過肯定是好的挑戰。你是可敬的對手。當全世界吸血鬼聽說你殺了這麼多我們的同類、卻無法擊敗我時——就連太陽都燒不死我！——我的名聲又會更上一層樓。就某方面而言，你算是幫了我個忙，但那並不表示我現在不會一拳打爆你的頭。」

我沒有力氣掙脫。當他舉起拳頭時，我沒辦法及時擋格，就算眞的擋到了，也根本擋不下來。於是我再度吸收自己的能量，啓動項鍊裡的解除羈絆符咒，我已經沒有其他武器了。我差點當場昏了過去，但他放開我的左手，抓向寶貴的高領毛衣。他嘶吼了一聲，等痛楚消失後，高高舉起拳頭，說：

「晚安——呃！」

他雙眼圓睜，低頭看向右邊身側，只見手臂下方突然冒出一把熟悉的木樁。他放下拳頭去拔木樁，但是解除羈絆的效果已經發威，讓他從中心開始瓦解。全世界最古老的吸血鬼發出汩汩慘叫，化爲液體噴出上好衣服。高領毛衣沒幫我擋下大量紅色液體，搞不好還讓我看起來也像死了一樣。我順著木樁來襲的方向看去，只見關妮兒站在左邊，就在我對面的石柱後方，利用她的魔杖支撐自己。她的衣服染滿鮮血，重心放在左側，不過除了幾處瘀傷和小小的骨折，她看起來並無大礙。她側頭對著我笑。「嘿。你看起來和我感覺一樣糟。記得提醒我：我們一定要請盧基達喝全世界所有的啤酒，感謝他送我們這些木樁。」

我很想大聲叫她小心狙擊手，不過從已經待在掩體後面看來，她應該已經知道了。不過我沒有在掩體後面。

然而，透過瞄準鏡瞄準的壞處就是視野非常狹窄。狙擊手沒有看到關妮兒來襲，而如今他不再瞄準我，而是開始搜尋殺死老大的那個傢伙。至少從我沒有立刻爆頭死亡這點來看，應該是這種情況。我在遠古吸血鬼的血肉裡掙扎片刻，奮力坐起身，爬回石柱後面。

歐文還在繼續製造騷動。巴賓頓的頂樓帳篷已經失火了——八成是被陽光點燃的吸血鬼屍體造成的——而他用他的銅熊掌打爛牆壁，滑到屋頂邊緣，然後變形爲紅鳶。我眼看著他飛過廣場，穿越赤褐色建築上馬可狙擊槍管伸出的窗口。他沒有在馬可開槍前趕到，而是在他開槍的同時一爪抓歪槍管，導致子彈擊中貝尼尼噴泉。我不知道馬可瞄準的是關妮兒，還是我。他後來就沒機會再開槍了。

歐文消失在窗口後，我假設他用各種手段解決了所有持槍的壞蛋，因爲最後他身穿著他們的西裝從正門出來。

這時有關當局已經擁入廣場，試圖重建秩序，然後弄清楚究竟出了什麼事。警笛聲顯示消防隊和救護車都在趕來途中。關妮兒和我可以輕鬆假裝成心靈受創的被害人，尤瑟夫．比亞利克拉比也一樣。只有五個上帝之鎚成員活下來，但是他們殺光了所有神祕卡巴拉教徒，而他們的鬍鬚又恢復成普通的臉部毛髮。我注意到他們已經拔走第一個死在上帝之鎚手上的薔薇十字會成員身上所有的銀飛刀。拉比建議我們或許可以把事情賴在髮型奇特的那群人身上，我點頭表示同意。

「我今晚失去了幾個好朋友，但這是正邪對抗的一大勝利，對吧？我們晚點再談。等你方便的時候。」沒錯，我們會談。我還欠他幾杯不朽茶。

歐文走出那棟屋子時，銅手指虎裡還有足夠的魔力在我們三個身上施展僞裝羈絆，讓我們離開現場。我注意到他下巴歪了，就和我猜的一樣。肯定脫臼了，八成也和我一樣被打碎了。我們一拐一拐地忍痛呻吟，走回博爾蓋塞別墅，再度感受到蓋亞的存在後立刻癱倒在草地上。我先麻痺痛覺，釐清思緒，然後開始把下巴推回定位，將骨頭和牙齒像老朋友般地羈絆回原位。歐文的下巴只有脫臼，當他嘎啦一聲推回定位後，立刻滔滔不絕地罵起打架時罵不出口的髒話。關妮兒也一樣在處理傷口。等歐文罵爽後，我們就安安靜靜地休息治療。一個小時後，我恢復了說話能力，只是有點口齒不清。

「合作無間。」我說。

「可惡，」歐文說，「我知道不可能永遠持續下去。但是剛剛不用聽你瞎扯淡的時候，感覺還眞他媽的寧靜。」

第二十七章

我拿出拋棄式手機，打通電話，透過染血的嘴唇和舌頭說話。「現在去廣場附近的古希臘咖啡館和我們碰面。」我得到回應後立刻掛斷電話。

「誰？」關妮兒問。

「下一步會怎麼樣的答案。餓了嗎？」

「渾身是血的時候不餓，清理乾淨或許就餓了。」

「我敢說他們會有浴室的。」

補充完魔力之後，我們再度施展僞裝羈絆走回廣場，無視擋路的路障，打量損毀狀況。巴賓頓茶室只有頂樓帳篷有損壞；有人拿滅火器跑上去，救了整棟屋子。吸血鬼死亡的位置上只剩下油膩膩的污垢和空蕩蕩的衣服——歐文確認我們殺光了所有吸血鬼。他沒有殺光所有奴僕，不過把他們都打成殘廢，還有一個被扒光了衣服。他的木樁丟在巴賓頓茶室頂樓，要晚點再回去找。警方在台階上找到我的木樁，視爲證物打包帶走。警官一把木樁放下，我立刻趁沒人時把它拿走，塞進我的外套。

因爲幾個世紀以來，濟慈、雪萊和很多其他藝術家與詩人，都曾在這間傳奇咖啡館裡用過餐，正常情況下得要排隊一段時間才進得了古希臘咖啡館。紅金相間的裝潢搭配圓頂天花板，充滿了極具創造力的古人之魂，人們排隊想要把屁股放到那些知名古人屁股曾經放過的位子。但是在這個又冷又下雪的羅馬夜晚，咖啡館裡十分冷清。我們進去時保持僞裝羈絆，走過領班，進入可供我們想辦法清理身體的廁所。我們可以把臉和頭髮洗乾淨，歐文已經穿著偷來的衣服，所以看起來沒問題，但我的衣服在與工業漂白劑大戰好幾回合之前是不能見人了。

最好還是解除它們的羈絆，成爲大地的肥料比較好。

「你看起來像是殺光了一整輛公車的人，小夥子。」歐文說。

「對，沒錯。不過我想應該沒有關係。」

我們一起走出咖啡館，取消僞裝羈絆，然後又大搖大擺地走回去。關妮兒看起來一點也不狼狽，沒有被吸血鬼濺到，只有我有必要想點說詞讓他們放我進去。我用破義大利文和緊張兮兮的領班解釋說我的衣服上並不是眞血，而是天殺的動保團體人士灑的玉米糖漿加食用色素，他們看我的皮夾克不爽。我讓昨天遇上的扒手請客，塞給他五十歐元，然後我們就開開心心地找了張四人桌坐下。

「我們的朋友很快就來。」我解釋。

我們點了濃縮咖啡，一言不發地坐著。我們筋疲力竭，無法取用蓋亞的力量，只能安安靜靜地忍受痛楚。在客人出現之前，我們都沒有什麼話好說。

接著他出現了，第一個看到他的是歐文。「搞什麼鬼？」他說，然後開始唸誦解除吸血鬼羈絆的咒語。我看到一個高高白白、身穿現代義大利西裝的金髮維京人。

「不，不！」我說著，伸手摀住他的嘴巴，「我們就是在等他！」

李夫．海加森聽見我說的話，立刻舉起雙手表示他沒有惡意，但歐文拍開我的手，低吼道：「給我放手，你這一無是處的廢物！」

「好，但是先聽他說。他會負責保護你的教團。」

「好。但是爲防萬一，把你的木椿給我。」他說，「他最好給我規矩點。」我交出木椿，他把木椿放在桌上作爲警告。

「阿提克斯，怎麼回事？」關妮兒問，「我以爲你討厭他。」

「我更討厭永無止盡的戰爭。」我揮手請李夫過來，「有時候和魔鬼交易，好過正正當當受苦一輩子。」

「各位晚安。」他以正式的語氣說，拉出椅子坐下，「我很感激各位的邀請。恭喜各位戰勝了德魯伊最古老的敵人。」

「謝謝。」我說。關妮兒和歐文一聲不吭地瞪著他，肌肉緊繃，隨時準備動手。

「你要求的文件都帶來了，阿提克斯。」李夫說，「在我的外套口袋裡。」他眼睛盯著歐文看，「我會很慢、很慢地拿出來。」

「對。你他媽的給我慢慢來。」歐文說。

李夫蒼白的手掌慢慢伸向他的外套口袋，歐文緊握著木椿。他的手消失在口袋裡，我們聽見手指碰到紙的摩擦聲，然後他拿出一張摺起來的紙。他把紙交給我。

「請拿去，阿提克斯。」

我從他手中接過那張紙，打開它。李夫雙手交抱胸前，讓關妮兒和歐文看到。他們有稍微放鬆一點。

「這是停戰協議。」我告訴他們，「如果你們願意，就由我們四個簽署。」

「我寧願把我的睪丸捐給慈善機構。」歐文說。

「你不是非簽不可，」我說，「先聽聽再說。」我看著協議上的文字，感覺有點氣餒。我的下巴和舌頭沒辦法好好唸這個。「關妮兒？介意唸一下嗎？」我把文件交給她，她看都不看就一把搶走，目光始終保持在李夫身上。

「你給我乖乖的不准動。」她對他說。

「悉聽尊便。」他說。

她目光轉向協議，在歐文持續警戒時粗略看了一遍。

「上面說我們要幫助他除掉吸血鬼領導高層的競爭對手。」她說。

「我們可以把地址交給上帝之鎚。」我解釋，「沒必要親自動手。」

「而且你們至今已經完成了大部分工作，」李夫補充，「我認爲就算還有，現在應該只剩下少數障礙。據我所知，我就是當今世上最古老的吸血鬼。」

關妮兒繼續：「上面說從現在起，吸血鬼不能占領北美洲落磯山脈以西的地盤。」

「還有呢？」我提示她繼續說。

「……還有波蘭。」關妮兒抬頭看我。

「我隨時都把承諾放在心上。」

李夫指出一點：「下面的細節提到吸血鬼有一個月的時間撤離這些領土。過了期限，要是在那些地方看見他們，就可以直接解除羈絆或用木樁擊斃。」

歐文吼道：「我們要放棄什麼權利？」

關妮兒繼續閱讀：「在世界上其他地方，我們都要停戰。和不死生物和平共處，我想。我們不一看到吸血鬼就解除他們的羈絆，他們也不會攻擊我們。戰爭結束了。雙方都可以在遭受對方攻擊時主動防守。」

「去。這條會被拿來濫用。殺死一個傢伙，然後說他先攻擊你，你是自衛。」

關妮兒點了點頭，表示知道這一點了，然後繼續唸：「吸血鬼同意在容許的土地上根據羅馬協議維持人口數量，也就是每十萬人類，只能有一個吸血鬼。」她抬頭看向天花板，暗自計算，「如果減掉波蘭和美國西岸的人口，那表示全世界吸血鬼的數量將會銳減。」

「根本是狗屎。」歐文說。

「你的教團會很安全，歐文。」我說，「等他們和大地羈絆在一起之後也一樣。」

他瞪著我，但根據經驗，我知道已經打動他了。如果他沒有對我大吼大叫，至少就表示他有在考慮。

關妮兒側頭指著協議。「如果要我簽署，我要增列條款。」

「妳有什麼想法？」李夫問。

「吸血鬼同意立刻放棄石化燃料投資的持股，所有能源方面的投資都得是再生或永續能源。」

「我懂了。那我們有什麼好處？」

「一個超大暗示：石化燃料投資從現在起將會面臨恐怖的虧損。」她對他微笑，「我保證。趁價錢好的時候趕快賣掉。」

「沒問題。」李夫說。

「直到撤離結束，我要持續收到波蘭撤離行動的進度。還要知道離開過去盤據城市的吸血鬼姓名。」她轉向我，「我接下來會常常去找女巫團，阿提克斯，她們會想知道這個。」

「協議中已經明確指出你們會在一個月寬限期後得到完整報告。」李夫回答，「三十天後，我會確認所有吸血鬼都已離開波蘭，不然就會把他們的地址告訴你們，然後根據這份協議的規定解除他們的羈絆。」

「啊。那很好。」她放下協議，喝起濃縮咖啡，「好，我滿意了。我願意簽。」

「我也願意。」然後我們同時轉向歐文，他的目光在我們兩個之間游移。

「你們眞的認爲這張狗屎值得簽？」他問。

「我是這麼認爲。加入我們，只要我們攜手合作，就能結束這場毀滅性的衝突。」

我沒說我們可以「統治銀河系」【註】，不過關妮兒還是伸手摀住嘴巴，掩飾笑意。

歐文完全沒有發現。他對李夫說：「把愛爾蘭加入禁止吸血鬼進入的清單，我就願意簽。如果要在愛爾蘭教訓吸血鬼的話，我要親自動手，而不是交給已經死掉的傢伙。」

「沒問題。」

「好，」歐文說，「趕快簽一簽，然後開始離彼此遠一點。」

「等等！還有一件事！」關妮兒說，「要我簽名還有一個條件，就是你一定要回答這個老問題，因爲我實在是太好奇了：吸血鬼到底會不會大便？」

李夫癱在椅子上，朝天花板翻白眼。「拜託，不。給我留點尊嚴。」

「你領導吸血鬼世界的時候想有多少尊嚴都可以，但是我們想知道這個答案。」

他戲劇性地嘆口氣，一手摀住眼睛，好不用看著我們說出答案。他的聲音聽起來很痛苦。「我們並不當眞會產生糞便，胃腸也不會蠕動。只有……這個……」他一隻手的手指像是迷路的飛蛾般地搖來搖去，彷彿在找尋適當的用語，接著在找到之後握成拳頭。他幾乎語帶哭音。「……不得體的排氣現象。」

關妮兒仰頭大笑，當場往後摔下。她翻過身來，伸手拍打地板，整個情緒失控，不過不是因爲李夫的答案，而是因爲他大聲說出眞相時的厭惡神情。

歐文和我也是一陣好笑，我很高興關妮兒記得問他，因爲除了在這種情況，他絕對不會回答這個問題。

李夫拿出一枝筆，趁我們努力克制自己時在協議上增添補充條款。我們全都簽名，他也會簽，接著我們努力擺出嚴肅的表情，不過可能有三分痛苦、兩分疲倦。

譯註：「星際大戰」（*Star Wars*）梗，達斯．維德對路克．天行者說的台詞。

「感謝各位。」他說著，摺起協議，然後轉向我，笑嘻嘻地說：「我們道別前應該引述幾句吟遊詩人的話。『讓我們輕聲道，各位大人：好運使我們住手，撫平戰爭的皺紋，成爲平和的表情。』這是誰說的？」

「《亨利六世》第三幕的國王愛德華四世。」我特意放慢速度，在受傷的情況下好好講出句子：「我引述一句《辛白林》裡的台詞送你：『讚美諸神；讓我們聖壇上蜿蜒的白煙飄入祂們鼻孔。讓我們對我們的子民公開這份和平協定。』」

「說得好。」李夫說，笑得比之前開心。他搖搖協議，說道：「我會把協議副本送去你要我送的地方。現在我還有很多事要忙。就像你說的，公開這份協議。」他慢慢地站起身，彷彿不想驚動歐文或關妮兒，然後鞠躬。「保持聯絡。再見。」

他離開後，我們全都鬆了口氣，但我們在肯定他聽不見我們說話前都一聲不吭。我閉上雙眼，默默爲了這段花了數百年打造出來的和平感謝布莉德、莫利根，還有所有地下諸神——並不是說除了布莉德下令打造木樁之外，這些神對此事有所貢獻。有時候你就是得要對某人道謝，向走過的道路、未來的道路，還有此刻的處境表達感激之情，而諸神非常擅長接受這些感覺。人類要求諸神調解各式各樣的危機，所以在一切順遂的時候心存感激，或至少意識到自己有多幸運，是很重要的事，不管諸神值不值得感激。我們努力了很久才成就了這點小小的平衡，如果不在取得成果時四下表達感激之情，那就太沒意思了。

「我們成功了，」我語帶驚嘆地說，「三個德魯伊對抗當年差點消滅德魯伊的吸血鬼，而我們終於除掉他了。躲躲藏藏了兩千年，經歷一連串智敵力取和傷亡，但我們終究還是除掉他了。」我轉向他們。「謝謝兩位幫忙。」

「好。我們可以離開這座腐敗的狗屎城市了嗎？」歐文問。

「是呀，」關妮兒說，「帶著我們青一塊紫一塊的爛屁股去找片綠地待一會兒。」

好吧，或許對他們而言不是這麼值得一提。他們不必活過整整兩千年來到這一刻。而我還欠紫杉人一大筆債務，也欠尤瑟夫·比亞利克拉比幾杯茶。爲了解除這個古老的恐懼，我很樂意支付這些債務。此事鎖住我的良心已久，直到擺脫之後，我才知道它在心中造成多大的負擔。「好主意，」我揚起受傷的嘴唇忍痛笑道，「我想我現在最想做的事就是去找我的獵狼犬玩。」

尾聲

三週之後，過了冬至和新年，那是個太平洋西北方晴朗無雲到令我不在乎寒冬的日子。感謝與李夫簽訂的新協定，歐文終於可以安安靜靜地教導學徒——再加上我不在附近，又讓他耳根子更清淨。而既然關妮兒和我一樣可以有效地防禦占卜，芳德和馬拿朗．麥克．李爾就沒辦法找到我們在奧勒岡的新家——如果找我們有在他們的待辦事項清單上的話。我沒聽說他們再度落網，也不打算多問。我的計畫是忽略他們直到無法忽略為止。

麥格努生和浩克事務所幫我們辦完了地產事宜，然後發給我一份終止客戶關係的文件。終止合作關係讓我很傷心，而導致這個結局的事件也一樣；既然我沒機會參加霍爾的悼念儀式，於是決定自己在樹林裡舉行一個，為他的逝去落淚，希望不管魂歸何處，他都能夠原諒我。

但至少我們的新家很值得長久的等待。那是個威廉米特國家公園裡面一個偏僻地點，一座房子有前廊跟陡峭綠屋頂的傳統農場。農場裡甚至還有冬季種植藥草用的溫室，這是關妮兒的新點子。她用自己的錢支付了修建費用，叫我把它當作喬遷禮物。也當作投資。

「我認為你該回歸藥茶生意。」她在帶我去看溫室的時候說道，雙手摟著我的肩膀，親吻我的臉頰，「不過這回開網路商店。線上販售你的莫比利茶和其他藥茶，我們自行出貨。」我很高興她有在做長遠的打算，而用「我們」當作主詞設想更是讓我開心。

或許我根本沒理由擔心我們兩個在一起的事，但是……好吧。懷疑是種一旦在心裡發芽生根、就幾乎很難摧毀的侵入性毒草。你可以把它拔掉，自認它已經不見了，結果卻在幾週，甚至幾天內就發現它又長了回來。關妮兒並沒有給我任何理由懷疑她的忠貞，而我在這種事上也沒有特別的嫉妒——人類天生就會享受其他人的肉體陪伴，而我很久以前就認定責怪他人依照本性行動很蠢。但是說起激情：那和淫慾是完全不同的兩碼子事——關妮兒才三十幾歲，人生還沒有長久到足以了解激情熄滅是怎麼回事。所以當我們在羅馬事件後第一次做愛感覺和之前不太一樣時，我心中的懷疑就如縮時攝影影片一樣迅速擴張，宛如愉快到不像話的牛排館女侍般地對我揮手招呼。這種情況下，我最不需要的就是《羅密歐與茱麗葉》裡的勞倫斯修士跑到我的腦子裡，提醒我「這些激烈的歡愉會有激烈的結尾，他們會在勝利中死亡，宛如火與火藥，結合的同時也吞噬了一切」，但是那個渾蛋就是跑出來了，大言不慚地教訓我，好像我是蒙太鳩家族年輕好色的小夥子【註】，而不是比他年長許多的老頭。而且他還是一直嘮叨個不停，直到第二天我忍不住大聲說道：「嘿，去你媽的，勞倫斯修士，好嗎？」結果被歐伯隆透過我們的心靈連結聽到了。

「你在和誰說話，阿提克斯？你要我去咬咬他嗎？」

「不用。」我只是因為察覺我們的關係有變，而我這輩子談戀愛的經驗豐富到爆。我看得出徵兆，而我還不打算結束這段戀情。但我同時也從大量經驗中得知人會透過成長變得比彼此成熟，而她還有很多成長空間。我不能教她波蘭文，所以她花了很多時間待在波蘭和曙光三女神女巫團學習。她已經在華沙找了個酒保的工作，得到練習波蘭文的環境，而且她還花時間關切拉結石油與天然氣公司的動態。我只有在週末才能見她，而她的週末是我的週一和週二。

不過也有可能——很有可能——我根本沒理由擔心，只是讓惡名昭彰的男性自尊無限放大。除了出於我的想像，她沒有給我任何擔心此事的理由。我該做的就和所有人一樣：盡情享受現有的幸福，不要擔心有一天會失去。我努力把這個想法保持在最前面，忽略勞倫斯修士那個渾蛋的惡毒言論。

松樹和花旗松在某個一月的星期一空氣中增添了清爽香氣，而麥肯齊河畔的空氣又格外清新。我們帶著獵狼犬一起在河邊散步，相信今天對他們來說會是值得回憶的日子。

「關妮兒和我想要做個實驗。」我對兩隻獵狼犬說。我的下巴和嘴唇已經恢復到說話不會口齒不清的程度。「一種新的羈絆。但是我們施法的時候，你們得靜止不動幾分鐘。」

「不能搖尾巴嗎？」歐拉問，「我開心的時候很難不搖尾巴，而我現在很開心。」

關妮兒回答：「搖尾巴沒問題，但如果身體其他部分可以不要動的話就太好了。」

「嘿，等一等，」歐伯隆說，「不會是在耍我們吧？你們是不是打算在我們面前丟些香腸，然後叫我們不要動？」

「不是，歐伯隆。」我說，「這件事和食物一點關係都沒有，不過我們很肯定你們會喜歡。耐心點，趁有機會的時候享受陽光，好嗎？」對奧勒岡的早冬而言，當天算是非常晴朗的天氣，但是再過幾個小時就會有暴風系統從太平洋登陸，到時候就會變得更冷。

譯註：指羅密歐。

歐伯隆和歐拉並肩坐在草地上，舌頭垂在嘴邊，不停搖尾巴，表現得就像兩隻快樂的獵狼犬。關妮兒和我面對他們盤腿坐下。我向她點頭，然後一起切換到魔法光譜，看見獵狼犬的靈氣，還有將他們的心靈與我們連結在一起的羈絆。我們很久以前就對獵狼犬承諾過會把他們羈絆在一起，讓他們聽見彼此的想法，但既然從來沒做過這種事，我們就先不把話明說，免得無法羈絆成功。

我們依序開始施展新的羈絆法術，口吐幾乎一模一樣的古愛爾蘭咒語。唯一的不同在於目標：我先瞄準歐伯隆，把他的想法羈絆給歐拉，關妮兒則將歐拉羈絆給歐伯隆。他們暫時還和我們連接在一起：我們可以聽見雙方的交談，但是基於必要的需求，我們很快就會幫他們架設私人線路，不然我們就會在睡覺，或是專注在某些事上時，不停地聽見他們說話。羈絆完成時，他們腦中沒有傳來管鐘或汽笛等提示音。我們得告訴他們連結完成了，然後他們才會發現可以使用新的連結。我們說好先告訴歐伯隆，讓他去當無法肯定狀況的獵狼犬。

「好了，歐伯隆，」我大聲說，「你現在應該可以和歐拉交談了。試試看。對她傳送想法，不要對我。」

「什麼？現在？我是說……我就直接說哈囉嗎？哈囉？」

關妮兒的獵狼犬回應了一聲，當場站起，興奮到整個屁股搖來搖去。「嘿！是歐伯隆！我聽得見你說話！你聽得見我嗎？嗨，歐伯隆！」

歐伯隆也站起身來，表現得和歐拉一樣興奮。「喔，可以！哇！嗨，歐拉！」

「嗨！眞是太棒了！」

「是呀，終於呀！我一直想告訴妳，我認爲妳是很了不起的獵狼犬。我從聞過妳屁股那一刻起，就知道我們可以好好相處了！」

「喔，你眞會說話！你也是給我這種感覺！」

歐伯隆人立而起，用前肢拍打歐拉面前的空氣，她也模仿他的動作，彷彿他們是拳擊手，而不是獵狼犬。接著他們開始跳躍繞圈。「喔，哇，三種貓屎呀，歐拉！」我的獵狼犬說，「我知道我現在該說點很好聽的話，但我實在開心到沒辦法思考了！我只想要一直繞圈跑！」

「我也是！就這麼辦吧！」

「眞的嗎？好！妳眞是太完美了！」

接著，他們兩個在興奮之下跑進樹林，丟下關妮兒和我面對河面。我們互看了一眼，笑了我們的獵狼犬幾秒，接著關妮兒湊上來親我。她退開一寸，低聲說道：「我也早就知道我們可以好好相處了，你知道。」

「等等，什麼？就像歐伯隆早就知道了那樣？」

「哈！不是。但是第一次看你走進魯拉布拉的時候，我就知道了。我是第一眼看到你就被吸引住了，不是在第一次聞你屁股的時候。」

「因爲妳腦子裡的拉克莎告訴妳我是德魯伊？」

「不，不。是我先看見你的。拉克莎是之後才告訴我你的身分。」

「啊，這話眞是治療自尊的良方。」她的嘴唇保持在我的嘴旁，我能聞到到她草莓唇膏的味道。

感覺彷彿又回到了從前。「妳依然令我瘋狂，妳知道嗎？」

「是呀，」她笑著說，「我知道。」接著，我們切斷與獵狼犬之間的偷聽連結，讓他們享受他們的隱私，我們也在河岸旁享受我們的隱私，完全不在乎戶外有多冷。

□

我們過了幾天愉快的日子，人們夢寐以求的那種無憂無慮的日子，讓你花了大半輩子工作受苦想要過的那種日子。接著歐拉進入發情期，兩隻獵狼犬好幾次在樹林裡消失了很長一段時間，直到某天晚上他們叫我們坐下，有非常嚴肅的事情要說。

「阿提克斯和聰明女孩，我們已經討論了一段時間，我們認為有件事該讓你們知道。」歐伯隆說。

「對，」歐拉補充，「這件事非常重要。你們有注意聽嗎？」

關妮兒和我保證我們有全神貫注地在聽他們說話。

「我懷孕了！」歐拉大聲宣布。

「這表示你們得要多買很多、很多香腸。」歐伯隆解釋。

我們鼓掌叫好，擁抱他們。「眞是太棒的消息了！」關妮兒說。

「對，沒錯！我認為我們該慶祝、慶祝。」我說，「歐伯隆，我們在布拉格的時候一直沒有菜燉牛肉你。我們去吃菜燉牛肉吧！」關妮兒和歐拉不知道我在說什麼，但她們立刻贊同了這個主意。

我決定除了藥草溫室，還要在屋子外圍種上一座花園，養點蜜蜂。春暖花開時，狗寶寶應該就剛好趕上在花園裡玩耍。

他們一定會很可愛，我們終於可以過段寧靜和諧的日子了。

《鋼鐵德魯伊8：穿刺》完

發音指南

這本書裡有些字是外來語，可能沒辦法一看就唸得出來，甚至連我自己都得求救。不過我喜歡學習新字、學習唸法，所以我要針對一些名詞提供小指南，以免你和我一樣，會想知道怎麼大聲唸出那些字。就算你唸錯了，也沒人會沒收你的蛋糕。你甚至該直接吃塊蛋糕，因爲那是你應得的。

捷克語

Celetná——TSELL et NAH／徹瑟爾艾特納（布拉格的一條街）

Královdvorská——KRAH loh DVOR skah／克拉洛德沃斯卡（布拉格的一條街）

Petřín——PET shreen／佩特斯林（布拉格城堡區的一座山丘）

Ulice——oo LEE tse／烏里茲（基本上就是「街」。有趣小常識：波蘭語中這個字也是同樣的意思，不過放在街名前面，捷克語則是放在街名後面。所以提到曼恩街時，波蘭語會用烏里茲曼恩，捷克語就變成曼恩烏里茲。）

Vltava——弗爾塔瓦（貫穿布拉格的河流）

波蘭語

Agnieszka——ag nee ESH ka／艾格妮伊許卡（一個波蘭女巫團的成員）

Bydgoszcz——bid GOSH-CH／彼得哥什其（波蘭城市。我承認挑選這座城市是要刁難我的有聲書朗讀者。在說英文的人眼中，最後那四個子音字母看起來很不好唸。不過它們其實是兩個連音字母，一個塞擦音加上一個摩擦音：sz和cz。Sz會發成類似「什」，cz則是其。不過眞的發音時其實只有一個音節。試試看！哥什其。眞的很好玩。）

Ewelina——ev eh LEE na／伊芙艾里娜（波蘭女巫團的一員。波蘭語w發音類似v。）

Miłosz——ME wash／密瓦許（許文妥威特的白馬。那個顯眼的ł在波蘭語中發作w。那個o聽起來像Wash裡的a，就是這樣唸。）

Nocnica——nohts NEETS uh／諾茲尼茲厄（斯拉夫的噩夢怪物；複數是Nocnice。）

Patrycja——pa TREES ya／帕崔絲雅（波蘭女巫團的一員。基本上與帕崔希雅差不多，不過有個長e的音，沒有sh。）

Pole Mokotowskie——PO leh Mo ko TOV ski-eh／柯雷莫可土夫斯基（華沙城內一座大公園。）

Radość——Rah DOHSH-CH／拉杜許其（意為喜悅。華沙城內的一個區域，位於維斯瓦河東岸。）

Świętowit——SHVEN toe veet／許文妥威特（母音後的那個酷小ę帶有n的音。有四個頭的斯拉夫神。）

Weles——VEH les／維勒斯（在其他斯拉夫國度內會拼成Veles，不過發音幾乎都一樣。斯拉夫的大地之神，佩倫之敵。）

Wisła ——Vee SWAH／維斯瓦（貫穿華沙市中心的河流）

Wisława Szymborska——Vee SWAH vah Shim BOR ska／維斯瓦華・辛波絲卡（波蘭的諾貝爾文學獎得主。絕妙好詩。）

鋼鐵德魯伊

中英文名詞對照表

A

Aenghus Óg　安格斯・歐格（凱爾特愛神）
Æsir　阿薩神族（北歐神族之一）
Agnieszka　艾格妮伊許卡（波蘭女巫）
Albion　阿爾比昂（英格蘭元素、大不列顛島古稱）
Álfar　艾爾夫（古北歐語：精靈）
Álfheim　阿爾福海姆（北歐精靈國度）
Amber　琥珀（北美大平原元素）
Amita　阿蜜塔（德魯伊學徒）
Anna　安娜（波蘭女巫）
Answerer　解惑者（魔法劍富拉蓋拉）
Archdruid　大德魯伊
Artemis　阿緹蜜絲（希臘狩獵女神與月神）
Asgard　阿斯加德（北歐神話的神域）

B

Berta　波塔（波蘭女巫）
Bialik, Yosef Zalman　尤瑟夫・塞爾曼・比亞利克（拉比）
Black Axes　黑斧部隊（矮人軍團）
Black, Kodiak　科迪亞克・布萊克（熊人，阿提克斯的律師與朋友，遭卓切斯殺害）
Brighid　布莉德（凱爾特鍛造女神）
Bydgoszcz　彼得哥什其（波蘭城市）

C

cold iron　寒鐵
Congreve, William　威廉・康格里夫（英國劇作家、詩人）
Creidhne　葛雷恩亞（凱爾特金匠之神）

D

Dark Elf　黑暗精靈（北歐神話）
David　大衛（《聖經》故事裡的大衛王）
d'Aubigny, Julie　茱莉・達比尼（十七世紀劍術家與歌手、奇女子）
Diana　戴安娜（羅馬狩獵女神與月神）
Diego　迪亞哥（學徒父親、狼人）
Dominika　多明妮卡（波蘭女巫）
Dostoyevsky　杜斯妥也夫斯基（俄國作家）
Druid　德魯伊
Drache, Werner　威納・卓斯切（魔法生命吸食者）
dryads　樹精靈
Dumfries　鄧弗里斯（蘇格蘭城市）

Durga　杜爾迦（印度女神）

E

Eddas　《埃達》（北歐文學）
Einherjar　英何嘉戰士（北歐神話的英靈殿戰士）
Enarsdottir, Turid　圖莉德・音納斯鐸提爾（黑暗精靈）
Ewelina　伊芙艾里娜（波蘭女巫）
Exodus　出埃及記（《舊約聖經》第二書，又稱摩西二書）

F

Fae　精靈
Faerie Specs　妖精眼鏡（法術）
Faery　妖精
Fand　芳德（凱爾特女神）
Fjalar　弗加拉（北歐矮人）
Flagstaff　旗杆市（亞歷桑納地名，或譯弗拉格斯塔夫市）
Flanagan, Sean　史恩・弗朗納根（阿提克斯化名）
Flidais　富麗迪許（凱爾特狩獵女神）
Fragarach　富拉蓋拉（解惑者）
Freemasonry　共濟會（祕密結社）
Freyja　弗蕾雅（北歐女神）
Freyr　弗雷爾（北歐豐饒之神）
Frigg　富麗格（北歐女神，奧丁之妻）
Frost, Robert　羅伯特・佛洛斯特（詩人）
Fuilteach　富威塔（關妮兒的漩渦刃）

G

Gaia　蓋亞（大地）
Gjor at Reykr　約爾艾雷克（煙霧之禮）
Goibhniu　孤紐（凱爾特鐵匠神）
Goliath　哥利亞（《聖經》故事裡的巨人）
Greta　葛雷塔（狼人）
grove　（德魯伊）教團
Gungnir　永恆之矛剛格尼爾（北歐神話武器）
Gwendolyn　關德琳（十九世紀奈吉爾的未婚妻／紅衣女士）

H

Hauk, Hallbjorn "Hal"　霍伯瓊・「霍爾」・浩克（阿爾法狼人，阿提克斯的律師）
Hel，赫爾（北歐神話的死亡女神，也代表她統治的死亡國度）
Helgarson, Leif　李夫・海加森（吸血鬼）
Hermes　荷米斯（希臘神祇）
Hermetic Qabalah　神祕卡巴拉（神祕學）
Hermetic Order of the Golden Dawn　金色黎明協會（祕密結社）
Hrafnson, Krókr　克羅庫爾・何拉班森（黑暗精靈的殺手首領）
Hugin　胡金（奧丁的渡鴉；思緒）

I

Immortali-Tea　不朽茶（德魯伊特調茶）
Irish wolfhound　愛爾蘭獵狼犬

J

Jesus　耶穌
Jodursson, Snorri　史努利・喬度森（狼人、醫生）
Jupiter　朱比特（羅馬主神）

K

Kabbalah 喀巴拉（猶太教與基督教之神祕思想）
Kazimiera 卡西米拉（波蘭女巫）
Kennedy, Owen 歐文・甘迺迪（大德魯伊現代英文名）
Klaudia 克勞蒂雅（波蘭女巫）
knuckles 手指虎
Kulasekaran, Laksha 拉克莎・庫拉斯卡倫（印度女巫）

L

the Lady in Red
Ljósálfar 魯約沙爾夫（艾爾夫、精靈）
Loki 洛基（北歐魔頭、惡作劇之神）
Luchta 盧基達（北歐木工神）
Luiz 路易斯（德魯伊學徒）

M

MacTiernan, Granuaile 關妮兒·麥特南（德魯伊學徒）
Mademoiselle Maupin 莫班女士（茱莉・達比尼）
Magdalena 瑪格達蘭娜（波蘭女巫）
Magnusson, Gunnar 剛納・麥格努生（已過世的阿爾法狼人）
Magnusson and Hauk 麥格努生與浩克律師事務所
Manannan Mac Lir 馬拿朗・麥克・李爾（凱爾特死神暨海神）
Massey Hall 梅西劇院（多倫多）
Martyna 瑪蒂娜（波蘭女巫）
Mecklenburg 梅克倫堡（元素名、德國地名）
Mehdi 梅迪（德魯伊學徒）
Mekera 梅克拉（乳酪占卜師）
Mercury 墨丘利（羅馬神祇）
Miłosz 密瓦許（斯拉夫神馬）
Midgard 米德加德（北歐神話的地球）
Mohammed 穆罕默德（學徒父親、狼人）
The Morrigan 莫利根（凱爾特戰爭與死亡女神）
Munin 暮寧（奧丁的渡鴉；記憶）
Muspellheim 穆斯貝爾海姆（北歐神話的火之國度）

N

Nátalia 娜塔莉雅（學徒母親）
Neptune 涅普頓（羅馬海神）
Nergül 內古（學徒父親、狼人）
Nidavellir 尼達維鐸伊爾（北歐神話矮人國）
Nidhogg 尼德霍格（北歐神話的巨龍）
Niflheim 尼弗爾海姆（北歐神話的霧與冰之國）
Nigel 奈吉爾（阿提克斯於多倫多的化名、十九世紀的年輕人）
Nocnica 諾茲尼茲厄（斯拉夫怪物）

O

Oberon 歐伯隆（德魯伊的獵狼犬）
Obrist, Sam 山姆・歐布里斯特
Ó Cinnéide, Eoghan 歐格漢・歐肯奈傑（大德魯伊）
Odin 奧丁（北歐主神）
Ogma 歐格瑪（凱爾特神祇）
Olympian 奧林帕斯眾神（希臘羅馬神話）
Olympus 奧林帕斯（希臘神域）
Orlaith 歐拉（獵狼犬）
the Orishas 奧理沙（西非約魯巴神話的神祇或精靈）
O’Sullivan, Atticus 阿提克斯・歐蘇利文

Ó Suileabháin, Siodhachan　敘亞漢・歐蘇魯文
Othello　奧賽羅（莎翁悲劇）
Ouray　烏雷（科羅拉多地名）
Oyuunchimeg “meg”　歐尤琪梅格「梅格」（學徒母親、人類）
Ozcar　奧斯卡（德魯伊學徒）

P

Palanichamy, Mhathini　哈希妮・帕蘭尼察米（拉克莎目前的宿主）
pantheon　萬神殿
Patrycja　帕崔絲雅（波蘭女巫）
Petřín　佩特斯林（布拉格地名）
Perun　佩倫（斯拉夫神話的雷神）
plane shift or shift planes　空間轉移
Pole Mokotowskie　柯雷莫可土夫斯基（波蘭華沙的公園）
Pollard, Ty　泰・波拉德（狼人）
Poseidon　波塞頓（希臘神話海神）
Poutine　普丁（肉汁奶酪薯條）

R

Rabbi　拉比（猶太教的宗教指導者或學者）
Rado　拉杜許其（波蘭華沙城內一區）
Rafaela　拉菲拉（學徒母親；狼人）
Ragnarök　諸神黃昏（北歐神話的世界末日）
Realtor　房地產經紀人
Roksana　羅克莎娜（波蘭女巫）
Rose Cross　薔薇十字架（神祕學）
Rosicrucian　薔薇十字會（祕密結社）
Rula Bula　魯拉布拉（酒吧）
Rügen　呂根島（地名）
Rujani　呂詹尼人（斯拉夫部族）
Rune　符文（北歐）
Rune of Ashes　灰燼符石

S

Sajit　沙吉（學徒父親、狼人）
Scáthmhaide　史卡維德傑（影之杖）
selkie　賽爾奇（愛爾蘭妖精）
Shango　尚戈（約魯巴神話雷神）
Sigr af Reykr　西格艾雷克（煙霧之勝利）
Siren　女海妖（希臘神話女妖）
the Sisters of the Three Auroras　曙光三女神女巫團（波蘭女巫團）
Sokolowski, Malina　瑪李娜・索可瓦斯基（波蘭女巫）
Sonkwe　尚克威（學徒父親、狼人）
Svartálfar　斯瓦塔爾夫（黑暗精靈）
Świętowit　許文妥威特（斯拉夫神祇）
Szymborska, Wisława　維斯瓦華・辛波絲卡（波蘭著名詩人）

T

Thandi　珊迪（德魯伊學徒）
Thatcher, Beau　畢烏・拉結（關妮兒繼父）
Theophilus　希歐菲勒斯（吸血鬼）
Thor　索爾（北歐雷神）
Time Lapse　縮時攝影
timestream　時間流
Tír na nÓg　提爾・納・諾格（凱爾特神話妖精國度）
Toronto　多倫多（加拿大主要城市）
Troll　食人妖
Tuatha Dé Danann　圖阿哈・戴・丹恩（凱爾特神話神族）
Tuya　圖雅（德魯伊學徒）

V

vampire　吸血鬼
Vir　維河（北歐神話河流）

Vltava　弗爾塔瓦（布拉格河流）

W

Waterhouse, John William　沃特豪斯（拉斐爾前派畫家）
Weles　維勒斯（Veles / 斯拉夫神話大地之神）
Wisła　維斯瓦（波蘭河流）
Whitman, Walt　華特・惠特曼（美國詩人、散文家）
whirling blade　漩渦刃（雪人製武器）

Y

yeti　雪人
yewman　紫杉人（愛爾蘭妖精界傭兵）
Yggdrasil　世界之樹（北歐神話）
Ylgr　伊爾格河（北歐神話河流

Z

Zeus　宙斯（希臘神話主神）
Zofia　柔菲雅（波蘭女巫）
Zoryas　柔雅三女神（斯拉夫神話）

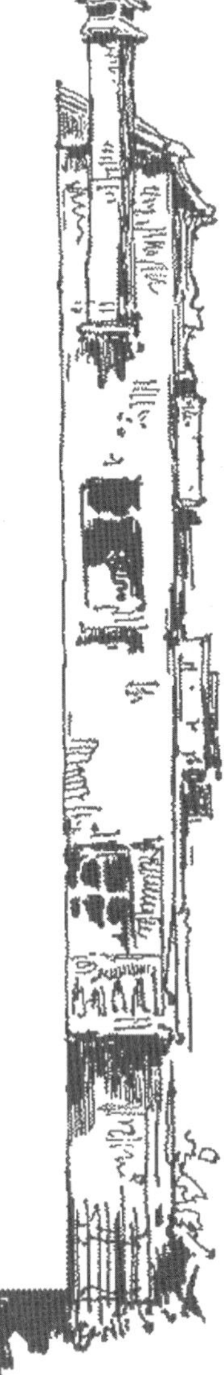

伊洛娜·安德魯斯（Ilona Andrews）

魔法咬人
魔法烈焰
魔法衝擊
魔法傳承
魔法獵殺
魔法狂潮（陸續出版）
魔法邊界系列（暫名）（即將出版）

彼得·布雷特（Peter V. Brett）

魔印人
魔印人2　沙漠之矛（上+下）
魔印人3　白晝戰爭（上+下）
魔印人4　頭骨王座（上+下）
信使的遺產：魔印人短篇集（陸續出版）

克莉絲汀·卡修（Kristin Cashore）

殺人恩典
火兒
碧塔藍

大衛·蓋梅爾（David Gemmell）

大衛·蓋梅爾之傳奇

Fever

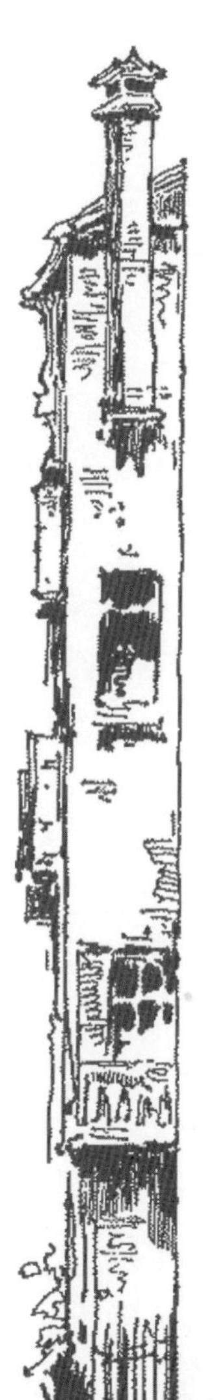

賽門・葛林（Simon R. Green）

影子瀑布
藍月東升
夜城系列（全12冊）
秘史系列
守護者之心（秘史1）
惡魔恆長久（秘史2）
作祟情報員（秘史3）
錯亂永生者（秘史4）
天堂眼（秘史5）
卓德不死（秘史6）
地獄夜總會（秘史7）
第十三號囚房（秘史8）（陸續出版）

凱文・赫恩（Kevin Hearne）

鋼鐵德魯伊1　追獵
鋼鐵德魯伊2　魔咒
鋼鐵德魯伊3　神鎚
鋼鐵德魯伊4　圈套
鋼鐵德魯伊5　陷阱
鋼鐵德魯伊6　獵殺
鋼鐵德魯伊7　破滅
鋼鐵德魯伊8　穿刺（陸續出版）
鋼鐵德魯伊短篇集（即將出版）

Fever

珍・簡森（Jane Jensen）

善惡方程式（上+下）
審判日

喬治・馬汀（George R. R. Martin）

熾熱之夢

A. Lee 馬丁尼茲（A. Lee Martinez）

神來我家
機器人偵探
怪物先生
城堡夜驚魂

丹尼爾・波蘭斯基（Daniel Polansky)

下城故事1：無間世界
下城故事2：預見謀殺之時
下城故事3：彼岸女神（完）

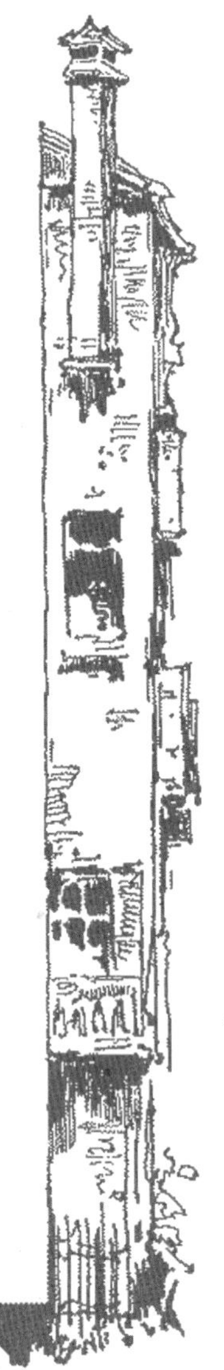

Fever

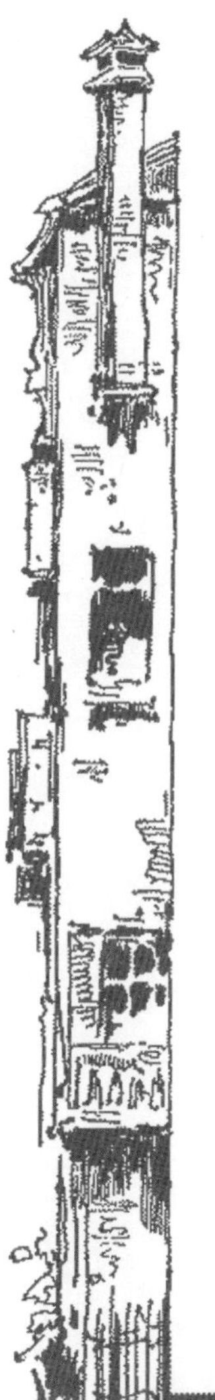

布蘭登・山德森（Brandon Sanderson)

破戰者（上＋下）

強・史蒂爾（Jon Steele)

天使三部曲1　守望者（上＋下）
天使三部曲2　天使城（即將出版）
天使三部曲3　The Way of Sorrows（完）（即將出版）

安傑・薩普科夫斯基(Andrzej Sapkowski)

獵魔士　最後的願望
獵魔士　命運之劍
獵魔士長篇1 精靈血
獵魔士長篇2 蔑視時代
獵魔士長篇3 火之洗禮
獵魔士長篇4 燕之塔（陸續出版）

國家圖書館出版品預行編目資料

鋼鐵德魯伊8：穿刺／凱文．赫恩（Kevin Hearne）；
戚建邦譯——初版．——台北市：蓋亞文化，2016.11
冊；公分.——（Fever；FR055）
譯自：Staked (The Iron Druid Chronicles Book8)
ISBN 978-986-319-242-8（平裝）

874.57 105019343

Fever 055

鋼鐵德魯伊 VOL.8〔穿刺〕 STAKED

作者／凱文．赫恩（Kevin Hearne）
譯者／戚建邦
封面插畫／Gene Mollica
封面設計／克里斯
出版／蓋亞文化有限公司
地址◎台北市103承德路二段75巷35號1樓
電話◎（02）25585438 傳眞◎（02）25585439
網址◎http://gaeabooks.pixnet.net/blog
電子信箱◎gaea@gaeabooks.com.tw
投稿信箱◎editor@gaeabooks.com.tw
郵撥帳號◎19769541 戶名：蓋亞文化有限公司
法律顧問／宇達經貿法律事務所
總經銷／聯合發行股份有限公司
地址◎新北市新店區寶橋路二三五巷六弄六號二樓
電話◎（02）29178022 傳眞◎（02）29156275
港澳地區／一代匯集
電話◎（852）27838102 傳眞◎（852）23960050
地址◎九龍旺角塘尾道64號龍駒企業大廈10樓B&D室
初版二刷／2021年1月
定價／新台幣 350 元
Printed in Taiwan

GAEA
ISBN／978-986-319-242-8